우리 동네 히어로즈

우리 동네 히어로즈

하영준 장편소설

차례

- 7 누가 루오방을 말하는가
- 39 모든 역사는 밤에 이루어진다
- 65 하고 싶은 것 할 수 있는 것 해야 할 것
- 77 루오방에서 히어로즈로
- 101 루오방과 히어로즈 사이 어딘가
- 125 왜 내가 아닌 너냐고
- 133 히어로즈는 아무나 하나
- 147 강력반의 복덩이
- 164 다시 히어로즈
- 188 우리가 잠든 사이에
- 191 우리 동네를 지켜라
- 201 폭풍이 몰려온다
- 206 그대 이름은
- 214 나는 너를 파괴할 권리가 있다
- 225 유전무죄 무전유죄
- 235 이동구 vs. 히어로즈
- 249 길고 긴 에필로그

누가 루오방을 말하는가

여름이 문을 열고 들어오자 나란히 앉아있는 세 남자의 시선이 여름을 좇았다. 꼿꼿한 자세로 걸어온 여름은 군더더기 없는 단정한 동작으로 세 남자 앞에 놓인 의자에 앉았다. 그리고 금동 미륵보살 반가사유상의 은은한 미소를 떠올리게 하는 미소를 머금은 채 세 남자를 바라보며 입을 열었다.
 "124번 지원자 송여름입니다. 저는 호기심이 많은 편이라 이것저것 배우고 경험하는 것을 좋아합니다. 이 회사에서 일하게 되면 제가 배운 것들과 경험을 최대한 활용해 회사에 도움이 되는 직원이 되겠습니다."
 여름이 전혀 새롭지 않은 식상한 포부를 밝히는데도 면접관들의 얼굴에는 흐뭇한 미소가 번졌다. 여름의 외모와 태도가 거의 완벽하기 때문일 것이다.

여름의 외모로 말할 것 같으면, 긴 생머리에 쭉쭉 뻗은 팔다리, 사슴같이 커다란 눈망울로 대다수 남자들이 이상형으로 꼽을 청순한 첫사랑의 이미지 그 자체다. 패션센스도 남달라서 TPO에 꼭 맞춘 완벽한 패션까지 갖출 줄 알았다. 청순함을 극대화해주는 투명 메이크업에 단정하지만 고루하지 않은 블랙스커트 정장을 입고 머리는 포니테일로 깔끔하게 묶었다. 여기에 태도는 또 어떤가. 전장에 나가는 군인이 군복에 무기를 챙기듯 여름은 완벽한 외모에 어울리는 미소를 무기로 챙겼다. 거울 앞에서 수백 번은 연습한 미소를 지은 채 최대한 얌전하게, 회사가 원하는 인재상을 보여주고자 했다. 대학 졸업 후 번번이 실패한 취업에 심기일전, 이번만은 기필코 성공하리라 굳게 마음먹고 안면 근육이 부들부들 떨릴 정도로 애를 쓰며 취업 면접용 미소를 지었다.

그런 노력이 통했는지 면접관들은 여름을 아주 마음에 들어 했다. 입가에 흡족한 미소를 달고 연신 고개를 끄덕이며 여름이 무슨 말만 하면 좋아, 감탄사를 연발했고 아직 면접이 끝나지 않았는데도 언제부터 출근이 가능한지를 물었다.

여름은 속으로 쾌재를 불렀다. 이제 곧 사원증 카드를 목에 걸 수 있는 건가. 꿈은 이루어진다더니 취업이 손에 잡힐 듯 바짝 다가왔다. 면접용 미소가 어느새 진짜 미소가 되어 있었다. 이제 다 됐다, 드디어 백수 탈출이다, 고생했어, 송여름, 아우, 대견한 년. 여름은 스스로에게 칭찬을 아끼지 않았다.

면접관들은 앞으로 잘해보자며 면접을 끝냈고 여름도 조신하게 인사하고 나가려고 하는데, 가운데 앉은 뚱뚱한 면접관이 나가려는 여름을 붙잡고 마지막 질문을 던졌다.

"아, 그런데 결혼 계획은 있어요? 여자들은 아무래도 결혼하고 그러면 회사 일에 소홀해지더라고."

순간 여름의 미간에 살짝 주름이 잡혔다. 남자는 결혼해도 되고 여자는 결혼하면 안된다는 거야, 뭐야. 여름은 꼭꼭 숨겨뒀던 뾰족한 성질이 일어나려 하는 것을 누르며 미간의 주름을 지웠다. 취업의 9부 능선을 넘었는데, 참아야 하느니. 상냥하게 대답했다.

"아니요. 아직 결혼 계획은 없습니다."

"남자친구는?"

어라? 이건 또 뭐야? 하지만 여름은 은은한 부처님 미소를 유지하며 또 참았다.

"아뇨. 남자친구도 없습니다."

"생긴 건 엄청 남자 많게 생겼는데. 그쵸?"

오른쪽에 앉은 안경 쓴 면접관이 센터를 차지한 풍풍 면접관에게 동의를 구했는데, 왼쪽의 말라깽이 면접관이 대답했다.

"남자들 꽤나 쓰러뜨리겠어. 몸매가 아주 그냥..."

말라깽이 면접관이 손으로 곡선을 그리며 낄낄거리자 안경잽이와 풍풍 면접관이 따라서 낄낄거렸다. 여전히 미소를 짓고 있는 여름의 입꼬리가 살포시 떨렸다.

"외모에 대한 코멘트나 성차별적인 질문은 사양하겠습니다."

세 번. 여름은 세 번을 참았다.

"송여름 씨, 예민하네. 이런저런 얘기하면서 친해지고 그러는 거지, 칼

같이 딱딱 자르고 그러면 우리 회사에서 같이 일 못해. 우린 가족같은 회사에요. 가족끼리 그런 얘기도 못해? 앞으로도 이렇게 까칠하게 굴 거야?"

"아... 그렇구나. 몰랐어요. 가'족'같은 회사인지."

에라이, 세 번 참았으면 할 만큼 했다. 참는 건 여기까지다. 여름이 가족에서 '족'을 특별히 강조하며 참았던 만큼 시원하게 내질렀다.

"어머나, 진즉에 말씀 좀 해주시지. 가'족'같으니까 나도 편하게 얘기해도 되죠? 거기 말라비틀어진 무말랭이 같은 님,"

여름이 손가락질하자 오른쪽에 앉은 면접관이 황당하다는 얼굴로 손을 들어 자신을 가리켰다.

"나?"

여름이 귀찮다는 얼굴로 고개를 끄덕였다.

"네, 님 맞아요. 님은 꼭 찌그러진 주전자같이 생겼어요. 쓸데는 없는데 버리기는 아까운, 뭐 그런 거 있잖아요. 딱 그렇게 생겼어요. 여자들한테 아주 그냥, 인기 없죠? 가운데 앉은 님은 쩍벌한 거 보니까 다리 근육이 하나도 없나 보다. 운동 좀 하세요. 그러다 금세 골로 가요. 안경 낀 님, 님은 그냥 못생겼어요. 돈이라도 많이 버셔야겠다. 이거 다 가'족'같이 걱정돼서 하는 얘긴 거 아시죠?"

여름의 폭주에 면접관들의 얼굴이 밀가루를 뒤집어쓴 양 허옇게 질렸다. 무말랭이 아니 말라깽이 면접관이 정색하며 타일렀다.

"송여름 씨, 면접 아직 안 끝났습니다."

"가족끼리 편하게 얘기하자면서요? 님들은 아무 얘기나 씨부려대면서 나는 이런 얘기도 못해요? 와우, 내로남불 오지네, 씨발."
"뭐? 씨발?"
뚱뚱 면접관이 그라데이션으로 점점 빨갛게 달아오르는 얼굴로 씩씩댔다.
"왜요? 너님들은 그딴 말같지도 않은 개소리 찍찍 내뱉는데 나는 욕 좀 하면 안되냐?"
"송여름 씨!"
"그래, 나 송여름이다. 아까운 내 이름 그만 불러"
자리에서 벌떡 일어난 여름이 앉아있던 의자를 발로 뻥 차버리자 철제 의자가 우다탕탕 큰 소리를 내며 나동그라졌다.
"뭐 이런 미친년이 다 있어? 얼굴이 아깝다."
뚱뚱 면접관이 꽥 지르는 소리에 여름이 지지 않고 더 큰 목청으로 소리 질렀다.
"씨발, 얼평하지 말라고!!"
취업도 물건너 갔겠다 억지 미소 짓느라 안면근육이 떨리던 여름은 내키는 대로 성질 대로 했다. 억지로 끌어내려 하는 말라깽이 면접관에게 팔을 휘두르다 코피를 쏟게 하고, 발버둥치며 안경잽이 면접관의 머리채를 잡았다가 가발을 벗겨버렸고, 억지로 버티다가 뚱뚱 면접관의 타이트한 셔츠를 일자로 찢어버렸다. 경비원 두 명에게 번쩍 들려 빌딩 밖으로 내동댕이쳐지면서도 여름은 가운데 손가락을 드높이 치켜세우는 기백을 보여주었는데.... 그렇다. 여름은 평범한 사람은 아니다. 흔히 얘기하는 또라이다. 청순한 외모와 달리 성질머리는 전혀 청순하지 않았다.

인서울 대학 출신에 학점도 나쁘지 않고, 면접 프리패스 청담동 며느리 부럽지않은 첫인상으로도 좀처럼 면접을 통과하지 못하고 스물여덟이 되도록 취준생 신세를 면치 못하는 것은 TPO에 따른 패션 센스는 있어도 TPO를 가리는 성질머리는 없기 때문이었다. 사소한 것 하나만 거슬려도 참지 않고 질러대는 성질머리는 취업 면접도 예외가 아니어서, 면접장에서 쫓겨나기가 일쑤였다. 지금처럼 면접장을 완전히 아수라장으로 만들어버린 경우는 드물지만 그렇다고 처음도 아니어서, 여름을 아는 사람이라면 놀라기보다는 "'또또'가 또 '또또'했네," 하며 혀나 찰 것이다.

'또또'란 친구들이 여름을 부르는 별명으로 '또라이오브또라이'의 줄임말이다. 여름도 자신이 또또임을 받아들였다. 스스로는 부당함에 반응하는 자신의 분노와 그에 따른 행동들이 정당하다 생각하며, 때문에 자신은 절대 또라이가 아니라 우기지만 친구들이 붙여준 별명이기에 마지못해 받아들였다. 하지만 '루오방'이라는 별명만큼은 통크게 백보 양보해도 받아들이지 못했다. 절대로 인정할 수 없었다. 세상에, 루오방이라니. 왜 이래, 나 송여름이야!

'루오방'의 '루'자만 나와도 목덜미에 송충이가 떨어진 양 질색팔색을 하며 싫어하는 그 '루오방'이 무엇이냐 하면 '루저 5인방'의 줄임말로, 그 역사는 12년 전 바야흐로 계절의 여왕이라 불리는 5월의 어느 찬란한 날에 시작되었다.

고등학교에 입학하고 두 달 남짓 지났을 때였다. 얍삽하게 생긴 남자애가 매점으로 달려가는 여름의 앞을 가로막고 학교 분리수거장으로 가자고 했다. 얍삽이가 떠받드는 우두머리가 시킨 일이었다. 여름은 무시할까 하다 마음을 고쳐먹었다. 한번은 매듭을 져야 할 일이었다.

초등학생 때부터 길거리에서 연예기획사 매니저들에게 명함 꽤나 받아온 아이돌급 미모의 여름은 어디서나 눈에 띄었고 고등학교에서도 예외는 아니었다. 입학 첫날부터 이 구역 일진이라는 정하빈에게 찍혀 그의 구애를 받았다.

객관적으로 정하빈의 조건은 훌륭했다. 훈남 외모에 성적은 상위권이었고 사업체를 운영하는 아버지는 학부모회 회장이었다. 자신이 가진 힘에 부모의 재력까지 더한 금상첨화로 중학교 내내 황태자로 군림하였고 황태자의 위엄은 고등학교에 입학해서도 그대로 이어졌다. 좀 노는 남자애들은 우두머리 수컷을 따르듯 정하빈을 따랐고, 여자애들은 정하빈의 여자친구 자리를 노렸다. 여름은 그런 정하빈의 구애를 받은 것이다.

여름은 오케이 한마디만 하면 바로 황태자비에 등극할 수 있었지만 콧방귀를 뀌며 정하빈의 구애를 그 자리에서 차버렸다. 딱히 정하빈이 싫었던 것은 아니고 특별한 이유가 있는 것도 아니었다. 남들이 모두 예스라고 할 때 청개구리 마인드로 노를 외치는 여름의 반골 기질이 이유라면 이유였다. 그리고 여름은 간택을 당하기보다는 간택을 하는 것을 즐겼다. 정하빈이 조신하게 여름의 간택을 기다렸다면 기꺼이 여름의 남자친구 자리에 정하빈을 앉혀주었을지도 모르지만, 정하빈의 일방적 선택에 응할 생각은 전혀 없었다.

하지만 정하빈은 포기를 몰랐다. 거절했는데도 무슨 자신감에선지 몇 번이나 여자친구가 되기를 강요하는 집요함을 보였고 이에 여름의 짜증은 차곡차곡 쌓여 폭발하기 일보직전에까지 이르렀다. 이런 와중에 얍삽한 애를 시켜 불러내고 있는 것이다.

여름은 이번에는 반드시 죽기 아니면 까무라치기 정신으로 끝장을 보리라 각오하고 얍삽이를 따라 분리수거장으로 갔다.

현장에 가니 황태자 정하빈이 부하들을 거느리고 위풍당당하게 서 있다. 여름은 정하빈의 얼굴에 대고 단어 하나하나 강조해서 독화살을 날리듯 말했다.

"나, 너 싫어. 백번을 물어도 싫어. 정말, 끔찍하게, 싫어. 험한 꼴 보기 싫으면 나 건드리지 마라. 말로 하는 건 지금이 마지막이야. 다음에는 나도 내가 뭘 할지 몰라. 다시는 나 건드리지 마."

할 말을 마친 여름이 돌아서려는데 정하빈과 그 무리들이 길을 막았다. 여름이 정하빈을 노려봤다.

"비켜. 비키라고, 씨발."

여름이 욕을 하자 정하빈이 피식거리며 웃었다.

"귀엽네."

그 피식거림에 더 열을 받은 여름이 주변에 굴러다니는 벽돌을 주워 들고 윽박질렀다.

"귓구멍이 막혔어? 내 말 못 알아들어? 비키라고! 꺼지라고!"

여름이 벽돌을 흔들자 정하빈에게 충성심을 보일 기회를 노리던 얍삽이가 촐싹거리며 튀어나와 자신이 따르는 위대한 우두머리 수컷 정하빈에 대한 자랑을 늘어놓았다.

"송여름, 니가 뭘 모르나본데, 정하빈 얘, 우리 학교뿐 아니라 저기

우복 고등학교, 행일 고등학교까지 다 평정한 애야. 이 구역 스타라고!"
여름은 모두가 들으라는 듯, 흥, 커다랗게 콧소리를 내며 코웃음을 쳤다.
"깡패짓 잘하는 게 자랑이니? 나 깡패 새끼랑 연애할 생각 없거든?!"
"깡패라니... 너 그러다 큰 일..."
얍삽이가 화들짝 놀라며 여름의 말을 막으려 하는데 정하빈이 얍삽이를 점잖게 밀어냈다.
"박무호, 넌 빠져."
정하빈이 얍삽한 박무호를 밀어내고 여름 앞에 다가섰다.
"무겁게 그런 거 들고 까불지 말고 내려놔. 그러다 고운 손 다쳐."
정하빈이 한껏 자상한 미소를 지으며 여름의 손에 든 벽돌을 뺏으려 하자 여름은 벽돌 든 손에 힘을 더 꽉 주고 공격 자세를 취하며 맞섰다.
"꺼져, 새끼야."
정하빈의 표정이 일순 차갑게 일그러졌다.
"그만 까불어라. 귀엽다고 봐주는 것도 한계가 있어. 너, 그러다 후회한다."
정하빈이 거친 표정으로 위협했다. 웬만한 남자애도 오줌을 지릴 정도로 위압적이었지만 여름은 그런 협박에 겁을 먹는 여자가 아니었다. 오만하게 턱을 들어올리고 매서운 눈으로 쏘아봤다.
"안 봐주면 어쩌게? 때리기라도 하게? 너, 세상에서 제일 무서운 게 뭔 줄 알아? 뒤가 없는 미친년이야. 미친년 널뛰는 거 한번 볼래? 감당할 자신이 있음 때려보던가."

여름의 도발에 정하빈이 정말 때릴 것처럼 솥뚜껑같이 커다란 손을 치켜올렸다. 그러자 옆에 서있던 박무호가 여름보다 더 겁에 질려 움찔거렸다. 정하빈의 손이 커다랗게 곡선을 그리며 여름의 뺨을 향하는데, 어디서 나타났는지 곰같은 남자애가 정하빈의 손목을 붙잡았고 정하빈은 돌고래처럼 비명을 질렀다. 정하빈은 자기를 하늘처럼 따르는 부하들 앞에서 비명을 지른 것이 창피해 곰같은 남자애의 손을 거칠게 뿌리치려 했지만, 곰같은 남자애는 보이는 것처럼 힘도 곰처럼 센지 붙잡은 손을 놓치지 않았다.

"친구들끼리 싸우면 안돼."

곰같은 남자애가 착하게 웃었다.

"야, 오대영. 분리수거하다 말고 뭐해?"

분리수거장에서 여자애가 곰같은 오대영을 불렀다. 흑단같이 까만 단발머리에 바늘하나 들어갈 틈 없이 야무져 보이는 여자애에게 커다란 오대영은 얼굴을 붉히며 꼼짝도 못했다.

"어, 미안. 나머지는 내가 할게. 너 먼저 교실로 돌아가."

"뭐하는데?"

오대영의 말대로 그냥 먼저 교실로 돌아갔으면 좋았을텐데, 여자애는 굳이 일촉즉발의 현장으로 걸어왔고 오대영이 여자애 앞을 막아섰다.

"김연우, 그냥 돌아가."

야무진 김연우는 벽돌을 들고 선 여름과 눈에 힘을 주고 있는 정하빈, 그를 둘러싸고 있는 아이들을 보더니 단박에 상황 파악을 끝내고 일초의 망설임도 없이 핸드폰을 꺼내 112에 신고 전화를 걸었다.

"여기 동산고등학교인데요."
정하빈이 잽싸게 김연우의 핸드폰을 낚아채 땅에 던지고 짓밟았다.
"어디서 병신 같은 것들이 기어나와서 난리야?! 니들 내가 누군지 몰라?"
"누구긴 누구야, 찌질한 깡패 새끼지."
여름이 지지않고 쏘아붙이더니 김연우와 오대영에게 말했다.
"니들은 괜히 남 일에 끼어들지 말고 가던 길 가. 이 양아치 새끼는 나 혼자 상대해도 충분해."
"지랄을 하세요."
정하빈이 어이없어했다. 그건 정하빈의 말이 맞았다. 정하빈의 무리들도 정하빈의 의견에 동의했고, 오대영과 김연우도 그랬다.
"내가 여자라고 못 때릴 거 같아?"
"남자새끼 혓바닥이 열라 기네. 말만 하지 말고 해봐. 한번 해보라니까."
여름의 눈이 독기를 품고 번뜩였다. 주먹은 모르겠지만 기세 하나는 절대 정하빈에게 밀리지 않았다. 여름의 도발에 열받은 정하빈이 주먹을 날리려는 찰나 어디선가 나타난 남자애가 여름을 감쌌고 오대영은 다시 정하빈의 주먹을 잡아챘다.
정하빈은 더 이상 참지 않고 오대영에게 주먹을 휘둘렀다. 소도 때려잡게 생긴 오대영은 힘은 셌지만 싸움 요령은 하나도 없어 일방적으로 맞기 시작했다. 생각보다 시시한 싸움에 정하빈이 손을 털며 패거리들에게 손짓하자, 패거리들은 기다렸다는 듯 하이에나처럼 쓰러진 오대영에게 달려들어 주먹을 날렸다.

갑자기 나타난 남자애의 품에 안겨있던 여름이 남자애를 밀쳤다.
"넌 또 뭐야?"
"난 조상배라고 하는데...요. 님이 다칠까 봐..."
햇빛이라고는 본 적 없어 보이는 희여멀건한 남자애가 소심하게 대답했다.
"됐고, 너가 저 새끼 맡아."
여름은 조상배가 말을 마치기도 전에 명령을 내리고 오대영을 린치하고 있는 정하빈 무리에 달려들었고, 조상배도 여름의 지시에 따라 싸움에 끼어들었다. 오대영과 같이 분리수거를 하던 김연우도 합류했다. 정하빈 패거리는 오대영과 조상배는 물론, 벽돌을 들고 날뛰는 송여름과 김연우에게도 남녀차별없이 공평하게 주먹을 날렸다.
박무호는 주먹과 비명 소리가 가득한 현장에서 혼자 외떨어져 우왕좌왕했다. 자기가 따르는 우두머리 수컷이 신입생들 중 가장 눈에 띄게 예쁜 암컷 송여름에게 구애하는 줄 알고 신이 나서 따라온건데, 사랑 넘쳐야 할 구애의 현장이 폭력 현장으로 변질될 줄은 진정 몰랐다. 남자애들끼리의 싸움도 문제인데 여자애들까지 끼어있으니 자칫하다가는 입학하자마자 정학당할지도 모른다는 위기감이 들었다. 빠르게 머리를 굴린 박무호는 살금살금 뒷걸음쳐 현장에서 달아났다.

그날의 사태는 담배를 피우러 나온 체육선생이 현장을 발견하며 끝이 났다. 조상배와 오대영은 물론이고 송여름과 김연우까지 얻어터져 피투성이가 됐지만 다행히 어디 하나 부러지지는 않았다. 누가 봐도 일방적

폭행을 당한 모습이었지만 학교에서는 쌍방폭행으로 마무리했고, 정하빈은 어떤 처벌도 받지 않았다. 학부모회 회장인 정하빈의 아버지가 아들의 선처를 부탁하기도 전에 교장이 알아서 한 처사였다.

여름은 펄펄 뛰며 경찰에 신고하겠다고 했지만 조상배가 소용없다고 말렸다. 조상배는 세상은 어차피 불공평하고, 학부모회 회장의 아들을 처벌하는 게 교장의 입장에서는 껄끄러울테니 그 정도로 마무리될 거라 예상했다고, 경찰에 신고해봤자 속시원하게 해결되는 것도 없이 우리만 더 골치 아프게 될 거라고 애어른같은 소리를 읊어댔다. 여름이 조상배의 말을 끊고 물었다.

"너 인생 2회차야? 뭐하는 애길래 애늙은이 같은 소리야?"

"난 왕따야."

조상배는 덤덤한 얼굴로 자신을 소개했다. 중학교 때처럼 고등학교에 와서도 왕따였다. 혼자 등하교를 하고 혼자 밥을 먹었다. 어떤 날은 하루 종일 말 한 마디도 안 하고 하교할 때도 있었다. 그런 게 불편하거나 속상했냐 하면, 아니다. 오히려 바라던 바였다. 질풍노도의 다이내믹한 감정선을 오가는 사춘기놈들과 허접한 농담이나 지껄이며 시간을 낭비하느니 책을 읽거나 글을 쓰는 게 훨씬 좋았다.

처음에 호의를 보이던 친구들은 상배가 초지일관 무시하고 외면하고 거부하자 호의를 적의로 바꿔 왕따시키고 괴롭혔다. 점심시간에 혼자 책을 읽고 있으면 지우개 등을 던지며 조롱했고 읽던 책을 뺏어가 창밖으로 던져버리기도 했다. 그럴 때마다 상배는 아이들의 괴롭힘에 맞서는 대신 책을 들고 조용히 혼자 있을 수 있는 곳으로 피했다.

학교 분리수거장 옆 오래된 재활용품 창고는 상배의 아지트가 돼주었다. 분리수거를 하러 오는 당번들 외에는 오는 사람이 없었고, 오더라도 오래 머물지는 않았다. 사람과 어울리기를 피하는 상배에게는 안성맞춤의 장소였다. 적당히 어두컴컴한데다 낡은 소파와 의자도 몇 개 있어 책 읽기에도 아주 좋았다. 여름과 정하빈이 맞짱 뜨기 전까지만 해도 그랬다. 소설 속 세계에 푹 빠져있을 때 여름의 앙칼진 목소리가 들렸고, 문틈으로 정하빈에 맞서는 여름을 보며 도와줄까 망설이다 여름이 절체절명의 위기에 처하게 되자 달려 나와 여름을 감쌌다.

이 말을 들은 여름은 고마워하기는커녕 타박을 했다.

"보고 있었으면 진즉에 신고를 했어야지. 너 머리 되게 나쁘지?"

상배는 예쁜 입으로 못된 말만 골라하는 여름을 조용히 외면하고, 다시 혼자만의 세계를 즐기려 했다. 하지만 상황은 예상치 못하게 흘렀다. 여름을 비롯해 상배와 대영, 연우는 한 대 제대로 때려보지도 못하고 일방적으로 맞기만 했는데도 그 일로 더 심한 괴롭힘을 당하게 됐다.

세상의 때가 덜 묻은 아이들은 기성세대보다 더 정의로울 것 같지만, 아니다. 아이들의 세계는 힘의 논리가 지배하는 약육강식의 세계, 동물의 왕국이다. 어른들의 세계보다 더 계급적이고 냉혹하다. 아이들은 지역구를 평정한 힘과 회장 아버지라는 권력 모두를 가진 정하빈의 눈치를 보며 정하빈의 타겟으로 찍힌 여름과 상배, 대영, 연우 그리고 박무호를 따돌렸다. 아, 박무호의 경우는 현장에서 달아났다는 이유로 배신자로 찍혔기 때문이다. 나중에 추가로 밝혀진 사실에 의하면, 담배 피우던 체육 선생에게 고자질을 한 사람이 달아나던 박무호였다.

아이들은 정하빈의 눈치를 보며 괴롭혔고, 정하빈을 믿고 거리낌없이 괴롭혔다. 대영은 거의 매일 온갖 아이들로부터 결투 신청을 받아 얻어터지고 괴롭힘에 시달리면서도 연우를 감쌌고, 연우는 독기 오른 치와와처럼 상대 안가리고 짖어대는 여름을 안타까워했다. 혼자인 것을 무엇보다 두려워하는 박무호는 아무도 자신에게 말을 걸지 않고 투명인간 취급을 하자 은근슬쩍 힘 센 대영에게 붙었다. 상배는 이 모든 상황에도 불구하고 혼자인 게 좋았지만 물색없이 착하기만 한 대영이 상배를 혼자 두지 않고 끊임없이 챙겼다. 그래서 어쩌다 보니 다섯 명이 어울려 다니게 됐고, 아이들은 이들을 루저들이라 부르다가 루저 5인방으로 부르기 시작했고 나중에는 줄여서 '루오방'이라 불렀다.

고등학교 3년 내내 루오방이 있어 아이들의 괴롭힘도 견딜만 했지만 그래도 고등학교를 졸업하면 다시는 안 보고 살 줄 알았다. 다섯 명 모두 성향이 너무 달랐고 서로의 흑역사를 꿰고 있기에 서로가 서로의 약점이라 안 보고 사는 게 나을 것 같았다. 하지만 성향은 달라도 사는 동네가 같다보니 가끔 마주치면 맥주 한잔 하게 됐고, 고등학교 때 루오방을 그리도 괴롭혔던 정하빈이 아버지의 재력을 밑거름 삼아 주식 대박을 치고 영앤리치가 되는 동안 루오방은 여전히 고등학교 때와 별반 다를 게 없는 루저의 삶을 이어가게 되자 다시 뭉쳐 거의 매일 만나는, 정신 차려보니 어느새 서로 루저의 삶을 위로하는 도로 '루오방'이 돼 있었다.

취준생이 돼 면접장을 도장깨기하듯 깽판치고 다니는 여름을 비롯해 다른 4인의 삶 모두 루오방의 저주에라도 걸린 양 루오방의 굴레에서 전혀 벗어나지 못하고 갑갑했다.

초지일관 작가를 꿈꿨고, 지금도 작가가 되기 위한 수행의 길을 걷고 있는 상배는 '작가지망생'이라는 타이틀을 단 백수다. 그의 하루는 남들은 보람찬 오전을 보내고 점심을 먹을 때즈음인 정오 언저리에 시작한다. 아주 늦은 아침을 차려 먹고 설렁설렁 집안 일 하는 흉내 좀 낸 후 컴퓨터 앞에 앉으면 2시 정도. 모니터를 켜고 빈 문서를 띄운 후 깜빡이는 커서를 노려보며 키보드에 손을 얹고 뭔가를 쓰려고 노력은 하지만, 대부분은 아무 것도 쓰지 않는다. 아니 쓰지 못한다. 뇌에 렉이 걸린 건지 다운이라도 된건지 떠오르는 아이디어가 하나도 없기 때문이다.

빈 문서 위에서 깜빡거리는 커서를 보고 있자니 '어서 한 글자라도 쓰라'고 압박을 주는 것 같아 눈을 감는데, 그러면 자연스레 식곤증이 몰려오며 의식이 가물가물해진다. 그래도 필사적으로 무의식의 세계로 가려는 의식을 붙잡고 쓸 만한 웹소설 소재를 생각해 보려 애를 쓰지만 소용없다. 상배 스스로는 치열하나 남들 보기에는 복장 터지는 이런 생활을 한 게 하루이틀이 아니다.

'본투비 작가'라 주장하는 상배는 초등학교에 입학하기도 전에 세계문학전집 한 질을 완독하며 일찍이 장래 희망을 작가로 정한 후 단 한 번도 작가 외의 미래를 꿈꿔본 적이 없었다. 재능도 없이 꿈만 꾸는 거라면 불행했겠지만 다행히도 상배에게는 재능이 있었다. 초등학교 내내 백일장을 휩쓸었고, 중학교 때 학교 담벼락을 넘다 걸려 쓰게 된 반성문은 학생주임 선생님을 크게 감동시켜 꾸지람을 칭찬으로 바꾸기까지 했었다.

상배는 자신의 재능에 자신이 있었다. 중고등학교 시절 꾸준히 습작하며 작가 데뷔를 위한 준비를 했고, 대학 입학 후에는 작가가 되기 위해

보다 본격적으로 움직였다. 역사와 전통을 자랑하는 신춘문예부터 새로 신설된 웹소설 공모전까지 온갖 공모전이란 공모전에는 다 응모했으며 그 중 몇몇 공모전에서는 최종심까지 가는 쾌거를 이루기도 했다.

최종심에 오른 상배의 소설을 좋게 본 한 웹소설 플랫폼 회사와 작가 계약을 하고 연재를 하기도 했다. 하지만 반응이 없었다. 악플이라도 달렸으면 했지만 악플도 없었다. 그래도 회사는 상배를 포기하지 않고 응원하며 한번 더 해보자고 권했다. 그리하여 두 번째 웹소설을 준비한지 어언 1년이었다. 괜찮은 소재 하나만 잡아서 쓰면 바로 반응이 올 것 같은데, 그놈의 아이디어가 떠오르지 않았다. 28년 상배의 인생 중 이렇게나 아무런 아이디어가 떠오르지 않는 건 처음이었다. 이런 게 말로만 듣던 슬럼프인가 싶었다.

왈왈, 짖는 소리에 상배는 눈을 번쩍 떴다. 사랑스러운 반려견 초코가 초롱초롱한 눈으로 상배를 보고 있다. 비글은 악마견이라지만 초코에게는 해당하지 않았다. 어찌나 잔망스레 귀여운 짓을 많이 하는지 세상만사 모든 것을 귀찮아하는 상배도 초코에게만은 무한한 애정과 관심을 쏟아붓는다. 상배는 애정을 듬뿍 담아 초코의 머리통을 쓰다듬었다.

"오빠, 잔 거 아니야. 명상한 거야."

초코가 다시 왈왈 짖었다. 개소리 그만하고 어서 나가자고 보채는 것 같았다. 그러고 보니 초코의 산책 시간이었다. 실외 배변을 하는 초코에게 산책은 매우 중요하다. 상배는 서둘러 초코에게 하네스를 입히고 자신은 몸에 새긴 문신처럼 자나깨나 밤낮으로 애용하는 등산복을 입은 그대로 밖으로 나왔다. 상배의 집은 동네에 몇 안 남은 마당이 있는 단독

주택이라 마당에서 배변해도 되지만 초코는 꼭 대문을 넘어 완전히 밖으로 나가야만 배변을 했다.

초코는 밖에 나가자마자 죠르르 자신이 제일 좋아하는 공터 화단 옆에 자리를 잡고 힘을 줬다. 상배는 아픈데 없이 규칙적으로 시원하게 배변하는 초코가 기특했다. 옆에 쪼그리고 앉아 초코의 행복 타임이 끝나기를 기다리는데 지나가는 동네 어르신들이 아는 척을 했다.

"너 아직도 백수냐? 느그 부모 속 좀 그만 썩여. 쯧쯧쯧."

어제 산책길에 만났을 때 했던 말씀을 오늘 그대로 또 하신다. 아마 내일도 똑같은 말씀을 하시며 혀를 차시겠지. 초코가 고개를 갸웃거리며 상배를 쳐다봤다. 상배는 초코의 똥을 치우며 중얼거렸다.

"초코, 넌 좋겠다. 똥만 잘 싸도 인정받고 사랑받잖아."

상배도 한때는 잘 먹고 잘 자고 잘 싸서 동네 어르신들에게 사랑받던 때가 있었다. 벌써 27년 전의 일이다.

루오방이 살고 있는 동네는 서울 변두리의 오래된 동네로 서울이지만 서울같지 않은 정과 사랑과 오지랖이 넘치는 곳이다, 대부분의 거주민들이 터줏대감을 자처할 정도로 이곳에서 오래 살았고, 젓가락 개수까지는 몰라도 자식놈들 성장사는 꿰고 있을 정도로 서로의 사정을 잘 알았다. 고등학생 때 이사 온 여름과 연우는 물론, 중학생 때 이사 온 무호, 초등학생 때 이사온 대영까지도 아직도 외지인 취급을 받았고 이 동네에서 태어나고 자라 지금까지 살고 있는 상배 정도만 원주민 인정을 받았다.

동네 어르신들은 부모 없이 지내는 상배를 안쓰러워하며 부모님이 그립지 않도록 틈만 나면 부모님을 대신해 폭풍 잔소리를 하셨다. 상배의 부모님은 오랜 서울살이를 접고 고향으로 귀농하실 때 상배도 같이 데리고 가고 싶어 하셨다. 누나인 상은이 상배를 데려가라 생고집 부린 것도 있지만 부모님 보시기에도 상배는 제 밥벌이도 못할 놈 같아 농사라도 배우기를 바라셨다. 하지만 상배는 결혼도 안한 누나 혼자 서울에 둘 수 없다는 말도 안되는 핑계를 대며... 이게 왜 말이 안되는 핑계냐면, 상은은 태권도 국가대표 상비군이었다가 지금은 경찰로 재직중이다. 태권도 외에도 유도, 주짓수, 무에타이 등 웬만한 격투기는 다 섭렵했다. 성인 남자 둘셋은 가볍게 제압할 실력을 가졌다. 결혼을 안한 여성인 건 맞지만 상배에게 보호를 받아야 할 처지는 아니라는 거다. 오히려 상은이 상배가 어디서 맞고 다니지나 않는지 보살피고 있다.

아무튼 말도 안되는 핑계를 대며 상배는 서울에 남았다. 그렇게라도 서울에 남은 이유는 별 게 아니었다. 거주지를 옮기는 게 귀찮고 새로운 곳에서 새로 사람을 만나 안면을 익혀야 하는 게 귀찮기 때문이었다. 28년을 살고 있는 동네에 대한 애정도 조금은 있고, '루오방'에 대한 애정도 아주 조금, 벼룩 눈곱만큼, 바닷물에 물 한 방울 떨어뜨린 것만큼은 있었다. 하루가 멀다하고 서로 이제 그만 보자고 투닥거리기는 해도 루오방 덕분에 암담한 작가 지망생의 삶을 견뎌내고 있는 것도 사실이다.

루오방의 브레인, 연우의 삶도 루오방의 굴레에서 벗어나지를 못했다. 고등학교 때 알바를 시작한 연우는 지금도 알바를 하고 있다.

연우가 중학교 1학년이 됐을 때, 아버지 사업이 망하며 연우의 집은 폭삭 망했다. 아버지가 사업 실패의 충격을 이기지 못해 술로 하루를 보내자 전업주부였던 어머니가 갑자기 4인 가족의 생계를 책임지게 되었다. 사모님 소리 들으며 우아하게만 살아왔던 어머니라 험한 일은 손끝도 대지 못할 줄 알았는데 의외로 어머니는 물불 안 가리고 식당 주방일부터 마트 캐셔, 우유 배달까지 돈이 되는 일은 무엇이든 했고 술에 취해 험하게 주정하는 아버지도 잘 돌보셨다. 어머니는 아버지가 방황을 끝내고 재기하면 이 고생들도 곧 끝날 거라 믿고 버텼지만 술에 의지해 살던 아버지는 급성간염으로 갑자기 돌아가셨다. 그게 연우가 중학교 3학년 때, 연우의 남동생 연국이 초등학교 5학년 때였다.

어머니는 남편의 갑작스러운 죽음보다 곧 끝나리라 믿었던 고생이 평생 안고 가야할 동반자가 됐다는 것에 더 절망한 것 같았다. 매일 밤 울고 퉁퉁 부은 얼굴로 하루를 시작했지만 그래도 연우 남매를 위해 밤낮없이 일하셨다. 하지만 아버지가 남긴 빚은 시도 때도 없이 불쑥불쑥 나타났고, 어머니가 아무리 몸을 갈아 일을 해도 집안사정은 좋아지지 않았다. 어머니가 투잡 스리잡을 뛰는데도 형편은 점점 더 안 좋아졌다. 어쩔 수 없이 연우도 고등학교 입학을 앞두고부터 본격적으로 알바를 하기 시작했다.

연우는 고등학교 3년 내내 알바를 했다. 그러면서 공부도 잘해서 스카이는 아니어도 중상위권 대학은 갈 수 있는 성적을 유지했지만 연우는 깔끔하게 대학 진학을 포기했다. 고등학교 2학년 겨울, 끝도 없이 튀어나오는 아버지의 빚에 지친 연우는 아버지가 남긴 빚을 샅샅이 찾아내 갚아야 할 총액을 계산하고 어머니와 함께 빚을 청산할 5개년 계획을 세웠다. 5년 안에 빚을 갚기 위해서는 대학에 갈 여유가 없었다. 허리가 끊어지게 허리띠를 졸라매야 했기에 어머니는 아직 중학생인 동생을 데리고 지방에서 큰 고깃집을 하는 먼 친척 언니를 찾아 떠났고 연우는 일자리가 많은 서울에 남았다.

여름은 대학을 포기한 연우의 선택을 안타까워하면서도 한편으로는 연우의 책임감에 큰 감동을 받았고, 기꺼이 연우에게 손을 내밀어 룸메이트로 받아들였다.

냉철하고 이성적이며 현실적인 연우와 제멋대로에 감정적인 여름은 절대 친해질 수 없을 것처럼 보였지만 이상하게도 둘은 서로를 아끼고 챙겼다. 연우는 아무도 이해하지 못하는 여름의 또라이 기질을 이해하는 유일한 사람이었다.

고등학교 시절, 아이들이 루오방을 루오방이라 본격적으로 부르기 시작할 무렵이었다. 학부모 면담 기간에 여름의 어머니가 학교에 찾아왔었는데, 여름은 어머니를 보자마자 비명처럼 "채사장! 미쳤어?" 외치더니 홍당무처럼 얼굴을 붉히며 그 꼴을 하고 학교에 왔냐고 소리를 질러댔었다. 아이들이 보기에도 여름의 어머니 채사장 – 여름은 중학생 때부터 엄마라는 호칭 대신 채사장만을 고집했다 – 은 다른 어머니들과 달리 꽤 화려하긴 했지만 그렇다고 그렇게까지 화를 낼 정도는 아니었다. 화려한 미모에 화려한 치장이 눈에 띄어 연예인인가 고개를 갸웃거리는 했지만 딱 그 정도였는데, 여름은 부들거리며 채사장에게 화를 내고 무단으로 조퇴를 해버리더니 다음 날에는 아예 결석을 했다. 정하빈의 모진 구박을 견디면서도 얼굴색 하나 변하지 않고 코웃음을 치던 '다이아

몬드 멘탈' 여름인데.

걱정이 된 루오방이 여름을 찾아 헤맨 끝에 코인 노래방에서 홀로 분노의 열창을 하고 있던 여름을 찾아냈다. 그날 여름은 남들에게 하지 않았던 얘기라며, 가정사에 대해 털어놨다. 채사장은 여름을 가진 상태에서 첫 번째 이혼을 했고, 여름이 고등학생이 될 때까지 세 번의 결혼을 했었다. 여름에게는 한 명의 친아버지와 세 명의 새아버지, 그리고 채사장이 결혼 중간중간에 만났던 4명의 삼촌들이 있었다. 여름은 엄마의 애정이 필요했지만 채사장은 자신의 애정을 많은 이들에게 나눠주었다. 해서 여름은 자신이 애정결핍이 될 수 밖에 없었다며 채사장이 너무 밉다고 마이크에 대고 통곡했고 연우는 마이크 좀 꺼달라는 옆방 손님에게 꺼지라고 소리치며 여름을 감싸 안았다.

애정이 많은 엄마를 원망하고 자란 여름은 비록 정하빈은 거절했지만 채사장과 경쟁이라도 하듯 남자들을 수시로 바꿔 만났고, 대학 입학 후 남자 수집이 본격화되며 취미가 키스이고 특기가 남자 꼬시기가 됐다. 타고난 미모 덕인지 여름의 유혹은 백발백중이라 얼마되지 않아 채사장의 연애 편력을 따라잡았다. 여왕벌같은 여름의 자유분방한 연애를 두고 여러 말이 오가고 여름을 욕하는 사람들도 많았지만 연우는 여름을 이해하고 좋아했다. 여름처럼 연애지상주의자 엄마를 두지는 않았지만 연우의 가정사도 남부럽지않게 고달팠고, 극과 극은 통한다는 말이 맞는지, 자신과 전혀 다른 성격의 여름을 보고 있으면 이상하게 답답한 속이 시원해졌다.

여름은 가족에 대한 책임감이라고는 손톱만큼도 찾아볼 수 없는 채사장을 생각하며 연우를 존경하고 아꼈다. 누구에게나 공평하게 지랄맞은 여름이지만 연우만은 예외이고 그녀의 말만은 웬만하면 따랐다. 연우가 서울에 홀로 남게 됐을 때 여름이 일초의 망설임도 없이 같이 살자 권하고 지금껏 사이 좋은 룸메이트로 함께 살고 있는 것에는 서로에 대한 이해와 존중이 있기 때문이다.

다시 연우의 이야기에 집중하면, 연우는 루오방이라는 별명이 미안하게 야무진 똑순이다. 원래도 야무진 아이였지만 어려운 가정 형편 속에 온갖 알바를 섭렵하며 남보다 이르게 사회의 무서움을 경험한 탓에 차돌멩이보다 더 단단한 똑순이가 됐다. 어디 가서 손해 보는 것 싫어하고 남에게 피해를 주는 것도 싫어하고, 주는 만큼 되돌려준다. 모르는 사람이 보면 야박하다 할 정도로 맺고 끊는 게 확실했다.

그래도 이런 야무진 성격 덕에 계획한 대로 5년 안에 모든 빚을 청산하지는 못했지만 작년에 마침내 다 갚을 수 있었다. 이제야 숨통이 트이며 자신을 돌아보고 미래를 고민할 여유가 생겼는데 마주한 현실은 냉혹했다. 빚에서 빠져나와 정신을 차려보니 서른이 코앞인데 여전히 계약직을 전전하는 신세였다. 결혼도 해야 하는데 언제까지 이렇게 살 수는 없었다.

연우는 자신의 적성과 실현 가능성 등을 따져 가장 현실적인 계획을 세운 결과, 작년부터 대형 프렌차이즈 커피숍 계약직원으로 근무하며 정규직 전환을 노리고 있다. 본사에서 직접 운영하는 직영점인데다 매니저가 정규직에 추천해주겠다고 여러 번 언질을 주었다. 고졸 학력의 연우에게 매니저의 추천은 큰 도움이 된다. 정규직이 될 가능성이 다른 어느 곳보다 높았다. 그래서 연우는 최근 궂은 일도 솔선수범해서 하고 있다. 언제나 손익을 따지고 이해타산을 계산한 후 실행에 옮기던 연우가 아무 대가없이 펑크 난 알바 자리를 메꾸고 마감 뒷정리를 도맡아 한다.

이런 일도 있었다. 화장실 변기가 막혔는데 사람 부를 시간이 없다며 매니저가 일하는 아르바이트생들을 죄다 호출했다. 누가 가서 뚫으라는 것이다. 다들 미적거리며 매니저와 눈이 마주치지 않으려 필사의 노력을 했다. 돈을 더 주는 것도 아닌데 그런 냄새나는 일을 하고 싶은 사람은 없다. 연우는 사람들의 눈치 게임을 지켜보며 타이밍을 재다가 손을 들었다.

"제가 할게요."

모두가 꺼리는 일을 할 때야말로 자신의 존재감을 또렷이 부각시킬 수 있는 기회이다. 적당히 시간을 끌어 이 일이 얼마나 모두가 하기 싫어하는 일인지 충분히 부각시킨 후, 모두가 하기 싫어하는 일을 솔선수범해서 한다고 나선다면.... 정규직만 아니라면 존재감이고 뭐고 웃돈을 얹어주지 않는 이상 솔선수범할 일은 없겠지만 정규직이 걸려있으니 이 기회를 충분히 살리자. 연우는 빠르게 머리를 굴려 결정했다. 그러고 보니 대가 없는 솔선수범이 아니라 큰 거 한 방을 노리는 솔선수범이다.

"역시, 연우 씨밖에 없다. 정규직 될 자격이 충분해."

매니저가 기다렸다는 듯 칭찬의 말을 늘어놓았다. 정규직이 된다면 이쯤이야, 연우는 두 팔을 걷어붙였다. 올해 안에는 꼭 정규직이 되고 싶었다. 대영을 위해서라도. 정규직이 되기 전에는 결혼할 수 없다고 못박아 둔 탓에 대영은 연우보다도 더 간절히 연우의 정규직 전환을 기원하고 있었다.

　루오방의 일원이자 연우의 남자친구인 대영은 연우가 유일하게 이해타산을 따지지 않고 마음이 시키는 대로 선택한 사람이다. 고등학교 때부터 10년이 넘게 사귀고 있지만 연우는 대영이 화내는 것을 한 번도 본 적이 없다. 연우에게뿐 아니라 누구에게도 대영은 웬만해서는 화를 내지 않는다.
　워낙에 착하고 남을 배려하는 성격이라 화를 내지 않지만 외모 때문에 더더욱 화를 내지 않으려 노력했다. 대영은 자신이 살짝 인상만 찌푸려도 사람들이 겁을 먹고 피하려 하는 것이 속상하고 싫었다. 딱 보는 순간 조폭인가 오해할 만한 커다랗고 우람한 덩치와 험상궂어 보이는 인상은 타고나기를 그렇게 타고난 것일 뿐, 대영이 원한게 아니었다. 대영의 실체와는 전혀 상관이 없었다.
　대영의 진짜 모습은 소녀에 가까웠다. 다정하고 여리고 섬세하다. 취향도 소녀 취향으로 예쁘고 아기자기한 것들을 좋아하고, 취미는 할머니에게서 배운 뜨개질이다. 스웨터를 직접 떠서 연우에게 처음으로 선물한 날, 연우는 그 현란한 솜씨에 입을 떡 벌렸었다. 웬만한 일에는 눈도 깜짝 안 하는 그 연우가 말이다. 데이트할 때도 예쁜 디저트 카페에 가고 싶어 하는 것은 연우가 아니라 대영이다. 연우는 쓸데없이 비싸기만 하다고 내켜 하지 않지만 대영은 예쁘게 장식된 케이크나 마카롱, 휘낭시에 등을 눈으로 보고 입으로 맛보는 것을 좋아한다. 국자도 숟가락으로 보이게 만드는 곰발바닥같은 손으로 알록달록 예쁘게 장식된 마카롱을 들고 감탄사를 내지르는 대영은 인지부조화가 생길 정도로 놀랍지만 아주 가끔은 연우의 주장대로 귀엽기도 하다.

대영은 루오방 중 유일하게 취업해서 회사에 다니는 직장인이다. 아침에 출근해 저녁에 퇴근하고 매달 25일이면 따박따박 월급을 받는 성실한 직장인, 하지만 폼 나는 대기업은 아니고 돈 잘 버는 직종의 회사도 아니다. 대영의 회사는 여러 종류의 과자와 초콜릿을 개발해 판매하는 중소기업으로 대영은 영업사원으로 근무하고 있다.

중소기업이기는 하지만, 이름을 말하면 알만한 히트 과자들이 몇 개 있고 질소 포장 없는 가성비 좋은 제품들로도 인기를 끌고 있어서 대영은 자긍심과 자부심을 가지고 일하고 있다. 디저트라면 천리길도 마다하지 않고 찾아가는 대영의 취향에도 더할나위 없이 딱 맞았다. 다만 문제는 대영이 가진 자부심을 다른 사람들은 제대로 인정해주지 않는다는 것이다. 대영에게는 절대 갑인 대형마트의 김대리처럼 말이다. 대영은 회사 제품력으로 당당히 인정 받길 원하고, 충분히 그럴 자격이 있다고 자부하지만, 제품력보다는 회사 이름을 중요시하는 김대리는 대영의 회사 정도는 가볍게 무시하며 납품을 원하면 시키는 대로 하라는 식의 갑질을 한다. 예를 들면 창고 정리 같은 것, 식사 대접 같은 것, 개인 대소사 챙기는 것 등. 창고 정리는 하도 시켜대서 대영이 마트 직원보다 창고에 있는 물품에 대해 더 빠삭하게 알 정도이다.

다른 중소기업의 영업사원들은 김대리의 갑질을 견디지 못하고 모두 나가떨어졌지만, 대영은 다르다. 기꺼이 웃는 얼굴로 김대리의 갑질을 수

행한다. 그렇게 해서 회사 제품이 납품되고 좋은 위치의 진열대에 진열될 수만 있다면야 못할 게 뭔가 싶었다. 자신의 노력으로 회사 제품이 고객들에게 사랑받고 그러다 보면 회사도 커질 것이고, 그러면 사랑하는 연우와 할머니를 행복하게 만들어 줄 수 있을 것이다.

대영의 인생에서 가장 중요한 것을 꼽으라 한다면 0.1초의 망설임도 없이 무조건 할머니와 연우이다. 대영의 부모는 이혼하며 여섯 살의 대영을 친할머니에게 버렸다. 문자 그대로 '버렸다'. 아버지든 어머니든 그 이후로 대영을 찾아오거나 연락한 적이 단 한번도 없었다. 아버지는 자식을 버리며 본인의 어머니인 할머니와도 연락을 끊었다. 할머니는 자식을 잘못 키운 당신을 탓하며 대영만은 어떻게든 잘 키워보려 애를 쓰셨다. 간병인으로 일을 해서 돈을 벌고 젊은 엄마들에게 귀동냥으로 얻은 정보로 대영에게 필요한 것들을 챙겨주셨다. 천성이 착한 대영은 철까지 일찍 들어서 자신을 거둬주고 키워주시는 할머니를 진심으로 고마워하며 한 번도 할머니 속을 끓이게 할일은 하지 않았다.

우량아로 태어나 계속 우량아로 커온 대영은 초등학교 때부터 덩치와 외모만 보고 접근해 오는 학교 일진들에게 끊임없이 시달려야 했다. 일진들은 대영을 무리로 만들려하거나 라이벌로 생각해 제압하려고 했는데 어쨌거나 저쨌거나 대영은 일절 상대하지 않았다. 시비를 걸어오면 피했고 싸움을 걸어오면 그냥 맞았다. 대영도 아주 가끔은 분을 못 참고 한판 겨뤄볼까 하는 마음도 들었지만 할머니를 속상하게 할 일은 하고 싶지 않았다.

할머니를 기쁘게 해드리기 위해 공부도 열심히 했지만 공부는 영 적성이 아니었다. 노력을 안 한 게 아니다. 수업 시간에는 딴짓하거나 조는 법 없이 선생님 말씀을 경청했고 학원도 비가 오나 눈이 오나 홍수로 거리가 물에 잠겨도 꼬박꼬박 다녔다. 명문대 합격으로 효도하고 싶은 마음에 잠자는 시간 아껴가며 공부했지만 성적은 좀처럼 하위권을 벗어나지 못했다. 할머니는 건강하고 착하니 됐다며 공부까지 잘할 필요 없다고 했지만 대영은 그게 참 죄송하고 아쉬웠다.

연우에게 푹 빠지게 된 이유도 공부가 컸다. 대영은 죽어라 책상 앞에 앉아 공부만 하는데도 성적이 나오지 않는데 연우는 정규 수업 시간 외 거의 대부분의 시간을 아르바이트에 쓰는데도 상위권 성적을 유지했다. 게다가 연우는 너무 예뻤다. 다른 애들은 여름의 미모를 칭찬하고 여름에 대해서만 얘기하지만 대영의 눈에 여름은 보이지도 않았다. 처음부터 오직 연우였다. 대영에게는 연우가 온 우주에서 가장 예뻐 보였고 지금도 그렇다.

고등학교에 입학한 후 같은 반이 된 연우를 처음 본 순간 반했지만 언감생심 감히 고백할 생각도 못하고 같은 루오방으로 묶여 불리는 것에 감사하며 연우의 호위무사를 자처했다. 자신을 괴롭히는 애들은 무시하고 적당히 당해줬지만 연우를 괴롭히는 애들은, 연우의 머리카락 한 올이라도 잡아당긴 애들은 가만두지 않았다. 연우를 괴롭힌 대로 똑같이 되갚아 주었다.

연우는 처음에는 자신의 일은 알아서 감당할테니 넌 네 일이나 하라고 선을 그었다가 차츰 대영의 진심을 알게 되며 눈여겨보게 되었고 그러면서 대영의 따뜻함과 선함을 알게 되었고 그에게 호감이 생기며 먼저 사귀자고 프러포즈하기에 이르렀다.

연우가 프러포즈한 날, 대영은 감격에 겨워 오열했다. 연우는 자신의 두 배는 될 대영의 광활한 등을 토닥이며 자신의 프러포즈가 장난이 아니라 진심임을 오랫동안 설명해줘야 했다. 대영은 자신의 생일은 챙기지 않으면서 연우가 사귀자고 프러포즈한 날은 매해 챙기며 기념하고, 할머니도 생일대신 프러포즈 데이에 대영에게 축하 인사를 건넨다.

루저라고 비웃건 말건, 루오방이라 부르든 말든, 대영은 지금 행복했다. 사랑하는 할머니와 연우가 아픈데 없이 건강하게 옆에 있고, 월급날 밀리지 않고 월급이 나오는 직장이 있고, 심지어 직장에서 하는 일도 좋다. 퇴근하면 같이 맥주 한 잔 나눌 수 있는 오랜 친구들도 있다. 연우가 정규직이 돼야 결혼하겠다고 하기는 하지만 그것도 걱정 없었다. 똑똑한 연우는 곧 정규직이 될 거니까. 뭐 하나 부족한 게 없다. 김대리가 갑질 좀 하면 어떤가. 갑질을 하며 남을 짓밟는 데서 행복을 느끼는 그가 가여운 사람인 거지. 대영은 행복하다.

루오방의 리더라고 스스로 떠벌이는 무호는 그런 대영이 하나도 이해가 되지 않았다. 오래된 빌라에 전세로 살면서, 신혼집 얻을 돈이 없어 결혼도 미루면서 뭐가 그리 행복하다는 건지. 사내란 모름지기 꿈이 커야 하는 게 아니겠는가. 괜히 다들 '보이즈 비 앰비셔스(Boys be Ambitious)'라고 떠드는 게 아니다. 야망을 품은 남자, 박무호의 꿈은 원대하고 구체적이며 명확했다. 정하빈보다 더 부자가 돼 보란 듯이 정하빈을 무시하는 것.

무호는 꿈을 이룰 수단으로 주식을 선택했다. 지금은 비록 비좁은 고시방에서 공시생 신분으로, 왼쪽 오른쪽 방에서 들리는 한숨과 잠꼬대를 들어가며 살아야 하지만 언젠가는 대박을 터뜨려 보란 듯이 떵떵거리며 살 것이다. 건물주가 임대료를 올릴까 전전긍긍하면서 장사하는 부모님께는 근사한 상가를 사드려 원하시는 대로 정육점에 정육 식당까지 열어드리고, 동생이면서도 형을 한심하게 보는 영호는 얄밉기는 하지만 그래도 가족이니 차 한 대...는 비싸고 전기 자전거 한 대는 사줄 것이다. 부모님이 동네방네 떠벌리며 자랑할, 자랑스러운 아들이 될 것이다.

하지만 오늘도 무호의 꿈은 이루어질 기미가 보이지 않았다. 이상하게 무호가 팔면 주가가 오르고, 사면 떨어졌다. 무호가 답답한 마음에 한숨을 쉬자 기다렸다는 듯 왼쪽과 오른쪽 방에서 "거, 좀 조용히 합시다"라며 벽을 두드려댔다. 예민하기는...

속이 답답해진 무호는 콜라라도 사먹을까 싶어 주머니를 뒤졌다. 땡전 한푼이 없다. 돈이 없으니 시원한 콜라 한잔이 더욱 간절해졌다. 책상 서랍과 옷걸이에 걸려있는 옷들을 샅샅이 뒤지고 뒤진 끝에 기적적으로 천 원짜리 한 장과 백 원짜리 동전 다섯 개를 찾았다.

무호는 전 재산을 손에 꼭 쥐고 콜라 자판기가 있는 휴게실로 갔다. 지폐를 넣은 후 동전 다섯 개를 넣고 콜라를 누르려고 하는데, 자판기는 천사백 원을 넣었다며 백 원을 더 넣으라고 깜빡거린다. 분명 지폐 한 장과 동전 다섯 개를 들고 왔고, 손에는 남은 돈이 없으니 자판기에 넣은 건 지폐 한 장과 동전 다섯 개, 천오백 원이 맞는데 자판기가 미쳤나. 무호가 자판기를 발로 차려는 순간, 고시원의 남자 사장이 청소도구를 들고 휴게실로 들어왔다. 환갑이 갓 지난 김사장은 동네에서 '짠사장'이라 불릴 정도로 구두쇠이다. 돈 주고 사람 쓰는 것을 아까워해 청소, 수리, 보수 등 모든 것을 직접 한다. 자판기 관리도 당연히 김사장의 일이다.
"사장님, 얘가 백 원 먹었어요. 콜라 하나 주세요."
김사장이 흘깃 자판기를 보고는 퉁명스레 말했다.
"백 원 더 넣어. 콜라 천오백 원이라고 써놨잖아."
"그러니까요. 그래서 제가 천오백 원을 넣었거든요. 근데 얘가 백 원을 먹어버렸어요."
"그럴 리가 있나. 사람은 틀려도 기계는 안 틀려."
김사장이 대견하다는 얼굴로 자판기를 톡톡 두드렸다.
"아닌데. 제가 분명히 천 원짜리 한 장이랑 백 원짜리 동전 다섯 개를 들고 와서 다 넣었어요. 그러니까 콜라 하나 주세요."
"콜라 마시고 싶으면 백 원 더 넣으라니까."
"아니, 제가 진짜 진짜로 천오백 원을 넣었다니까요?!"
"백 원도 없으면서 뭔 콜라를 마셔? 물이나 마셔."
김사장이 한심하다는 듯 쳐다보자 무호도 오기가 생겼다. 콜라가 문제가 아니었다. 사나이 자존심이 걸렸다. 이 대결에서 지고 싶지 않았다.
"진짜 천오백 원 넣었다고요! 제 이름을 걸고 맹세해요."
"그깟 백 원에 이름이나 걸고.... 나 같으면 이럴 시간에 한 글자라도 더 공부하겠네. 공시생 3년차 아냐? 부모님 생각은 안해? 얼마나 애가 타시겠어? 내 자식이 이런다고 생각하면... 어휴...."

김사장이 혀를 차며 '부모님'을 언급하자 활활 타오르던 무호는 급격히 전투력을 상실했다. 고생만 하시는 우리 불쌍한 부모님. 빨리 주식 대박을 터뜨려 꽃가마 태워 호강 시켜드려야 하는데, 백 원을 놓고 실랑이 하고 있는 장남을 보면 얼마나 마음 아파하실지. 갑자기 의기소침해진 무호는 콜라를 포기하고 반환 버튼을 눌렀다. 자판기가 또르륵또르륵 지폐 한 장과 동전 세 개를 뱉어냈다.

"어? 백 원 덜 나왔어요. 백 원 더 주세요."

"천삼백 원만 넣었겠지. 기계는 안 틀려."

무호는 얼굴색 하나 바뀌지 않고 시치미를 떼는 김사장이 어이없었다. 아무리 짠사장이라지만 직접 눈으로 자판기에 천사백 원이 써있던 것을 보고도 이러나? 동네 제일의 알짜 부자라더니 이런 식으로 백 원 모아 부자가 된 건가 싶었다.

"아까 사장님도 보셨잖아요. 여기 천사백 원이라 써있던거."

"글쎄, 난 모르겠는데. 그보다 조용히 좀 지내. 303호랑 305호에서 컴플레인 엄청 들어와."

"내가 시끄러운 게 아니라 방음이 너무 후져서 그래요. 방음 좀 해주세요."

"돈 내. 돈 내면 해줄게."

김사장이 뻔뻔한 얼굴로 손을 내밀었다. 지고 싶지 않지만 무호는 김사장의 상대가 되지 않았다. 천삼백 원을 쥐고 씩씩대던 무호는 휴게실 문을 박차고 나갔다. 백 원 짜리에 자존심을 거는 공시생, 그게 루오방 무호의 현재 상황이다.

모든 역사는 밤에 이루어진다

초코를 데리고 산책하던 상배는 단골 편의점에서 맥주 두 팩과 초코에게 줄 간식을 사들고 편의점 앞 파라솔 좌석에 앉았다. 곧이어 무호가 손을 흔들며 나타났다.
"어이, 조백수!"
무호가 상배 앞에 앉으며 상배가 마시려 쥐고 있던 맥주캔을 낚아채 마셨다. 상배는 익숙한 듯 다른 맥주캔을 따서 마셨다. 한두 모금 마셨을 때 연우와 대영이 같이 나타나 합류했고 마지막으로 여름이 기다란 머리카락을 휘날리며 왔다. 요즘은 굳이 약속하지 않아도 해 저물고 퇴근 무렵이 되면 편의점 파라솔에서 만나 하루의 소회를 같이 나누었다. 소회라고 하지만, 그냥 한풀이다. 이렇게라도 스트레스를 풀지 않으면 이 강퍅한 세월을 버텨낼 방도가 없다.

"뉴스에 제보하려다 말았어, 자식들 말야, 지금 시대가 어떤 시댄데 그딴 소리를 지껄이냔 말야. 가'족'같은 소리하고 앉았어. 입으로 똥을 싸더라니까."

맥주캔을 단숨에 원샷한 여름이 면접관들의 만행을 쏟아내며 자신이 얼마나 힘들었는지 호소하자 저마다 질세라 자신의 힘듦에 대해 떠들어댔다. 무호는 숨만 좀 크게 쉬어도 양쪽 방에서 벽을 두드려대는 통에 노이로제에 걸렸다고 툴툴댔고, 연우는 그 정도는 약과이며 세상에 얼마나 다양하고 기괴한 진상들이 존재하는지 서비스업을 해보면 알 거라고 일갈했고, 상배는 세상에서 가장 큰 고통은 창작의 고통이요 너희들은 절대 모를 고통이라며 점잖게 자신이 가장 힘들다 호소했다. 대영만이 사는 게 다 그렇지 않겠냐며, 원래 삶은 힘들고 괴로운 것이고, 그래서 우리는 작은 행복에 감사해야 한다는 부처님 같은 말을 하다가 친구들의 비난 어린 눈총을 받았다.

"난 진짜 우리가 오늘날 이렇게 살고 있을 줄은 몰랐다. 번듯한 정장 입고 커다란 빌딩으로 출근하며 뽀다구 나게 일할 줄 알았는데, 이게 뭐냐? 작가라고 하지만 알고 보면 백수에, 성질만 더러운 또라이 취준생에 목숨 간당간당한 계약직 알바, 갑질이나 당하는 가여운 영업사원이 웬 말이냐고…"

무호가 친구들을 차례로 꼽아가며 꼽을 줬다.

"주식에 미친 공시생은 왜 빼?"

여름이 지적하자 상배가 조용히 고개를 끄덕이며 동의했다. 여름이 상배의 동의를 등에 업고 일침을 놨다.

"하여간 얍삽이야."
"또또 주제에."
발끈한 무호가 받아치자 여름이 기다렸다는 듯 반색했다.
"오, 그래. 해보자는 거지? 그렇찮아도 한 놈만 걸려라 기다리던 참인데, 땡큐베리마치다."
대영이 무호를 약올리는 여름을 말리며 맥주캔을 들고 건배를 제안했다.
"한잔 하자. 신세 한탄이나 하기에는 오늘 밤공기가 너무 좋다."
삶이 우리를 속일지라도 오늘은 일단 마시자.
왁자지껄 떠들며 술을 마시던 루오방은 어디선가 나는 소란스러운 소리에 주위를 두리번거렸다. 편의점 건너편 술집이 밀집한 지역에서 한 노숙인이 쫓겨나는 게 보였다. 거리에 내놓은 테이블에 앉은 남자들이 노숙인을 떠밀며 소리를 지르고 있었다.
"술을 마시고 싶으면 돈을 벌어, 거지새끼야."
대영의 연봉보다 비싼 하이엔드 시계를 찬 남자가 비싼 팔목으로 노숙인에게 술잔을 끼얹고 낄낄댔다.
"술맛이 어떠냐?"
노숙인이 데리고 있는 커다란 개가 주인을 지키려는 듯 남자를 향해 크게 짖자 남자는 개에게도 술을 뿌렸다. 리트리버와 시베리안허스키, 진돗개 등이 골고루 섞인 것 같은 대형믹스견은 술을 얻어맞자 더 사납게 짖어댔고, 남자는 미친 개는 몽둥이가 약이라며 옆에 있던 빗자루를 들고 윽박질렀다. 그걸 본 여름이 벌떡 일어났다.

"저 미친놈들. 야! 그만두지 못해!"

여름이 술집으로 뛰어가려는 것을 무호가 말렸다.

"야, 넌 눈이 없냐? 저 남자들 덩치 좀 봐라. 그냥 못본 척해. 우리가 언제부터 정의로웠다고 이래."

개가 더 날뛰게 될까 걱정된 노숙인은 개를 대신해 허리가 90도로 접히게 사과하며 자리를 피했다. 노숙인과 개가 편의점을 향해 걸어오자 상배 옆에 얌전히 누워 졸고 있던 초코가 일어나 왈왈 짖었다. 노숙인이 짖어대는 초코를 피해 돌아가려고 하는데, 대영이 노숙인을 불렀다.

"저기요, 맥주 한잔 하실래요?"

노숙인이 경계하며 한걸음 물러서자 대영이 사람 좋게 웃었다.

"바람도 선선하고 날씨도 쾌청하고, 이런 밤에 맥주 한잔 안 하면 언제 해요?"

대영이 맥주 두 캔을 노숙인에게 건넸다.

"하나는 정 없으니까 두 개. 드세요."

덥수룩한 수염에 모자까지 쓰고 있어 표정이 잘 보이지는 않았지만 노숙인의 얼굴이 환해지는 것 같았다. 연우가 테이블 위에 있던 초코의 간식을 노숙인에게 건넸다.

"이건... 얘 이름이 뭐에요?"

"만두... 에요."

"만두 주세요."

연우가 내민 초코의 간식을 노숙인이 받아들려하는데 초코가 소유권을 주장하듯 아까보다 더 사납게 짖어댔다. 노숙인이 초코의 눈치를 보며 받지 못하자 상배가 초코를 달랬다.
"넌 집에 가서 먹자. 얜 괜찮아요, 만두 주세요."
노숙인이 고맙다고 연신 고개를 숙이며 만두의 간식과 맥주 두 캔을 보물처럼 소중히 들고 떠나자 무호가 툴툴거렸다.
"우리 마실 것도 부족한데... 넌 그게 문제야. 너무 물러터졌어. 네가 가서 술 더 사와."
"그만 마시자. 대영이랑 난 내일 출근해야 해."
연우가 무호의 말을 단칼에 자르고 자리를 정리했다. 연우가 일어서자 대영이 자동으로 따라 일어났고 나머지 애들도 서둘러 남아있는 맥주를 비우고 일어났다.

5월의 밤은 기가 막히게 좋았다. 하루 종일 청명한 푸른 하늘을 자랑하더니 밤에도 하늘이 맑은지 다른 때보다 더 별이 총총 밝았고, 가로등 불빛에 반짝이는 봄꽃들은 별처럼 화사했다. 선선한 밤공기는 맑고 개운했고 바람도 시원하게 불었는데, 그랬는데 바람결에 담배 냄새가 실려왔다. 냄새를 따라 고개를 돌리니 골목 한쪽에서 중학교 교복 입은 남학생 네 명이 담배를 피우고 있다. 여름이 역한 담배 냄새에 인상을 찌푸리는데, 남학생이 손가락으로 튕겨 끄던 담뱃재가 튀기까지 했다.
"아이씨, 어디서 성장판도 안 닫힌 어린 노무 것들이 담배를 펴? 교복까지 입고 잘하는 짓이다. 당장 담뱃불 끄지 못해?!"
여름이 신경질을 내자 중학생들이 삐딱하게 노려봤다.
"뭐야, 아줌마. 가던 길이나 가지, 어디서 꼰대질이야?"

담벼락에 기대 서있던 중학생들이 담뱃불을 튕기며 몸을 일으켜 세웠다. 중학생 교복을 입고 있기는 하지만 덩치가 중학생이 아니다. 씨름부 소속이라도 되는지 네 명 다 대영만 하다. 여름을 제외한 루오방은 본능적으로 뒷걸음을 쳤다. 얼결에 선두에 홀로 남은 여름만 상황 파악 못하고 계속 떽떽거렸다.

"아줌마? 꼰대? 니들 꼰대질이 뭔지 제대로 한번 보여줘 봐? 후회 안 할 자신 있어?"

여름의 말에 중학생들이 피식피식 웃자 루오방의 얼굴은 심각해졌다. 연우의 눈짓에 무호와 대영이 재빨리 여름의 양팔을 붙잡았다.

"미안하다, 얘들아. 이 아줌마가 약 먹을 시간이 지나서 이래. 하던 거 편하게 마저해. 우린 신경쓰지 마."

무호가 정하빈 옆에서 시중들던 미소를 지으며 상황을 무마하려 했다. 하지만 중학생들은 상대가 겁먹은 것을 기가 막히게 눈치채고 더 위협적으로 나왔다.

"그냥 가면 안되지."

"그냥 안 가면?"

무호가 묻자 중학생이 빙글거렸다.

"담뱃값은 주고 가야지. 자진 납세? 강제 징수? 골라봐. 뭐가 좋아?"

중학생을 피해 한걸음 뒤로 물러서며 무호가 복화술을 하듯 친구들에게 속삭였다.

"해볼까? 우리가 하나 더 많아."

"지금 중학생이랑 싸우자는 거야?"

연우가 어이없어 하는 와중에 조용히 있던 상배가 한마디 했다.
"난 비폭력주의야. 빠질래."
"내가 한 놈 정도는 책임질 수 있어."
여름이 손가락 관절을 꺾으며 자신을 보이는데, 대영이 말했다.
"내가 우유 팩을 던질게. 그 다음은 알지?"
"여기 우유 팩이 어딨냐?"
무호가 묻자 대영이 맥주캔을 살포시 들어 보이며 의미심장한 눈으로 친구들을 둘러봤다. 루오방이 정하빈 일당에게 괴롭힘을 당하던 시절, 나중에는 요령이 생겨 루오방 중 한 명이 우유 팩을 던지면 그걸 신호로 삼십육계 줄행랑을 쳐서 위기를 모면하고는 했었다.
대영이 맥주캔을 던지는 것을 신호로 루오방은 고등학교 때처럼 죽을힘을 다해 도망쳤다. 연우가 고등학교 때처럼 버티려는 여름의 손을 잡고 달렸다. 등 뒤에서 중학생들의 비웃음 소리가 들렸지만, 괜찮았다. 한두 번 겪어본 일도 아닌데 새삼스레 쪽팔릴 것도 없었다. 삼십육계 줄행랑은 고대 병법서에서도 추천하는 역사 깊은 병법이다.
중학생들을 피해 공원까지 도망친 뒤에야 루오방은 한숨을 돌렸다. 무호가 숨을 헐떡이며 여름을 노려봤다.
"야, 너 오늘 대체 왜 이러냐. 아무리 면접 스트레스가 심했다고 해도 이건 아니지. 우리가 언제부터 청소년 선도에 앞장 섰다고 시비를 털어? 우리 그런 사람들 아니잖아. 봐도 못본 척, 들어도 못 들은 척, 가늘고 길게, 무탈하게. 몰라?"
"나 화장실 좀..."

무호가 여름을 잡고 여름이 귀를 후비며 너는 떠들어라 나는 안들린다를 시전하는 사이에 대영이 공원 화장실로 갔고, 상배는 숨을 헐떡이며 잔디 위에 드러누웠다. 연우가 따라 눕자 여름도 냉큼 연우 옆에 누웠다. 무호까지 합류해 누워서 대영을 기다렸다. 오래된 공원은 울창한 나무들도 많고 잔디밭도 좋았지만 동네 주민들은 운동기구가 많은 새로 조성된 공원에 더 많이 갔다. 덕분에 공원 안은 루오방만 있는 것처럼 조용했고 가끔 새소리만 들렸다.

맥주도 한잔 했겠다, 간만에 뜀박질도 했겠다, 바람은 솔솔 불어오니 심신이 나른해졌다. 다들 몽롱한 얼굴로 밤하늘을 올려다보았다. 어느새 화장실에 다녀온 대영도 합류해 대자로 누워 밤하늘을 바라보았다.

아무 생각 없이 올려다보는 밤하늘은 평화로웠다. 멍하니 별 구경을 하고 있는데 반짝이는 별들 사이로 빠르게 움직이는 별 하나가 눈에 들어왔다. 별치고는 너무 눈에 띄게 빨리 움직였다. 그렇다고 별똥별처럼 떨어지는 것도 아니다. 오르락내리락, 가로세로, 동서남북 팔랑거리며 날아다녔다. 처음에는 별 하나였다가 어느새 여러 개의 별로 늘어났다. 대영이 눈을 깜빡이다 말했다.

"너희들 눈에도 저거 보여?"

"너도 봤어?"

상배가 호응했다.

"UFO 아냐?"

여름이 UFO를 언급하자 무호가 호들갑을 떨며 녹화해야 한다고 핸드폰을 찾아 주머니를 뒤적거렸다. 그러는 사이 사방팔방 미친 듯이 움직이던 별들이 눈 깜짝할 새 하나로 크게 뭉치더니 하얗게 섬광 같은 빛을 터트리며 루오방을 덮쳤다. 달아날 틈도 없이 잔디 위에 누운 채 루오방은 쏟아지는 빛 속으로 사라졌다.

새들이 시끄럽게 지저귀는 소리가 아침 공기를 흔들었다. 눈부신 아침 햇살이 간밤에 맺힌 잔디 위 이슬들을 영롱하게 비추었다. 어디선가 이찬원의 진또배기가 시원하게 울려 퍼졌다. 죽은 듯이 누워있던 대영이 벌떡 일어나더니 주머니를 뒤져 핸드폰을 꺼냈다. 할머니에게서 온 전화다. 대영이 전화를 받자 할머니 목소리가 핸드폰을 뚫고 나왔다.
"외박을 하면 한다 말을 해야지, 누구랑 있냐? 바로 회사로 갈 거여? 아침밥은 어쩔 거여?"
"아냐. 지금 집에 갈 거여."
대영의 전화 소리에 잠들어 있던 다른 아이들도 하나둘씩 부스스 일어나더니 팔다리의 뻑적지근한 고통을 호소했다.
"아고고, 삭신이야."
"역시 잠은 한데서 자는 게 아니라니까."
"배고프다."
저마다 궁시렁궁시렁 떠들며 각자 집으로 향했다. 어젯밤 별의 섬광 같은 건 아무도 기억하지 못했다.
상배도 어젯밤 일은 까맣게 잊고 있었다. 그런 건 생각할 겨를도 없었다. 집으로 걸어가다 문득 초코가 생각났기 때문이다. 편의점까지는 초코가 있었는데, 지금은 없다. 가만 생각을 더듬어 보니 중학생들을 피해 달아날 때 초코를 놓친 것 같았다. 집으로 향하는 상배의 발걸음이 빨라졌다. 초코가 없다. 초코가 없어졌다. 불안감에 심장이 요동쳤다. 초코야, 어디 있니? 초코는 똑똑한 애이니 알아서 집으로 돌아갔을 거라 생각하면서도 혹시나 하는 걱정이 들었다.

대문을 벌컥 열고 들어가자 마루에서 초코가 왈왈 짖는 소리가 들렸다. 상배는 식탁 아래서 아침을 먹고 있는 초코를 발견하고 달려가 껴안았다.

"초코야, 무사했구나."

상배가 초코와 눈을 마주치며 반가워하는데, '좀 놔주시지, 먹던 거 마저 먹게. 밥 먹는 개는 건드리는 게 아니라네' 라는 소리가 들렸다. 상배가 눈을 깜빡였다.

"이게 무슨 소리지? 너도 들었어?"

상배가 초코를 붙잡고 이상해하는데 이번에는 여자 목소리가 들렸다.

"초코 밥 먹게 그냥 둬."

"들었어?"

상배가 밥 먹는 초코를 다시 붙잡고 물어보는데 어디선가에서 날아온 사과가 정확하게 상배의 뒷통수를 가격했다. 놀라서 뒤돌아 보자 밤근무를 마치고 돌아온 상은이 식탁에서 밥을 먹고 있다.

"초코 밥 먹게 놔두라고. 초코 밥도 굶기고 잘하는 짓이다. 하는 것도 없는 놈이 외박이나 하고, 저거 커서 뭐가 되려고 저러나 몰라."

상은이 아침부터 삼겹살을 구워 입이 터져라 쌈을 싸먹고 있다. 상배도 식탁 앞에 앉아 삼겹살을 집으려 하는데 상은이 젓가락으로 막았다.

"너 청소 언제 했냐?"
"어저께."
"거짓말하면 어떻게 되는지 까먹었냐? 얻어터지기 전에 불어라."
"거짓말 아냐. 어저께 했어."
상배가 얻어터지지 않으려 자동반사적으로 방어 자세를 취하며 말했다.
"창틀에 쌓인 먼지 두께를 보건데, 최소 일주일은 안했어. 맞지?"
"경찰놀이는 지구대에서나 하시고요."
"내가 생활비 대면 니가 살림하겠다며? 근데 니가 하는 게 뭐가 있냐? 청소도 못해, 요리도 못해."
운동신경이 남다른 상은은 잔소리를 하면서도 젓가락으로 삼겹살을 집으려는 상배의 젓가락을 빠르게 막았다.
"삼겹살 먹지 마, 내 돈으로 사온 거야."
상배가 상은의 젓가락을 뚫고 삼겹살을 집으려 시도했지만 상은의 방어에는 빈틈이 없다. 삼겹살 한 점도 집지 못한 상배가 짜증을 냈다.
"치사하게, 먹는 거 가지고 그러는 거 아냐."
"어, 그래, 나 치사해. 그러니까 나가."
"이 집이 누나 집이야? 엄마 아빠가 우리 둘이 살라고 주신 집이야. 나도 이 집에 지분있어."
"지분같은 소리 하고 있네."
상은이 숟가락으로 상배의 머리통을 때렸다. 상배가 제일 싫어하는 짓이다. 방어할 틈도 없이 부지불식간에 얻어맞은 게 더더욱 싫었다.

"하지 마라"

상배가 목소리를 깔고 경고를 날리자 상은이 같잖다는 얼굴로 연달아 때렸다.

"하면 어쩔 건데? 한판 붙자는 거야? 해볼래?"

상배가 상은의 팔목을 잡았다.

"어쭈? 힘 좀 쓰는데?"

상은이 가소롭다는 듯 보는데, 상배가 불쑥 말했다.

"밤새 주폭자한테 시달려서 피곤하면 얼른 먹고 잠이나 자."

"뭐?"

되묻는 상은의 눈을 똑바로 보며 상배가 국어책을 읽듯 또박또박 말했다.

"내가 주폭자에게 시달리고 온 걸 이 자식이 어떻게 알았지?"

말을 마치자마자 상배는 턱이 빠질 정도로 입을 떡 벌였다. 자신이 말하고도 믿기지 않았다. 경악스러웠다.

"헉!! 나 이거 뭐야?"

상배가 손으로 입을 막았다. 아니, 내가 무슨 소리를 하는 거야? 왜 이런 소리를 늘어놓는 거지?

상은이 또다시 숟가락으로 상배의 머리를 내리쳤다.

"어떻게 알긴, 밤 근무하면 맨날 겪는 일인데 모르는 게 바보지. 야, 나 씻고 잘 거니까 넌 상 치우고 설거지하고 청소 해놔. 빨래 가져온 거 싹 다 세탁기 돌리고. 유니폼은 다림질해. 세탁소 맡기지 말고 네 손으로 정성껏 주름 다 펴놔. 주름 하나에 한 대다. 농땡이 피우면 진짜 죽는다. 내가 하나하나 다 확인할 거야."

상은이 길게 하품하며 욕실로 갔지만 상배는 아무래도 이상했다. 자신의 몸 안에서 뭔가 자신이 모르는, 알 수 없는 일이 벌어지고 있는 것 같은 느낌적인 느낌을 받았다. 상배가 습관처럼 초코를 찾았다.

"초코야, 오빠 이상해진 것 같아."

상배가 초코의 맑은 눈을 보는데, 혀를 차는 소리가 들렸다. '철 좀 들어라.' 상배가 초코를 뚫어지게 쳐다봤다.

"설마.... 네가 얘기한 거야? 아냐. 그럴 리가 없지. 나 미친 건가. 미쳤나 봐."

상배는 절망스레 고개를 저었다.

상배는 아무 것도 할 수 없었다. 몇 년 동안 집에 틀어박혀 하루 종일 새로운 이야깃거리를 찾아 고민하다 결국 미친 건가 싶었다. 작가들 중에는 정신병증에 시달리는 자들도 많다던데, 상배는 작가가 되기도 전에 작가들의 병부터 걸린 건가 싶었다. 머리를 식히러 동네 뒷산이나 올라갈까 해서 밖으로 나오니 스쳐 지나가는 사람들이 생각하는 소리가 들렸다. 미친 게 틀림없다. 상배는 두려워졌다. 아직 서른도 안됐는데, 아직 작가로 데뷔하지도 못했는데, 연애도 한번 못해봤는데....

상배는 그동안의 게으른 삶을 후회하고 이대로 자신을 방치할 수는 없다는 의지를 다지며 유명 정신병원과 심리상담센터를 검색해 리스트를 작성한 후 전화를 걸어 예약문의를 했는데, 한달 뒤에나 진료를 볼 수 있다는 답이 돌아왔다. 그러면 한달이나 환청에 시달리라는 얘긴가? 그럴 수는 없다. 절박한 상배는 급한 대로 동네 정신병원으로 갔다.

의사는 상배의 얘기를 듣지 않았다. 고개는 열심히 끄덕이고 손에 쥔 볼펜으로 뭔가를 내내 적기는 했지만 의사는 퇴근 후의 데이트 고민을 하고 있었다. 그것을 어떻게 알았냐면 의사의 눈을 보니 그의 생각이 들렸다.

"제발 제 증상 좀 고쳐주세요. 자꾸 환청이 들린다니까요. 봐요, 지금도 선생님이 하는 생각이 들려요. 오늘 저녁 레스토랑을 어디로 예약해야 하지? 프렌치가 좋을까 아니면 이탈리안식? 파스타는 느끼한데... 자꾸 이런 소리가 들려요. 이거 환청 맞죠?"

의사의 표정이 심각해졌다.

"환청... 맞습니다."

하지만 상배는 의사가 '어떻게 알았지?' 하고 놀라워하는 생각까지 들었다. 아무래도 뭔가 단단히 잘못된 것 같았다.

그날 밤, 루오방은 어제의 공원에 다시 모였다. 무호의 연락을 받은 상배가 각 잡고 모두를 호출했다. 그러니까, 오후 내내 상배가 머리를 쥐어뜯으며 괴로워하고 있을 때 무호에게서 전화가 걸려왔다. 극도로 흥분해서 횡설수설하는 무호를 진정시키고 그가 하는 얘기를 파악하려 애쓴 끝에 알아낸 것은, 무호도 이상해졌다는 거였다.

무호의 말에 의하면, 무호는 아침에 고시원으로 돌아간 후 공부를 했다. 믿기 힘들지만 공부를 했다고 우기니 그런 걸로 하고, 아무튼 공부를 하고 있는데 고시원의 짠사장과 그의 아내인 홍사장이 하는 대화 소리가 들렸다. 짠사장은 고시원비를 올리고 싶어했다.

"아무래도 고시원비를 더 올려야겠어. 수도세랑 전기세가 너무 많이 나온다고 하면서 올릴까?"

"그건 몇 달 전에 써먹었잖아."

홍사장이 카랑카랑한 목소리로 지적했다.

"아, 그런가? 그럼 청소비 명목으로 올릴까? 인건비가 올랐다고 하면서 말이야."

"청소는 우리가 하는데?"

"그러니까 인건비를 올리면 우리가 그걸 다 갖게 되는 거잖아. 을매나 좋아."

고시원 사장 부부의 대화를 듣던 무호는 벌떡 일어섰다. 구두쇠 자린고비인줄은 알았지만 저렇게까지 고시원생들 등쳐먹을 생각만 하고 있는 줄은 몰랐다. 아니, 등쳐먹을 거면 둘이서만 속닥거리던가 고시생들 다 들으라고 큰소리로 떠들어대는 건 뭐람. 몰래 등쳐먹는 최소한의 성의도 보이지 않는다니.

무호는 사장 부부와 한바탕할 생각으로 문을 벌컥 열었다. 그런데 복도에는 아무도 없었다. 대화 소리가 너무 잘 들려서 사장 부부가 복도에서 떠들고 있는 줄 알았는데, 아닌가? 때마침 305호 남자가 방에서 나왔다.

"사장님, 그 방에 있어요?"

무호가 묻자 305호 남자는 뭔 뚱딴지 같은 소리냐는 얼굴로 무호를 쳐다봤다.

"사장님을 왜 내 방에서 찾아요? 1층 관리실에 있겠죠."

305호 남자가 배를 벅벅 긁으며 사라진 후 무호는 303호의 문을 두드렸다. 곧 자다 깬 남자가 벌컥 문을 열고 소리를 쳤다.
"제발 잠 좀 잡시다, 잠 좀!"
사장 부부는 303호에도 없었다. 무호는 꿈을 꾼건가 싶었다.
잠을 깨기 위해 옥상에 올라가 스트레칭을 하는데 홍사장이 빨래를 널러 올라왔다. 홍사장을 보니 사장 부부의 대화가 다시 생각났다. 꿈이라고 하기에는 너무 생생했다. 무호는 자신이 꿈을 꾼 것인지 아닌지 확인하고 싶어졌다. 홍사장 옆으로 가서 넌지시 물었다.
"고시원비 올리실 거에요? 청소비 때문에?"
홍사장의 눈이 휘둥그레졌다.
"어떻게 알았어? 벌써 아저씨가 얘기했어?"
"진짜란 말이에요?"
무호의 눈이 홍사장보다 더 동그래져 사백안이 됐다. 꿈이 아니란 말인가?
그 길로 무호는 상배에게 전화를 걸었고, 일이 이상하게 돌아간다는 것을 깨달은 상배가 루오방을 호출해 이렇게 다시 모이게 됐다.

공원 안에는 어제처럼 루오방 외에는 사람이 없어 조용했다. 무호가 고요한 공원의 밤공기를 흔들며 상배에게 했던 얘기를 친구들 앞에서 다시 열을 내며 쏟아내는 동안 여름이 정신없이 코를 풀고 재채기를 해댔다. 간밤의 노숙으로 제대로 감기에 걸렸고, 애초에 무호의 말 같지도 않은 얘기에는 흥미가 없었다. 무호는 언제나 허세가 심했고, 항상 자신의 일을 세상에 다시 없을 일로 부풀려 떠벌렸다. 무호의 말을 있는 그대로 믿는 바보가 있을까 싶은데, 다른 아이들은 모두 아주 진지한 얼굴로 무호의 이야기를 경청했다. 그 모습이 한심해서 여름은 쯧쯧 혀를 찼다.

"내가 한 얘기, 뻥같지? 근데 진짜 뻥 아냐."

무호가 으쓱하는 얼굴로 친구들을 둘러봤다. 대영이 무호의 시선을 받으며 점잖게 입을 열었다.

"오늘 아침 출근할 때였어. 우리 할머니 알지? 아침 안 먹으면 죽는 줄 아시잖아. 늦어서 지각할 것 같은데도 밥 먹고 가라고 얼마나 잔소리를 해대시던지. 그래서 결국 할머니 뜻대로 밥을 먹었잖아."

"대영아."

연우가 조용히 대영의 이름을 불렀을 뿐인데 대영은 연우의 뜻을 알아챘다.

"어, 알았어. 본론만 할게. 집에서 늦게 출발하는 바람에 버스를 눈앞에서 놓친 거야. 그래서 버스를 잡아보려고 뛰었는데, 내가 너무 잘 뛰더라고. 달리다 보니까 정거장 하나를 달려서 버스를 따라잡고 버스보다 먼저 도착해서 기다렸어. 나 달리기 못하잖아. 다섯 명이 달리면 5등, 열 명이 달리면 10등. 근데 내가 버스보다 빨리 달렸어. 믿어져?"

대영의 말이 끝나자 연우가 일어섰다. 연우는 주위를 살피더니 커다란 바위 앞으로가 바위를 한 손으로 가볍게 공깃돌처럼 들어올렸다. 상배가 연우와 시선을 마주치며 말했다.

"응, 나도 말이 안된다고 생각해."

그리고 상배는 입을 떡 벌리고 있는 대영을 봤다.

"연우가 힘이 세졌다고 너한테 힘 자랑을 하겠냐? 잡혀 살까 걱정하지 않아도 돼. 넌 이미 연우한테 꽉 잡혀 살고 있으니까."
상배의 말에 대영의 벌어진 입이 더 크게 벌어졌다.
"난 아무래도 독심술이 생긴 것 같아. 사람들 눈을 보면 속마음이 들려."
상배가 어딘지 씁쓸한 얼굴로 자신에게 새로이 생긴 능력에 대해 털어놓았다.

루오방이 다시 모이기 몇 시간 전, 상배는 무호의 이야기를 듣고 자신과 무호에게 일어난 일에 대해 심사숙고한 끝에 자신이 듣고 있는 게 환청이 아니라 사람들의 속마음임을 깨달았다.
처음에는 미친 게 아니라는 것에 안도하며 기뻐했다. 그 다음에는 자신에게 생긴 초능력이 신기했고, 제일 궁금했던 사람의 속마음을 들어보고 싶어졌다. 해서 자신을 담당하는 안피디를 만나러 갔다. 안피디는 예의바르고 긍정의 에너지가 넘치는 사람으로, 의기소침해하는 상배를 항상 격려하고 용기를 북돋아주며 작품에 대해서도 좋은 평을 많이 해준다. 상배는 안피디에게 늘 고마웠고 미안한 한편, 안피디가 자신의 작품에 대해 어떻게 생각하는지 진짜 속마음을 알고 싶어 했었다. 예의바른 안피디가 예의상 해주는 얘기말고 진짜 어떻게 생각하는지 알고 싶었다.
안피디는 오랜만에 만난 상배를 반갑게 맞이했다. 상배는 자신을 반가워하고 근황을 궁금해하는 안피디의 진심을 읽고 기분이 좋았다. 역시 안피디는 좋은 사람이고, 솔직한 사람이다.
상배가 몇 주 전에 보낸 트리트먼트를 읽었냐고 묻자 안피디는 읽었다며 웃었다.
"메시지가 참 좋더라구요. 세상에 권선징악은 없다, 헛된 기대를 버려라. 현실적이고 시니컬한 게 작가님다웠어요."
"그럼 그걸로 작업하면 괜찮을까요?"
"음...."
안피디가 대답에 뜸을 들였다. 상배는 안피디가 차마 입으로 말하지 못하는 대답을 눈을 통해 들었다.
'괜찮겠냐고요. 어둡고 칙칙하고 지루해. 요즘 누가 이런 걸 읽는다고 이런 소재만 가져오는 거야? 계속 이런 주제만 가져오면 계약금 토해내고 계약 파기하게 될 거라고 어떻게 말하지?'
상배와 눈이 마주치자 안피디가 사람 좋게 웃었다.
"전 작가님 주제 의식이 정말 좋은데, 요즘 트렌드가 좀 밝은 걸 선호해서요. 우리 조금만 더 고민해 봐요. 저도 작가님이 좋아할 만한 소재를 좀 찾아볼게요."
상배는 씁쓸하게 돌아와야 했다. 안피디가 하는 말과 속마음이 다르다고 해서 안피디를 나쁜 사람이라 생각하는 건 아니다. 안피디는 상배에게 상처주지 않으려 말을 골라하는 배려를 보였다. 그런 배려를 무시하고 안피디의 속마음을 듣고 싶어 한 건 상배였다. 하지만 스스로 자초한 일이라고 해도 상배는 상처받았다. 차라리 속마음 같은 거 모르는 게 더 나았을 것 같았다. 독심술이라는 게 그렇게 좋은 것 같지는 않았다.

상배가 안피디와의 일을 떠올리며 씁쓸해하는데 여름의 비웃음이 들렸다.

"어디서 허접한 몰카질이야? 속이려면 제대로 판을 짜던가, 누가 이딴 거에 속아?"

여름은 친구들에게 일어난 변화를 믿지 못하고 코웃음을 쳤다. 서른이 코앞인데 이런 장난이나 치니 루오방 소리를 듣지. 여름이 친구들을 한심해하자, 연우가 자신을 증명하기 위해 들었던 바위를 들어보라 권했다. 여름은 바위를 들기는커녕 0.0001mm도 움직이지 못했지만 여전히 친구들의 새로 생긴 능력은 인정하지 못했다.

"독심술 같은 소리하네. 너 내가 무슨 생각하는지 맞춰 봐."

여름의 말에 따라 상배가 여름의 눈을 보며 국어책을 읽듯 또박또박 말했다.

"몰카이기만 해. 니들 다 죽었어. 그런데 몰카가 아니라면... 이게 말이 돼?"

"진... 짜야? 니들 다... 진짜야?"

여름이 친구들을 하나하나 쳐다봤다. 맨날 농담 따먹기나 하며 헐렁대던 친구들이 지금은 아주 진지하다.

"왜...? 왜 갑자기 그런 게 생겼어?"

여름의 의문은 상배가 오늘 하루 종일 고민한 것이기도 했다. 상배는 자신과 무호에게 갑자기 생겨난 초능력을 확인하고 그 원인을 찾다가 어젯밤 별들의 섬광을 기억해 냈다.

상배는 바로 컴퓨터 앞으로 달려가 관련 뉴스를 검색해 봤는데 별들의 폭발에 대한 뉴스는 단 한 건도 없었다. SNS도 조용했다. 누구도 별의 섬광, 폭발 같은 것을 언급하지 않았다. 루오방을 제외한 어느 누구도 별들의 섬광을 본 사람이 없다는 것일까? 그렇게나 기이하고 거대한 폭발이었는데 그걸 본 사람이 한 명도 없다고? 이게 말이 되나 싶으면서도 한편으로는 별의 폭발에 대해 다룬 뉴스가 없다는 것이 자신들에게 발생한 능력에 대한 설득력을 더 높여주는 것 같았다. 뭔가 더 미스터리하고 신비하고 초자연적인 것이 초능력의 발현과 어울렸고, 그래서 별들의 폭발이 초능력의 원인이라는 것에 확신이 들었다.

"내가 오늘 하루 종일 생각해 봤는데, 아무래도 어젯밤에 터진 빛 때문인 것 같아. 다들 기억하지? 별들이 이상하게 움직이다가 뭉쳐서 터지면서 우릴 덮쳤잖아. 그 이후에 우리는 거의 기절하듯이 잤고. 그것 말고는 평상시와 달랐던 건 없었어."

"오~~~~ 맞아, 맞아. 근데 그게 뭘까?"

무호가 적극적으로 호응했다.

"내 생각에는…"

"UFO?"

여름이 끼어들었다. 상배가 여름의 말에 진지하게 고개를 끄덕였다.

"거봐, 내가 어젯밤에 UFO 아니냐고 했었잖아."

여름이 생색을 내는데, 흥분한 무호가 여름을 밀치고 상배에게 다가가 두 어깨를 붙잡고 흔들었다.

"UFO라니! 와우, 나한테 이런 일이 생길 줄이야! 아니, 외계인은 많고 많은 지구인들 중에 왜 우릴 선택했을까? 우리가 마음에 들었나? 뭐가 마음에 들었지?"

무호가 눈을 반짝였다. 여자 얘기를 할 때보다 더 눈이 반짝였다. 무호의 28년 인생 중 이렇게 짜릿하고 흥분된 경험은 없었다. 그건 무호만 그런 게 아니었다. 여름을 제외한 모두가 새로 생긴 변화에 흥분하고 있었다. 심지어 항상 차분하고 침착한 연우마저 흥분해 있었다. 여름이 흥분한 친구들 사이에서 소외감을 느끼며 물었다.
"그런거라면... 나는? 난 왜 없는데? 니들 다 초능력이 생겼는데 왜 나만 아무 능력도 없는데? 얘들아?"
아무도 여름의 질문을 듣지 않았다.
"그게 정말 UFO라면, 왜 우리 앞에 나타난 걸까? 설마 우리 생체실험 당하고 있는거 아냐?"
연우가 걱정을 드러내자,
"생체실험이면 어떠냐, 초능력이 생겼는데. 이런 생체실험이면 에브리타임 콜이다."
무호는 환호성을 질렀다. 대영은 보다 큰 그림을 그렸다.
"정말 UFO면 나사에 신고해야 하는 거 아냐? 어쩌면 보상금도 줄지 몰라."
"오~~ 보상금! 그런데 나사면 영어로 말해야 하지 않나?"
무호가 중요한 질문을 던졌고 상배가 연우를 쳐다봤다.
"우리 중엔 네가 제일 영어 잘하잖아."
"음료수 주문은 받아도 나사에 UFO 보고할 정도로 잘하진 못해."
연우가 한발 빼자 무호가 또 설레발을 치며 나섰다.
"우리 고시원에 영어 좀 하는 애 있는데, 섭외해 볼까? 우리 이러다

미국 갈 수도 있겠다."

다들 초초초 흥분해서 떠들어대느라 여름의 표정이 울그락불그락 피어오르는 것도 몰랐다. 친구들의 설레발을 참고 자신을 봐주길 기다리던 여름이 빽 소리를 질렀다.

"어텐션!!!"

친구들이 그제야 여름을 돌아봤다. 무호가 눈치 없이 호들갑을 떨었다.

"오, 어텐션? 영어 좀 되네?"

여름이 무호를 째려보며 말했다.

"나만 능력이 안 생겼다고! 대체 왜 이런 거냐고?"

"아직 네가 능력을 발견하지 못한 게 아닐까?"

연우가 조심스레 의견을 내놓자 다들 동의했다. 대영도 아침에 버스를 놓치지 않았으면 자신에게 빨리 달리는 능력이 생긴 줄 몰랐을 거고 연우도 카페에서 힘 쓰는 일을 하지 않았다면 힘이 세진지 몰랐을 거였다. 해보지 않고서는 자신이 무엇을 가지고 있는지, 무엇을 할 수 있는지 알 수 없는 법이다.

연우의 주도하에 여름의 능력을 발견하기 위한 여러 시도들이 펼쳐졌다. 여름은 심한 감기에 시달리면서도 초능력에 대한 열망을 품고 열심히 친구들이 추천하는 제안들을 시행했다.

"정신을 집중하고, 저걸 움직여야겠다 생각해 봐."

여름은 연우가 시키는 대로 눈앞의 핸드폰을 뚫어져라 노려보며 핸드폰을 움직이겠다는 생각을 했다. 오랫동안 핸드폰을 노려보고 있자니 핸드폰이 움직이는 것도 같았지만 그건 핸드폰이 두 개로 보이며 생겨난 착각이었다.

"염력은 아닌가 봐. 그럼 장풍인가?"

옆에서 지켜보던 대영이 다른 초능력을 제안했다.

무호가 테스트를 도와주기 위해 위치를 잡자 대영은 여름의 자세를 잡아주며 무호에게 장풍을 쏴보라 했다. 여름은 대영이 시키는 대로 손을 쭉 뻗어 무호를 향하게 하고 무호를 쓰러뜨려야겠다는 생각을 하며 기합을 주었다. 그러자 정말, 믿기지 않게도 무호가 바람을 맞은 듯 나가떨어졌다! 역시, 해보지 않고는 모른다. 여름에게는 장풍이라는 초능력이 생긴 것이다, 라고 여름과 연우가 기뻐하는 순간, 상배가 혀를 찼다.

"철 좀 들어라."

"재밌잖아."

상배의 핀잔을 들으며 무호가 킬킬거렸다.

"쟤가 장난친 거야. 장풍도 아닌가 봐."

여름은 상배의 말을 들으며 무호를 노려봤다.

"아무래도 난 예지력이 생겼나 봐. 네가 바닥에 쓰러져 있는 게 보이네?"

여름은 말을 마치자마자 냅다 무호의 정강이를 차 넘어뜨렸다. 무호가 소리를 질러대자 여름이 이번에는 네가 바닥에서 뒹구는 게 보인다고 했고, 그러자 무호가 입을 다물었다.

그 뒤에도 여름의 초능력을 찾는 여러 시도가 있었지만 안타깝게도 여름에게는 아무런 능력이 없었다. 여름이 어깨를 축 늘어뜨리고 슬퍼하자 친구들이 위로하고 관심도 없던 감기를 걱정하며 서둘러 집으로 돌려보냈다. 어째서 여름에게만 초능력이 생기지 않은 것인지 모르겠지만 솔직히 지금 그건 중요하지 않았다. 다들 자신들의 초능력을 더 실험해 보고 싶고 초능력으로 무엇을 할 수 있는지 알고 싶어 안달이나 죽마고우 여름은 안중에도 없었다. 루저라 비웃음 당하고 정하빈의 SNS를 보며 부러움을 삼켜야 했던 꿀꿀한 28년 인생에 처음으로 남들보다 잘난 무언가가 생긴 것이다. 지금 친구가 문제인가, 제정신 붙들고 소리 안 지르고 있는 것만으로도 용한 거다. 이얏호!

친구들이 새로 생긴 초능력에 몰입하는 동안 여름은 지독한 코감기로 고생했다. 그리고 며칠 후 코감기가 낫고 나자 여름은 친구들을 불러 모았다.

"연우는 오늘 점심 때 스윗칠리 소스와 마요네즈를 곁들인 샌드위치에 탄산수를 먹었네. 대영은 잔치국수에 김밥, 삶은 달걀 먹고 후식으로 호떡 먹었고. 꿀호떡 말고 잡채 호떡. 남대문에서 파는 거. 무호는 맨날 가는 백반집 갔고, 상배는 어머니가 담그신 맛있는 열무김치에 멸치조림 곁들여 소주 한잔. 크~~"

저녁에 만나서 친구들이 먹은 점심 메뉴를 줄줄이 읊어대던 여름은 벙찐 얼굴로 쳐다보는 친구들에게 말했다.

"감기가 낫고 나니까 세상의 모든 냄새가 아주 선명하게 구분이 돼. 냄새만으로도 너희들이 어딜 가고 뭐했는지 하루 행적을 유추해 낼 수 있어. 내게 생긴 초능력은 후각이야."
 이로써 루오방은 모두 각자의 초능력을 가지게 됐다.

하고 싶은 것 할 수 있는 것 해야 할 것

연우는 이번에 본사에서 정규직을 뽑는다는 소문을 듣고 내심 기대했다. 매니저가 틈만 나면 연우를 정규직에 추천할 거라는 언질을 주었기 때문에 연우로서는 기대를 안할래야 안할 수가 없었다. 소문대로 정규직 모집 공고문이 뜨자 같이 일하는 동료들이 일찌감치 축하 인사를 건넸다. 연우는 아직 아무 것도 결정난 것이 없다며 손사래를 치면서도 일하는 틈틈이 언제쯤 자신을 부를까 기대하며 매니저를 살폈다. 연우가 간절히 바라마지않던 꿈의 정규직이 눈앞에 있다. 매니저가 그것을 연우의 손에 곧 쥐어줄 것이다. 곧, 곧. 매니저는 종일 애를 태우더니 퇴근하려 옷을 갈아입을 때가 돼서야 연우를 불렀다.
"연우 씨, 정규직 모집 공고문 봤지?"
드디어.

"네. 봤어요."

연우가 기대에 차서 매니저를 쳐다보는데, 매니저는 슬쩍 연우의 눈을 피했다.

"내가 추천서 써준다고 했잖아. 그거, 이번에는 그냥 넘어가자."

연우는 매니저의 말을 이해하지 못했다. '그냥 넘어가자'라는 말이 자신이 알고 있는 그런 뜻일 리가 없다. 그래서 되물었다.

"그냥 넘어가자는 게 무슨 뜻이에요?"

"내정된 사람이 있다는데 내가 추천서를 쓰면 위에서 보기가 좀 그렇잖아. 그 사람은 스펙도 좋대. 이런 말은 좀 그렇지만 연우 씨 학벌로는 상대가 안돼."

매니저는 이미 내정된 사람이 있는 상황에서 자신의 이름으로 추천서를 쓰는 게 윗선에 잘못 보일까 부담스러워했다. 워낙에 별거 아닌 일로도 본사 눈치 보며 안달복달하는 스타일이라 그런 걱정을 하는 게 이해가 안되는 것은 아니었지만 학벌을 운운하며 안된다고 하자 연우는 기분이 상했다.

하루 종일 기대에 잔뜩 부풀어있었는데, 퇴근길엔 바람 빠진 풍선처럼 축 쳐졌다. 가방을 메고 탈의실을 나가려다 게시판에 붙어있는 정규직 모집 공고문을 다시 봤다. 공고문은 모두에게 정규직의 기회가 열려있고 학력은 고졸 이상이면 된다고 써있었다.

"거짓말."

연우는 퉁명스레 내뱉고 공고문을 뜯어 휴지통에 버렸다.

우울했다. 연우는 학벌 얘기가 나올 때마다 위축됐다. 졸업장이나 따려고 대학에 가는 건 시간낭비라 생각했는데, 이렇게 사회가 매사에 학력을 따지는 줄 알았으면 무리를 해서라도 갈 걸 그랬다. 대학 졸업장 하나로 사회에서 버림받은 기분이 들 줄은 몰랐다.

한숨을 쉬며 걸어가던 연우는 횡단보도 근처에서 전동휠체어에 탄 할아버지가 어쩔 줄 몰라 하는 것을 봤다. 할아버지가 연신 휠체어를 앞으로도 조작해 보고 뒤로도 움직여보지만 깨진 보도 블럭 사이에 낀 휠체어 바퀴는 꼼짝도 하지 않았다. 연우는 혼자 애쓰는 할아버지를 그냥 지나치지 못하고 다가갔다.

"제가 도와드릴까요?"

"아이구, 고마워요. 그런데 아가씨 혼자서는 안돼. 이게 엄청 무겁거든."

아닌 게 아니라 전동휠체어는 아주 무거워 보였다. 성인 남자 둘셋이 들어야 겨우 들 수 있을 것 같았다.

"무거워 보이기는 하네요. 저기 경찰서에 가서 도움을 청해볼게요. 잠시만 기다리세요."

급히 근처 경찰서로 가던 연우는 문득 걸음을 멈췄다. 자신에게 '힘'이라는 초능력이 있다는 게 생각났다. 며칠 동안 틈날 때마다 집 안의 냉장고며 세탁기며 무거워 보이는 건 죄다 들어보며 능력을 시험해 놓고 정규직 스트레스로 깜빡했다. 연우는 다시 할아버지에게로 돌아갔다.

"할아버지, 생각해 보니까 저 혼자서도 할 수 있을 것 같아요. 뒤에서 한번 들어볼테니까 할아버지는 앞으로 움직여보세요."

"안될텐데…"

"해보고 안되면 사람들 불러올게요."

휠체어 뒤로 간 연우가 적당한 곳을 잡고 살짝 힘을 줘 들어 올리는데 어이쿠, 할아버지 비명이 들렸다. 휠체어 뒤가 확 올라가며 하마터면 할아버지가 떨어질 뻔 하는 걸 보고 놀라 연우가 재빨리 힘 조절을 했다. 들어보니 검지손가락 하나로도 충분한 무게였다. 연우가 힘 조절을 하며 휠체어를 보도블럭에서 빼내자 할아버지가 고마워 어쩔 줄 몰라 했다.

"고마워요, 고마워. 아니 버들가지처럼 가늘게 생겨서 뭔 힘이 그리 세데?"

"그러게요. 제가 좀 센가 봐요."

테스트만 해봤지 실전에서 힘을 사용해 본 것은 처음이었다. 연우는 자신의 힘이 신기하면서도 뿌듯했다. 양손을 펼치고 신기한 물건 보듯 요리조리 살펴보는데, 할아버지가 가방에서 레몬 사탕 서너 개를 꺼내 손바닥 위에 올려주셨다. 연우가 사양하는데도 할아버지는 늙은이 손 부끄럽게 하지 말라며 끝내 연우 손에 사탕을 쥐여주셨다.

연우는 할아버지가 쥐여준 사탕 한 개를 까서 입에 넣고 다시 집으로 향했다. 입안에서 굴릴 때마다 조금씩 녹아내리는 레몬 사탕이 상큼하면서도 달았다. 우울했던 감정이 사탕의 단맛에 녹아 내려갔다. 누군가에게 도움이 됐다는 게 뿌듯했다. 퇴근할 때만 해도 세상에서 밀려난 기분이었는데, 다시 세상 속으로 되돌아온 것 같았다. 그래, 이번만 기회는 아니니까, 다음에 다시 도전하면 되겠지. 연우로서는 매우 드물게 막연하면서도 긍정적인 생각을 했다. 초능력이 정규직 채용을 가능하게 해주지는 않지만, 있으니 좋긴 좋다.

대영은 누구보다 초능력이 생긴 것을 기뻐했다. 출퇴근을 달려서 하면 한달에 20일, 왕복으로 계산하면 40번의 교통비를 아낄 수 있다. 적게 잡아도 한달에 최소 10만 원은 절약할 수 있다. 만보기 앱이란 앱은 종류별로 다 깔아놓으면 그것도 짭짤할 것이다. 하루에 만보 채우는 것은 누워서 떡먹기보다 더 쉬운 일이니까. 대영은 화투로 운수를 떼는 할머니 옆에서 초능력으로 벌 수 있는 돈을 계산하고 적금 하나를 더 들 생각을 하며 행복해했다. 대영의 장밋빛 인생이 더 화사한 핑크빛으로 물들고 있다.

상배는 초능력이 귀찮았다. 궁금했던 안피디의 생각을 읽고 난 후에는 다른 사람 생각 같은 거 궁금하지도 않고 알고 싶지도 않았다. 이왕 초능력이 생길 거라면 글을 잘 쓰는 능력이라던가 기발한 아이디어가 샘솟는 능력이 생길 것이지, 독심술이라니 참 쓸데가 없다.

상배의 초능력에 신이 난 건 무호였다. 무호는 상배를 연애감별사로 활용했다. 고시원 앞 편의점으로 끌고 가더니 편의점 아르바이트생이 자신을 어떻게 생각하는지 알아봐달라고 했다.

무호가 보기에 아르바이트생은 무호를 좋아한다는 신호를 여러 번 보냈었다. 무호가 편의점에 들어가면 다른 일을 하다가도 환하게 웃으며 인사를 한다던가, 무호가 놓치는 편의점 이벤트를 알려주고, 어떨 때는 유통기한이 막 지난 삼각김밥같은 걸 주기도 했다. 무호는 아르바이트생의 마음이 어떤지 충분히 알 것 같았지만 그래도 확실히 확인한 후 사귀자는 프로포즈를 하고 싶었다. 초능력이 있어 좋은 게 뭔가, 이럴 때 써

먹는 거지.

상배는 무호의 막무가내에 어쩔 수 없이 같이 편의점에 들어갔다. 무호가 아르바이트생에게 느끼하게 눈을 찡긋거리며 인사하자 아르바이트생이 어색하게 웃으며 인사를 받았고, 상배는 계산대 앞에서 껌을 고르는 척 아르바이트생의 눈을 보며 생각을 읽었다.

'왜 저래, 정말 느끼해서 못 봐주겠네. 편순이에게 친절은 오버야. 불쌍해 보여서 삼각김밥 하나 줬다가 이게 무슨 날벼락이래, 아까워도 그냥 버릴 걸. 앞으로는 절대 친절 금지! 아오, 재수 없어.'

상배는 조용히 무호를 데리고 편의점을 나왔다.

"뭐래? 나한테 뻑 가 있지? 그치?"

"너 한번만 더 느끼하게 웃으면 경찰에 신고할 거래."

"에이, 그럴 리가. 뻥치지 마."

무호가 상배의 말을 농담으로 치부하며 다시 편의점으로 들어가려 하자 상배가 정색하며 무호의 팔을 잡아당겼다.

"내가 언제 뻥친 적 있냐?"

무호가 상배를 쳐다보자 상배에게 무호의 생각이 들렸다.

'이 자식, 이거 나한테 구라치는 거 아냐?'

상배가 한숨을 쉬며 설명했다.

"내가 뭐하러 귀찮게 너한테 구라를 치냐?"

'그냥 가서 물어볼까?'

"가서 물어봐도 소용없어. 속마음 같은 거 안 읽어도 눈만 있으면 딱 알겠다. 저 알바생, 너한테 일도 관심 없어."

"야, 누가 니 맘대로 내 맘 읽으래? 너 앞으로 내 눈 쳐다보지 마."

상배가 계속 무호의 마음을 읽으며 얘기를 하자 무호가 벌컥 짜증을 내며 얼굴을 돌려버렸다. 신경질 부리며 앞서 걸어가는 무호를 따라가며 상배는 이 독심술이란 초능력이 참 쓸데없이 거추장스럽기만 하다는 생각이 들었다. 왠지 이 초능력 때문에 평온한 일상이 아주 귀찮아질 것 같은 불길한 예감마저 들어 상배는 자신도 모르게 몸서리를 쳤다.

뒤늦게 초능력자 대열에 합류한 여름이 제일 먼저 생각한 것은 초능력을 이용해 취업을 해야겠다는 거였다. 후각이 중요한 분야를 리스트업 하고 그중 가능성이 있는 회사들을 추려 이력서를 냈다.

여름은 서류만 통과하면 면접은 프리패스로 붙을 자신이 있었다. 왜냐, 여름에게는 또라이같은 성격을 상쇄하고도 남을 최강의 능력이 생겼기 때문이다. 스스로도 기가 막히고 코는 뻥 뚫려서, 절로 감탄사를 연발할 정도로 정확하게 냄새를 구분할 수 있는 능력. 반경 1km 내에서 친구들의 냄새를 정확히 맡을 수 있었고, 친구들이 자기 몰래 어떤 맛있는 것을 먹는지 냄새만으로 알아낼 수 있었다. 집에 누워서 단골 빵집이 새 빵을 만드는 것을 실시간 냄새로 맡으며 빵 나올 시간에 맞춰 갈 수도 있었다. 향만으로 음식에 들어간 재료들을 맞출 수 있고, 향수를 구성하는 모든 향들을 구분해 낼 수도 있었다. 이 정도면 향수회사나 섬유유연제 회사, 화장품 회사 등 후각이 필요한 회사 어디든 서로 데려가려고 경쟁할 만한 능력이 아닌가. 지난번처럼 면접장에서 깽판만 치지 않는다면 취업은 따놓은 당상이다. 아니, 깽판을 쳐도 데려가려 할거다.

아, 연봉을 얼마나 부르지? 초능력에 대한 인센티브를 달라고 할까? 서로 데려가겠다고 싸우면 어떡하지? 여름은 구름 위를 노닐며 자신감이 하늘을 찌를 듯 치솟았다. 하지만 면접 보러 오라는 데가 없었다. 자기소개서에 후각 초능력에 대해 아주 자세히 썼는데도 연락이 없었다. 지금까지는 열 번 중에 그래도 네 번 정도는 서류 전형은 통과했었는데 이번에는 아무 곳에서도 연락이 없었다.

어디를 골라 갈까, 고민하던 여름의 자신감이 조금씩 하락했다. 면접만 보러 갈 수 있다면 자신이 가진 모든 것을 보여주겠노라 각오했다. 기다림의 초조함이 절정을 향해 달려갈 때쯤, 마침내 제일 적당하다 생각했던 생활용품 회사에서 면접을 보러오라는 연락을 해왔다.

면접관들은 여름을 보자마자 자기소개서를 언급했다.

"후각 초능력이 있다는 게 무슨 얘기에요? 아무리 취직이 급해도 이런 허풍은 좀 심한 거 아닌가? 서류 전형에서 떨어뜨리려 하다가 한번 물어나 보자 싶어서 오시라 했어요."

"백문이불여일견이라고 하죠. 직접 보시죠."

여름은 자신만만하게 면접에 응했고, 100000% 취업이 되리라 확신했다. 여름은 누구와도 비교할 수 없는 탁월한 능력을 선보였다. 인공향과 천연향을 완벽히 구분해 냈고, 새로운 섬유유연제의 향을 맡고 그 안에 혼합된 8가지 향을 아주 쉽게 구분해 냈다. 허풍 아니냐고 못미더워 하던 면접관들은 마법같은 여름의 능력에 감탄하며 쉴 새 없이 물개 박수를 쳐댔다. 이번에는 쓸데없는 질문으로 여름의 성질머리를 긁는 면접관도 없어 여름은 자신의 능력은 충분히 선보이면서 성질머리는 감추며 성공적으로 면접을 끝낼 수 있었다.

만족스럽게 면접을 끝낸 여름은 화장실에 들렀다가 회사 직원들이 하는 얘기를 듣게 됐다. 낙하산이 있다는 거였다. 회사 대표의 와이프의 조카의 남친의 동생을 취직시키기 위해 채용공고를 내고 면접을 봤다는 것이다. 화장실 칸에 있던 여름이 뛰쳐나와 그게 사실이냐 묻자 직원들은 놀라서 비명을 지르다 어제 본 드라마 얘기였다며 얼렁뚱땅 변명하면서 자리를 떴다.

여름은 그래, 드라마 얘기일 거야, 라고 불안한 마음을 달래며 합격 통보 전화가 오기를 기다렸다. 설사 내정된 사람이 있다 하더라도 자본주의 사회에서 이윤을 추구하는 회사가 회사에 엄청난 도움이 될 탁월한 능력의 소유자를 외면하는 어리석은 짓은 하지 않을 거라 기대했다. 이번에는 기필코 취업이 되리라 확신했건만, 세상은 여전히 녹록하지가 않았다. 끝내 합격 통보 전화가 오지 않았다. 인맥은 자본주의도 초능력도 이겼다. 여름은 수험표를 찢으며 한 마디했다. 제기랄.

무호는 달랐다. 초능력이 생겼으나 제대로 활용할 줄 모르는 친구들과 달리 무호는 초능력으로 무엇을 해야 할지 알았다.

무호는 세상을 관장하는 신이라도 된 양 고시원 옥상에 서서 멋지게 폼을 잡고 동네를 내려다보았다. 한눈에 들어오는 동네는 평화로워 보였다. 고시원 앞 카페에는 커피를 사러 가는 사람들이 오갔고 백반집에는 밥 먹으러 가는 사람들이 오갔다. 세탁소 사장은 세탁물을 수거하러 다녔고, 동네 할아버지들은 나무 아래 평상에 앉아 장기를 두었다.

옥상 위의 무호는 하나하나 눈으로 확인하며 그들이 무슨 이야기를 하는지 들으려했다. 옥상 위와 옥상 아래 건물 주변의 가게들은 거리가 꽤 떨어져 있었지만 그들이 하는 얘기를 듣고자 집중하니, 정말 들렸다. 하룻밤 왔다가는 초능력이 아니었다. 계속 무호 안에 있었다. 신이 나서 이 능력으로 무엇을 하면 좋을지 궁리하는데, 고시원 짠사장과 백반집 정사장이 함께 있는 모습이 보였다. 둘은 식당 앞 의자에 나란히 앉아 종이컵 안의 뭔가를 마시며 한담을 나누고 있었다. 그들이 하는 얘기를 들어야겠다 마음 먹자 바로 들렸다. 둘은 길 건너 새로 생긴 호프집에 대한 얘기를 나누고 있었다.

"호프집이랑은 어때? 매일 출근 도장 찍는다며, 손은 잡아봤어? 둘이 만나서 뭐해? 얘기 좀 해봐."

정사장이 짠사장에게 얘기 좀 해보라고 조르자 짠사장이 주변을 살피며 정색했다.

"이 사람아, 입조심 해."

"누가 듣는다고, 여기 아무도 없어. 아우, 얘기 좀 해봐, 궁금해 죽겠어."

"여시야, 여시. 좀만 가까워졌다 싶으면 밀어내고, 관둬야겠다 맘 먹으면 샐샐 웃고, 아주 죽겠어."

짠사장이 생각만 해도 속이 타는지 종이컵 안의 것을 원샷했다.

"돈을 좀 써 봐. 매출 팍팍 올려주면 누가 알아, 손이라도 한번 잡게 해줄지. 맨날 생맥주만 마시지 말고 양주라도 한 병 까."

"양주 한 병이면 되려나?"

백 원도 아까워서 벌벌 떠는 양반이 양주 살 생각까지 하는 걸 보니 호프집 사장이 여간 마음에 드는 게 아닌가 보다. 짠사장은 그 뒤로도 한참 동안 호프집 사장에게 잘 보일 방법에 대해 조언을 구했다.

무호는 백 원, 정확히는 2백 원의 수치를 되갚아 줄 때가 왔음을 알았다.

그날 저녁 짠사장이 호프집에 찾아가 오늘 매상 확실히 책임져주겠다 호기롭게 장담하는 것을 듣고는 곧바로 고시원생들을 이끌고 뒤따라갔다. 짠사장은 호프집 사장에게 잘 보이려 비싼 양주를 시키고 안주도 두 개나 시켜놓았다. 무호가 기세 좋게 짠사장 테이블에 가서 인사를 했다.

"오늘 사장님이 시원하게 쏘신다는 연락 받고 왔습니다. 잘 먹겠습니다."

같이 온 고시원생들도 무호를 따라 잘 먹겠습니다! 외치며 인사를 했다.

"누가 그딴 소리를 해?"

짠사장이 화들짝 놀라 반박했다.

"홍사장님이 오늘 여기서 한턱 쏘신다고 하던데, 아니에요? 홍사장님께 직접 물어봐야하나.... 이리로 오시라고 할게요."

무호가 홍사장에게 전화를 걸려 핸드폰을 꺼내들자 짠사장이 핸드폰을 빼앗었다.

"오긴 누굴 오라고 해?"

그러는 사이 고시원생들이 테이블마다 자리를 잡고 앉아 주문을 하자 호프집 사장이 활짝 핀 얼굴로 짠사장에게 감사 인사를 했다.

"오늘 매상 책임져 주신다더니 정말이네요. 고마워요."
모처럼 환하게 웃는 호프집 사장을 보며 짠사장은 마지못해 허락했다.
"공부에 방해되지 않게 딱 한 잔씩들만 해. 다 내 자식들 같아서, 걱정돼서 그러는 거니까 딱 한 잔씩만 해. 두 잔은 절대 안돼. 알았지?"
그날 밤, 무호는 짠사장과 홍사장이 부부 싸움하는 소리를 서라운드 사운드로 생생하게 들으며 아그작아그작 팝콘을 씹어 먹었다.

루오방에서 히어로즈로

고시원 부부 사장을 한방 먹이고 자신감이 생긴 무호는 이왕 생긴 초능력, 놀리지 말고 이걸 이용해 돈을 벌어보자고 친구들을 꼬드겼다. 초능력이 신기하기는 하나 이것을 어떻게 활용해야 할지 고민하던 친구들은 초능력으로 과연 돈을 벌 수 있을까, 호기심 반, 기대 반 섞인 마음으로 찬성했다.

주말 오전부터 부지런을 떨며 만난 다섯 명은 머리를 맞대고 돈 벌 방법을 궁리했다. 처음에는 초능력이 있으니 뭘 하든 쉽게 떼돈을 벌 수 있을 것 같았는데, 구체적으로 따져 들어가니 이게 그리 간단하지가 않았다. 은행 강도나 빈집털이 같은 건 중대 범죄라 제외했고, 길거리 차력쇼는 연우가 미쳤냐며 완강히 반대해 제외했다. 난상토론 끝에 도박으로 최종 합의를 봤다. 상배의 독심술을 적극 활용하면 도박판을 지배할 수 있으리라 판단했다. 도박꾼들의 돈을 따는 거니 죄책감을 느끼지 않아도 됐다.

본격적으로 실전에 참전하기 전, 테스트 삼아 대영 할머니의 화투판에 끼었다. 대영은 할머니들 상대로 초능력을 쓰는 건 아니지 않냐고 반대하면서도 초능력이 어떻게, 얼마나 통할지 궁금해하며 할머니들의 하우스, 경로당으로 안내했다. 경로당에서 화투를 치시던 할머니들은 어린 손자들이 함께 치고 싶다고 하자 잘 왔다며 아주 반갑게 반겨주셨다. 상배를 선수로 들이밀고 나머지 네 명은 할머니들이 내어준 주전부리를 축내며 관전했다. 첫 판이 돌았다. 상배는 광을 두 개나 들고도 대영 할머니에게 졌다. 의심스럽게 보는 친구들에게 상배는 말했다.

"원래 첫판은 분위기 파악용이니까. 두 번째부터가 진짜야."

두 번째 판에서 상배는 피박으로 졌다. 판이 계속될수록 이성을 잃는 상배는 결국 한 시간도 못 버티고 개털이 됐다. 할머니들 상대로 푼돈 딸 생각 없고 적당히 봐주면서 테스트만 하겠다며 기세 좋게 입성한 것이 무색해졌다. 고등학교 수학여행에서 타짜로 이름 좀 날렸던 상배가 독심술이라는 신무기까지 장착하고 할머니들과 대결을 벌였지만 그 정도로는 수십 년 쌓아온 할머니들의 연륜을 이길 수가 없었다. 대영 할머니가 불쌍하다고 쥐여준 개평 5천 원을 들고 경로당 하우스를 나온 상배는 왜 판을 지배하지 못했냐고 짜증을 내는 무호에게 멍한 얼굴로 이렇게 말했다.

"할머니는 당신 패가 아니라 내 패를 계산하고 계셨어. 계산도 엄청 빠르셔서 못 따라가겠더라고. 할머니는 타짜야. 진짜 도박판은 할머니보다 더한 타짜들이 수두룩할텐데, 그런데서 돈 버는 건 불가능해."
할머니들 판에서도 털리는 실력이면 진짜 도박판은 꿈도 꾸지 말아야 한다. 초능력이 아니라 초능력 할애비가 있다 해도 가망이 없다.
어깨를 축 늘어뜨리고 터벅터벅 걸어가는 루오방 앞에 울룩불룩 근육맨이 전단지를 내밀었다.
으랏차차 헬스클럽 오픈 기념! 팔씨름 대회!! 상금 5백만 원!!!

루오방은 연우의 등을 밀며 또다시 위풍당당하게 으랏차차 헬스클럽에 입성했다. 헬스클럽 안에는 인근에서 한 덩치하며 힘 좀 쓸 것 같은 사람들은 죄다 모여 있는 것 같았다. 여기서는 대영의 덩치도 아담하게 보였다.
접수대에 가서 대회 신청을 하려 한다고 하자 접수인이 당연하다는 듯 대영에게 신청서를 내밀었다. 연우가 대영 앞에 놓인 신청서를 가로채며 "제가 참가할 거에요"라고 하자 접수인은 세상에 이런 황당한 일은 없다는 얼굴로 연우를 쳐다봤는데, 접수인의 표정은 연우가 상대하는 모든 덩치들에게서도 볼 수 있었다.
덩치들은 하나같이 연우를 보고 황당해했고, 연우에게 0.1초컷으로 패하며 더 황당해했다. 믿기지 않는 듯 자신들의 우람한 팔과 연우의 젓가락같이 가느다란 팔을 비교하다 볼을 꼬집기도 했다.
결승에 올라간 연우는 연우의 허리두께만한 굵은 목을 가진 거대한 몸집의 남자와 대결을 펼쳤다. 남자는 두 팔을 들어 올려 구경꾼들의 호응을 유도하고 손으로 철갑같은 가슴팍을 두드리며 한껏 분위기를 띄웠다. 뜨거운 환호성 속에서 연우와 손을 맞잡았고 환호성이 채 사라지기도 전에 그대로 쓰러졌다. 연우는 세 번을 그렇게 단숨에 이겼다.

그럴 줄 알았지만 진짜로 연우가 우승을 했다. 드디어 5백만 원이라는 돈을 벌게 됐다! 기뻐하는 루오방 앞에 전단지를 내밀었던 울룩불룩 근육맨이 또 다른 종이를 내밀었다.

"이게 뭐에요?"

연우가 반사적으로 종이를 받아들며 물었다. 종이에는 '회원가입서'라고 적혀있다.

"회원 가입만 하면 상금은 지금 바로 지급됩니다."

근육맨이 새하얀 건치를 드러내며 활짝 웃었다.

"회원 가입을 안 하면요?"

"아... 그러면 저희 규정상 아쉽게도 상금은 드릴 수가 없습니다."

근육맨이 하나도 아쉽지 않은 얼굴로 뻔뻔하게 나오자 여름이 발끈했다.

"그게 말이 돼요? 이거 사기 아냐? 사장 나오라고 해!"

"제가 사장이고요, 사기라뇨? 전 사전에 다 고지했습니다. 봐요, 여기 써있죠?"

근육맨이 무해한 어린 양같은 표정을 지으며 전단지 한쪽 구석을 손가락으로 짚었다. 두꺼운 손가락은 상금 5백만 원이라 쓰인 곳을 짚었는데 자세히 보니 그 옆에 깨알보다 작은 글씨로 '평생 회원 가입시 상금 제공'이라 적혀있었다.

"평생 회원비가 얼만데요?"

대영이 황당해하는 연우를 대신해 물었다.

"얼마 안합니다. 6백만 원. 딱 1백만 원만 더 내시면 평생 회원이 될 수 있어요. 정말 굿 챈스죠?"

근육맨은 찬스도 아니고 '챈스'라고 혀를 굴려 발음하면서 아까보다 더 많은 건치를 드러내며 웃었다.

평생회원이 될 굿 챈스를 포기하며 상금도 포기하고 으랏차차 헬스클럽을 나오며 무호는 근육맨의 건치에 주먹 한 방을 날렸어야 했다고 투덜거렸다.

모두 근육맨을 욕하며 걸어가는데, 상배는 대화에 끼지 않고 한 걸음 뒤떨어져 친구들의 뒤를 따라 터덜터덜 걸어갔다. 할머니들에게 돈과 함께 털린 멘탈이 아직 회복 되지 않았다. 멍하니 걷던 상배는 실수로 캡모자를 눌러쓴 남자와 부딪쳤다. 상배가 놀라 미안하다 사과하자 남자는 상배를 흘깃 쳐다보고는 그냥 지나쳐 가버렸다.

"빨랑 안 오고 뭐해?"

앞서가던 무호가 멍하니 서 있는 상배에게 빨리 오라고 재촉했다. 그래도 상배가 충격 받은 얼굴을 한 채 꼼짝도 하지 않자 친구들이 상배 옆으로 되돌아왔다. 상배는 왜 이러고 있냐고 묻는 친구들과 멀어지는 캡모자 남자를 번갈아 보다가 천천히 입을 열었다.

"저 남자, 누굴 죽일 건가 봐."

"누굴 죽이는데?"

연우가 물었다.

"몰라. 그냥 죽여버릴 거야. 그 생각만 반복해서 하고 있었어. 어떡하지? 따라가 볼까?"

"근데 그런 생각은 다들 한번씩 하지 않아?"

상배는 심각하기만 한데 대영이 덤덤한 얼굴로 말했다. 살면서 억울한 일 부당한 일 당해 열 받고 화날 때마다 하, 저 새끼 죽여버릴까, 내 살생부에 올려야지, 뭐 그런 생각은 한번씩 하지 않냐는 거였다. 무호는 한술 더 떠 자기는 매일 그런 생각을 한다고 했고, 여름은 죽이고 싶다는 생각은 굴뚝 같아도 그걸 실행에 옮기는 사람이 몇이나 되겠냐며 자기는 생각만으로는 백 명도 더 죽인 연쇄 살인마라고 했다. 연우는 따라가 봤자 우리가 할 수 있는 일은 없으며, 생각만으로는 범죄가 성립하지 않는다는 꽤 합리적인 논리를 펼쳤다.

상배는 친구들의 말이 일리가 있다고 수긍했다. 수긍은 했지만 친구들과 헤어져 집에 돌아가는 길 내내 찜찜함이 손톱 거스러미처럼 껄끄럽게 남아있었는데, 집에 도착해 초코가 물어뜯어 놓은 노트북을 보는 순간 찜찜함은 물론 그 남자에 대한 모든 것을 순식간에 까맣게 잊어버렸다.

며칠 후 한 여자가 다급하게 남주 지구대로 뛰어 들어왔다.

"제 친구가 사라졌어요. 전 남친이 스토킹하는 것 같다고 무서워했는데... 아무래도 그 남자한테 무슨 일을 당한 것 같아요."

여자의 말에 열혈 경찰 상은의 얼굴이 굳어졌다.

상은은 몇 주 전 지구대로 걸려 온 한 통의 전화를 받았었다. 상은이 남주 지구대라고 밝혔는데도 한동안 말이 없던 발신인은 "저..."라며 겨우 말을 꺼냈다. 여자였다. 젊은 목소리였고 무척이나 조심스러웠으며 잔뜩 겁에 질려있는 것 같았다.

"저... 제가 스토킹을 당하는 것 같아요."

어렵게 입을 연 여자는 전 남자친구로부터 스토킹을 당하는 것 같다고 했다. 문자나 전화 같은 걸로 괴롭히는 건 아니고, 집으로 찾아오거나 미행을 하는 것도 아니지만 왠지 전 연인이 주변을 어슬렁거리며 감시하는 느낌이 있다고 했다. 여자는 접근 금지나 남자의 위치 추적 혹은 신변보호용 스마트워치를 바랐지만 여자의 느낌만으로 그런 요구를 들어줄 수는 없었다.

상은이 힘들다고 하자 여자는 그럼 자기는 어떡해야 하냐며 울먹였다. 얼굴이 보이지 않는데도 수화기 너머에서 여자가 느끼고 있는 공포와 절망감이 생생히 그려졌다. 마음이 쓰인 상은은 여자의 집 근처 순찰을 특별히 강화하겠다고 약속하며 전 남친으로부터 문자나 전화가 오면 바로 자신에게 연락하라 당부했다. 상은의 약속에 여자는 조금은 안정된 목소리로 전화를 끊었다.

상은은 약속한 대로 몇 주 동안 여자의 집이 있는 빌라 근처를 순찰하며 수상한 점은 없는지 살폈지만 별다른 특이 상황은 없었다. 그러다 요 며칠 연속적으로 발생한 무인가게 도난 사건을 조사하느라 순찰이 느슨해졌는데 설마.... 상은은 불길한 예감을 누르며 사라졌다는 친구의 주소를 물었는데, 불행히도 예감은 틀리지 않았다.

상은은 태권도 선배이자 남주경찰서 강력반 형사인 이형사와 함께 사라진 여자의 자취집으로 갔다. 여자의 원룸은 평범하고 자연스러웠다. 싸운 흔적도 없고 일부러 치운 흔적도 없었다. 상은의 성화에 마지못해 따라온 이형사는 심드렁한 얼굴로 집안을 둘러보더니 아무런 특이 상황이 없다며 가출로 접수하라고 했다.
"하루에도 얼마나 많은 가출 신고가 들어오는지 몰라? 그런 거 다 일일이 조사 못해."
"선배, 이건 단순 가출이 아니에요. 스토킹 신고를 했었다니까요?"
"그럼 스토커를 피해 어디로 숨었나보지."
"선배!"
상은은 여자의 실종에 무거운 책임감을 느끼고 있었다. 자신의 탓인 것만 같았다. 상은은 이형사에게 애걸복걸을 해 겨우 남주경찰서에 본부를 차리고 사라진 여자, 정미라 납치 사건을 수사하게 됐다.

상배는 상은이 전화로 명령한 것에 따라 갈아입을 속옷과 양말을 싸 들고 남주경찰서로 갔다. 싫다고 반항해봤자 생활비를 끊어버리겠다는 협박이나 들을 게 뻔해 군말 없이 시키는 대로 챙겨 갔다.
상배가 갔을 때 상은은 이형사와 정미라 집 근처의 CCTV를 보고 있었다. CCTV에는 정미라의 전 남자친구인 고승민과 정미라가 나란히 걸어가는 장면이 찍혀있었다. 이형사는 고승민이 정미라를 강제로 데려가는 것 같지 않다며 여전히 납치가 아니라고 주장했고, 상은은 정미라가 주위를 두리번거리는 것을 지적하며 주위에 도와줄 사람을 찾고 있는 거라고 주장했다. 그리고 상배는 CCTV 속 남자 고승민이 며칠 전 생각을 들었던 남자, 누군가를 죽여버릴 거라고 되뇌던 캡모자의 남자임을 알아보고 경악했다.

"저 남자가 누구 죽였어?"

상배가 놀란 얼굴로 묻자 상은은 CCTV를 껐다.

"네가 상관할 일 아냐. 가져온 거나 놓고 가."

상은은 상배를 무시했지만 상배는 상은의 눈을 통해 대답을 들었다.

"그때 내가 꾸물거리지 않고 쫓아갔으면 이런 일이 생기지 않았을 거야. 내 책임이야."

상배가 거실 소파에 나란히 앉아 있는 루오방 앞에 벌받는 학생처럼 다소곳이 서서 자책했다. 상배의 집이건만 상배는 앉지도 못하고 처음 온 손님처럼 어색하게 서서 괴로운 얼굴을 했다.

"우리 책임이기도 해. 우리가 말렸었잖아."

대영이 침통하게 위로했다.

"우리가 잡자."

상배가 친구들의 눈을 바라봤다. 친구들이 꺼린다면 혼자서라도 할 생각인데, 친구들은 약속이라도 한 듯 '좋은데?'라고 생각하고 있었다. 다들 그때 상배를 말린 것을 자책하고 있었다.

"근데 어떻게 잡아? 방법은 있어?"

여름이 적극적으로 나섰다.

"내가 생각한 게 있어."

우주 최강의 귀차니스트 상배가 본성을 거슬러 노련한 지휘관처럼 나섰다.

상배는 다시 경찰서로 상은을 찾아갔다. 일단은 정보가 필요했다. 가능한 한 많이. 그리고 상배에게는 그럴 능력이 있었다. 어렵지도 않았다. 상은의 눈만 보면 된다. 상은만 만나면 그동안의 수사 과정을 알 수 있을 거라 생각했는데 상은은 상배와 있는 내내 육두문자를 남발하며 상배 욕을 하고 귀찮다는 생각만을 했다. 이러면 곤란했다. 독심술이 있다한들 하지 않는 생각을 읽을 수는 없다.

"누나. 다른 생각하지 말고 사건에 대해 생각해 봐. 집중해서 사건만 생각해."

"시끄럽고, 가라고, 쫌."

상은이 정색하고 상배의 등을 떠밀어 경찰서 밖으로 내쫓았다.

상배가 아무 소득도 없이 경찰서 근처에서 대기중인 루오방에게 돌아왔을 때, 무호는 주위를 조용히 시키고 귀에 손을 모은 채 집중하고 있었다. 대영이 무호 눈치를 살피며 상배에게 소곤거렸다.

"상은 누나가 누구랑 대화하고 있대. 그거 듣고 있어."

무호는 상은과 정미라의 친구가 나누는 대화를 듣고 있었다. 상배가 경찰서를 나가자마자 정미라의 친구가 상은을 찾아와 사건에 대한 얘기를 나눴다. 경찰서 건물 안에서 나누는 둘의 대화가 또렷하게 들렸다.

"미라가 자세하게 말한 건 아니라서 잘 모르는데, 고승민이 자기가 전 여친에게 어떻게 했었는지 말하면서 겁을 줬대요."

"전 여친에게 어떻게 했었는데요?"

"몇 날 며칠을 주변에서 맴돌았었대요. 다가오지도 않고 위협하지도 않고 그냥 바라만 봤대요. 차라리 위협하면 경찰에 신고라도 할 텐데 보기만 하니까 신고도 할 수 없고... 결국 그 여자는 야반도주하듯 고승민을 피해 지방으로 이사했대요. 고승민이 그랬대요. 전 여친이 도망가지 않았으면 죽였을 수도 있다고. 그러니까 헤어지고 싶으면 죽을 각오도 해야 할 거라고 했대요. 그래서 미라는 자신에게 무슨 일이 생기면 범인은 고승민일 거라고 했어요."

고승민에 대해 털어놓던 친구가 잠시 망설이는 것 같더니 힘겹게 말을 이었다.

"고승민이 미라를 죽였으면 어떡하죠?"

"그 전에 찾아야죠. 찾을 겁니다. 정미라 씨 핸드폰 마지막 발신지도 알아냈어요."

상은의 목소리가 무척이나 단호했다.

무호가 뿌듯한 얼굴로 친구들을 바라봤다. 자기만을 애타게 바라보고 있는 여덟 개의 눈동자를 향해 의기양양하게 말했다.

"됐어. 마지막 발신지를 알아냈어. 가서 여자의 흔적을 찾아보자."

"어떻게?"

여름이 방법을 묻자 상배가 답했다.

"마지막 발신지에 가면 여자의 체취가 남아있을 거야. 그걸로 네가 추적하면 어때?"

"난 그 여자 체취가 뭔지 모르는데? 뭔지 모르는데 어떻게 추적해? 수색견들도 일단 찾아야 할 냄새를 먼저 맡잖아."

"수색견. 멍멍."

무호가 이 와중에도 여름을 놀리며 낄낄거리자 여름이 무호의 뒷통수를 가격했다. 무호가 반격하려 했지만 상배가 끼어들어 말리고 모두를 이끌고 정미라의 집으로 갔다. 막상 가긴 갔는데, 도어락 비밀번호를 몰라 집으로 들어갈 수는 없었다.
"도어락 부술 수 있어?"
"부수는 거야 일도 아니지. 근데, 부숴도 되나?"
무호의 질문에 연우가 도어락을 만지며 대답했다. 연우에게 도어락을 부수는 건 일도 아니지만, 남의 집 도어락을 허락도 없이 함부로 부숴도 되나 싶었다.
"그래도 사람 살리는 게 먼저 아냐?"
"여자 혼자 사는 집인데, 도어락 부숴놓으면 좀 그렇지 않나?"
"부숴놓고 열쇠 아저씨 불러서 새 걸로 달자."
"그러다 경찰에 신고하면? 주거침입죄로 다같이 유치장에 갇히자고?"
친구들이 설왕설래하자 여름이 비장하게 앞으로 나섰다.
"비켜."
여름은 현관문 앞에 서서 심호흡을 하더니 문틈 사이로 코를 바짝 붙이고 숨을 들이켰다. 주변의 여러 냄새들이 콧속으로 빨려 들어왔다. 복도의 오래된 먼지 냄새, 청소 소독제 냄새, 친구들의 익숙한 냄새 등 갖가지 냄새들이 들어왔다. 여러 번 숨을 들이키자 현관문 너머 방안의 냄새들이 들어오기 시작했다. 여름은 온 신경을 집중하며 냄새를 맡았고 결국 여자의 체취를 얻을 수 있었다. 그리고 친구들과 함께 마지막 발신지를 향해 가는 대영의 차 안에서 무호의 비웃음에 한풀이라도 하듯 자신의 능력이 얼마나 뛰어난지에 대해 쉬지 않고 떠들어댔다.
"현관문 틈으로 냄새를 맡아보니까 여러 냄새가 나는 거야. 근데 그 많은 냄새 중에도 주가 되는 냄새가 있거든. 여자 혼자 살던 집이니까 그 주가 되는 냄새가 여자의 냄새일 거 아냐. 어때, 내 추리가? 죽이지? 수색견은 냄새는 잘 맡아도 이런 추리는 못하잖아. 근데 나는 이런 게 되네? 대단하지? 수색견은 댈 것도 아니지? 난 내가 생각해도 정말 대단한 거 같아."

친구들은 끝도 없이 이어지는 여름의 자랑을 들으며 수색견을 언급한 무호를 원망하고 서로 귀에서 피가 나오지는 않는지 봐주었다. 그래도 여름을 타박할 수는 없는게 여름은 마지막 발신지에 희미하게 남아있는 여자의 체취를 발견하고 그 체취를 따라가는 중이라서다. 경기도 외곽의 인적 드문 들판을 거침없이 걸어가던 여름이 갑자기 걸음을 멈췄다.

"거름 냄새 때문에 여자 냄새가 지워졌어."

그러고 보니 사방에서 진한 거름 냄새가 진동했다. 정녕 정미라를 찾을 방법은 없는건가. 여기까지 와서 더 이상 나아갈 방법이 없다는 것에 루오방은 망연자실해졌다.

거름 냄새를 맡으며 멍하니 서 있는 루오방을 위로하듯 상쾌한 산들바람이 루오방의 땀을 식히며 지나가는데, 갑자기 무호의 눈이 반짝였다.

"찾았다."

의아하게 보는 친구들을 향해 무호가 외쳤다.

"살려달라고, 도와달라고 하는 여자 목소리가 들려. 가자."

여름의 뒤를 잇는 무호의 활약으로 루오방은 들판을 달려 외딴 창고 앞에 도착했다. 커다란 자물쇠로 잠긴 철문은 연우가 거침없이 망가뜨려 열었다. 창고 안으로 들어가니 입에 재갈을 문 채 홀로 묶여있는 정미라가 있다. 루오방을 본 정미라는 울음을 터뜨렸다.

"괜찮아요? 다친 데는 없어요?"

연우가 정미라를 묶어놓은 밧줄을 간단히 끊어내며 물었다. 정미라는 탈진한 것 같았지만 다행히 다친 데는 없어 보였다.

"괜찮아요. 그런데 고승민이 곧 돌아올 거에요. 총까지 가지고 있어요. 빨리 도망가야 해요."

연우가 정미라를 부축해 돌보는 사이 경찰에 신고 전화를 걸던 상배가 당황해했다.

"여기 전화가 안돼. 신호가 안 잡혀."

"내가 달려가서 신고할게."

대영이 뛰어나가려는데 언제 왔는지 사냥총을 든 고승민이 창고문을 막고 서서 물었다.

"니들 뭐냐? 여긴 어떻게 알고 왔어?"

고승민 손에 들린 사냥총을 보며 루오방은 번쩍 손을 들었다. 정미라가 무릎을 꿇고 애원했다.

"제발 풀어줘. 아무한테도 말 안 할게."

"이렇게 된 이상, 여기서 아무도 못 나가."

광기 어린 눈으로 루오방을 훑어보던 고승민이 정미라를 노려봤다.

"너만 날 떠나지 않았어도 이렇게 되지 않았어. 네가 내 말만 잘 들었어도 우리는 행복할 수 있었어. 네 탓이야. 너 때문에 오늘 여기 있는 사람들 모두 죽는 거야. 네가 다섯 명을 죽이는 거야."

"저기요, 고승민 씨? 이러지 말고 대화로 풀면 어때요? 잠깐 저랑 대화를…"

여름이 웬만한 남자에게는 다 통하는 순진무구한 얼굴을 장착하고 고승민을 달래듯 다가서려 하는데, 고승민은 웬만한 남자가 아닌지 흔들림 없이 총을 겨눴다.

"스톱. 동작 그만."

고승민이 여름에게 총을 겨눈 사이, 무호와 대영이 눈짓을 나눈 후 재빠르게 고승민의 총을 빼앗고 제압하려 했으나, 실패했다. 연우가 힘으로 제압하려 고승민에게 주먹을 날렸지만 싸움 요령이 없는 연우의 주먹은 크게 헛나갔다. 오랜 세월 함께 해온 친구들이면서도 호흡이 전혀 맞지 않았다. 무호는 대영이 생각보다 느리다며 불평했고, 대영은 자신이 고승민의 시선을 빼앗는 사이 총을 뺏으라 신호했는데 그걸 못 알아차린 무호를 탓했다. 여름은 이 와중에 싸우는 무호와 대영에게 닥치라고 소리 질렀고, 연우는 어떻게든 한 대 때려보겠다고 주먹을 휘둘렀지만 고승민은 아주 여유롭게 피했다. 상배가 이럴 때가 아니라고 친구들을 말렸지만 전혀 통제가 되지 않았다. 총체적 난국이었다. 그 모습을 한심하게 지켜보던 고승민이 총을 쐈다.

"닥쳐! 다들 닥치고 꺼져!"

갑작스런 총소리에 굳었던 루오방은 빠르게 눈짓을 주고받고는 한꺼번에 고승민에게 달려들었다. 다행히 이번에는 신호가 맞아 동시에 달려

들어 고승민의 총을 빼앗으려 했다. 하지만 고승민은 이번에도 잡히지 않고 미꾸라지처럼 피하며 다시 총을 쐈다.

"니들 다 뒤질래?!"

고승민은 루오방을 향해 총부리를 겨누며 위협했다. 루오방이 다시 두 손 번쩍 들고 고승민을 자극하지 않으려 얼음처럼 굳은 사이로, 정미라의 고통스러운 신음소리가 들렸다. 고승민이 난사하던 총에 맞은 것이다. 연우가 달려가 정미라의 상태를 살폈다. 배를 움켜쥐고 쓰러진 정미라 주변에 피가 흘러 물웅덩이처럼 고였다. 너무 놀란 무호가 헛구역질을 했다. 무호뿐 아니라 다들 큰 충격을 받았다.

"...죽었어?"

고승민이 루오방만큼이나 충격받은 얼굴로 물었다.

"빨리 병원에 가야 해요. 안 그러면 죽을 지도 몰라요."

"잘됐네. 어차피 죽일 생각이었는데."

고승민은 아무렇지 않게 말했지만 상배는 고승민의 속마음을 읽었다. 고승민은 정미라가 정말 죽을까봐, 정미라가 죽으면 감옥에 가게 될까봐, 감옥에 가면 어떤 힘한 일을 당하게 될지 몰라 두려워했다. 상배가 나섰다.

"지금 병원에 가면 정미라 씨, 살릴 수 있어요. 그러면 고승민 씨도 살인자가 되지는 않아요."

"살인자가 되는 게 뭐? 저딴 기지배는 죽어도 싸."

고승민이 눈에 힘을 주고 허세를 부렸지만 상배에게는 통하지 않는다,

"그러면 고승민 씨는 감옥에 가게 될 거에요. 영화에서 많이 봤죠? 감

옥은 약육강식의 정글이에요. 그쪽은 아마 최하 계급의 초식동물이 돼서 포식자들에게 엄청 괴롭힘을 당할 거에요."

상배는 고승민의 생각을 읽고 그가 두려워하는 것을 언급하며 계속 설득과 협박을 이어갔다.

"납치에 계획 살인이면 최소 무기징역이에요. 평생을 감옥에서 보낼 거에요? 더 늦기 전에 정미라 씨 병원으로 옮깁시다. 시간이 없어요."

상배의 말에 고승민이 망설이며 방심하는 사이 무호가 그 틈을 놓치지 않고 달려들어 고승민의 총을 빼앗았다.

"앗싸, 전세 역전. 특등 사수의 매운 맛을 보여주마. 손들어! 안 그러면 쏜다."

고승민이 무호를 노려보며 뒷걸음을 쳤다.

"쏠 테면 쏴봐, 거기 총알 비었어, 등신아."

뒷걸음치던 고승민이 창고 밖으로 쏜살같이 달려 나갔다. 대영이 따라가 잡으려는 것을 연우가 붙잡았다. 정미라부터 살려야 했다. 연우가 기절한 정미라를 업고 대영의 고물차로 달려갔다. 루오방 다섯 명에 다친 정미라까지 여섯 명이 꾸역꾸역 한 차에 구겨 탔고 가기만 하면 되는데, 시동이 걸리지 않았다. 폐차해도 아깝지 않을 차를 대영이 어르고 달래가며 겨우겨우 버텨왔는데 하필이면 이런 중요한 때 퍼져버렸다. 계속 피 흘리며 창백해지는 정미라를 보다가 대영이 안 되겠는지 들쳐 업었다.

"내가 먼저 병원으로 갈 테니까 너희들은 알아서 따라와."

바람처럼 달려 나가는 대영을 보며 나머지 루오방은 겨우 한숨을 돌렸다.

정미라의 납치에 죄책감을 느끼는 상은도 놀고 있지는 않았다. 루오방이 활약하는 사이, 고승민의 주변을 파며 그의 어머니를 찾아갔고, 괴이한 동물 박제들로 가득 장식된 거실에서 어머니로부터 고승민이 어릴 때부터 아버지를 따라 사냥을 즐겨 다녔고 잡은 동물은 손수 박제했다는 얘기를 들었다. 고승민의 어머니는 아들 자랑을 끝도 없이 늘어놨다.

"우리 승민이는 뭐든 제 품으로 들어온 건 놓지를 못해요. 마음이 여려서 그런가, 다 소중히 간직하고 싶어해요. 어릴 때부터 그랬어요. 여덟 살 때 다친 새 한 마리를 잡았는데 그 새가 다 낫고 날아가자 얼마나 실망을 하던지. 몇 날 며칠 그 새를 찾으러 가자고 지 아버지를 얼마나 졸랐는지 몰라요. 걔가 그렇게 정이 많아요. 여기 있는 이 박제들, 다 승민이가 직접 잡아서 직접 박제한 거에요. 솜씨가 좋죠? 전문가 부럽지 않은 솜씨에요."

상은은 어머니의 얘기를 들으며 생각을 정리했다. 소유욕이 강한 고승민은 자신의 소유욕이 실현되는 곳, 박제를 하던 창고로 정미라를 데려갔을 확률이 컸다. 상은은 어머니로부터 창고 위치를 받았다. 창고 위치가 마지막 발신지 근처인 것을 보니 그곳에 있는 게 확실했다. 최대한으로 밟아 달려갔다. 하지만 도착하니 창고는 텅 비어 있고 총 자국과 늘어진 밧줄, 바닥에 떨어진 핏자국만 어지럽게 흩어져 있었다. 도움을 요청하려 지구대에 전화를 걸었지만 전화까지 터지지 않았다.

신호가 잡히는 곳까지 운전해 간 상은이 전화를 걸려 하는데 전화가 걸려왔다. 지구대 동료였다. 동료는 상은이 무슨 말을 하기도 전에 말했다.

"정미라 씨, 돌아왔대."

상은은 병원에 찾아가 수술을 마친 정미라를 면회했다. 수술은 잘 끝났고 정미라는 안정돼 보였지만 자신이 어떻게 구출됐는지에 대해서는 잘 기억을 하지 못하는 것 같았다. 아직 마취가 덜 풀려서인지 어마어마하게 힘이 센 원더우먼과 바람처럼 쌩쌩 달리던 곰이 있었다는 얘기를 횡설수설 늘어놨다. 진짜인지 꿈인지 알 수 없는 정미라의 얘기들 속에서 한 가지 분명한 것은 고승민이 이 모든 사건을 일으킨 주범이며 정미라를 죽이려 했다는 것이다.

상은은 쾌차를 바란다는 인사말을 남기고 돌아와 이형사에게 고승민을 당장 체포해야 한다고 닦달했다. 이형사가 영장 청구했으니 조금만 기다리라 했지만 그 사이에 고승민이 달아날까 조바심이 났다. 발을 동동 구르는 상은 앞에 반쯤 넋이 나간 얼굴을 한 고승민이 나타났다.

"자수하러 왔습니다."

고승민을 자수하게끔 한 것 역시 루오방이었다. 루오방은 정미라가 무사히 수술받고 생명에는 지장이 없다는 것을 확인한 후 고승민을 찾아나섰다. 무호가 귀를 세우고 레이더망을 펼치듯 온 청각을 집중해 고승민의 목소리를 탐색했다.

그 시각 자신의 원룸에 숨은 고승민은 정미라를 탓하며 그녀를 몰래 촬영한 영상들을 인터넷에 올리려 하고 있었다. 어렴풋이 목소리가 들리는 방향으로 가던 무호는 희미하게 들리던 고승민의 목소리를 명확하게 듣기 시작했고 그가 중얼거리는 혼잣말을 들었다. 무호의 표정이 심각해졌다.

"이놈 이거 아주 못된 짓을 하려나 본데? 빨리 가자."

무호가 친구들을 재촉했다.

고승민이 막 업로드 버튼을 클릭하려는 순간, 도깨비 가면을 쓴 루오방이 나타났다. 도깨비 가면은 여름의 아이디어다.

"아까 우리 창고에서 너무 찌질했어. 우리끼리 싸우고 탓하고. 그 자식이 우릴 어떻게 생각하겠냐? 아주 우습게 볼걸? 싸움은 기세야. 이대로는 안돼. 우리인 줄 모르게 얼굴 가리고 가서, 초능력자답게 제대로 카리스마 좀 보여주자."

여름은 이렇게 말하며 무호가 고승민의 목소리를 탐색하는 동안 문구점에서 적당한 가면을 찾다 그중 제일 무서워 보이는 도깨비 가면을 택했다. 이런 연유로 도깨비가 된 루오방은 고승민에게 자수를 하라고 협박했다. 여름이 목소리에 최대한 힘을 실어 무게있게 말했다.

"불법촬영, 스토킹, 납치, 살인미수. 네가 한 짓 모두 경찰에 가서 불어. 안 그러면 후회하게 될 거야."

하지만 그런다고 순순히 말을 들을 고승민이 아니었다.

"니들, 아까 창고에 왔던 놈들이지? 내 나와바리에 온 걸 환영한다."

고승민이 어깨에 잔뜩 힘을 주고 서랍에 넣어둔 장도(長刀)를 꺼냈는데, 루오방은 그걸 봤는지 못 봤는지 가면을 두고 투닥거렸다. 무호가 가면을 벗어던졌다.

"거봐, 내가 이딴 거 쓰지 말자고 했지? 어차피 가면 써도 우린 거 다 안다니까. 답답해 죽는 줄 알았네."

"도깨비말고 저승사자로 할 걸 그랬나?"
여름이 가면을 벗어들고 갸웃거리자 연우가 의견을 냈다.
"그래도 저승사자보다는 도깨비가 낫지. 니들은 어때?"
"도깨비건 저승사자건 난 얼굴 가리는 게 싫다고. 잘생긴 내 얼굴을 왜 가려?"
무호가 투덜거리자,
"투표로 결정할까? 난 도깨비에 한 표."
대영이 손을 드는데, 고승민이 끼어들었다.
"누가 먼저 뒤질 지도 투표 한번 해보지 그래?"
고승민이 장도를 들고 자세를 잡더니 힘차게 휘둘렀다. 아니, 휘두르려 했는데 어느새 장도는 대영의 손에 넘어가 있었다. 그러더니 칼을 건네받은 연우가 신기한 것을 보여준다며 장도를 반으로 접어버렸다. 그 단단한 칼이 엿가락보다 더 쉽게 반으로 접혔다. 연우는 반으로 접힌 칼을 들어 보이며 상냥하게 말했다.
"사람도 반으로 접어버릴 수 있는데, 보여줄까요? 척추가 꺾이게 예쁘게 접어드릴 수 있어요. 원해요?"
"아니요. 경찰서로 가겠습니다."
고승민이 바로 대답했다. 머뭇거리면 진짜 반으로 접혀버릴 것 같아 무서웠다. 일단은 이 자리를 모면하고 추후에 방법을 도모하면 된다고 생각하고 있는데 상배가 귀신같이 알아내서 점잖게 협박했다.
"경찰서에 가는 척 도망치려는 생각 같은 건 하지도 마. 추후에 방법을 도모하겠다? 다 소용없어. 네가 어디로 도망치든 우리는 널 찾아낼 수 있고, 그땐 이렇게 신사적으로 대하진 않을 거야. 너한테는 차라리 감옥이 더 안전할 거야."
"경찰서에서 자백할 때는 네가 저지른 짓 하나도 빠뜨리면 안 돼. 우리가 다 듣고 있으니까. 못 믿겠으면 한번 시험해 보던가."
무호가 목소리를 깔며 위협하자 고승민이 또 바로 대답했다.
"믿습니다. 하나도 빠짐없이 다 자백하겠습니다."

그리하여 경찰서로 간 고승민은 상은과 이형사 앞에서 자신이 저지른 일에 대해 손가락을 꼽아가며 하나도 빠짐없이 다 자백했고, 근처에서 고승민의 자백을 듣고 있던 루오방은 깔끔하게 일이 마무리된 것을 기뻐하며 단골 편의점 앞 파라솔 자리에서 맥주로 자축했다.
루오방은 태어나서 거의 처음으로 끝내주게 상쾌한 기분을 느꼈다. 28년 인생 통틀어 이렇게 시원한 맥주는 마셔본 적이 없었다.
"고맙다. 니들 덕분에 마음의 짐을 덜 수 있게 됐어."
상배가 인사하는데도 루오방은 저마다의 소감을 풀어내느라 듣는 둥마는둥 했다. 이 맛에 좋은 일을 하는가 보다라고 감탄하는 대영에, 이제 무서울 게 없으니 다 덤비라고 호기롭게 외치는 무호, 도깨비 가면이 마음에 들지 않았다고 투덜대는 여름, 칼을 반으로 접을 때 놀라는 고승민을 보며 짜릿했다는 연우까지. 상배가 흥분한 친구들을 진정시키며 물었다.
"우리한테 왜 갑자기 초능력이 생겼는지 생각해 봤어? 난 우리한테 이런 일이 생긴건 분명 이유가 있을 거 같아."

"네가 생각한 이유는 뭔데?"
연우가 묻자 상배는 고개를 저었다.
"모르겠어. 아무리 생각해도 모르겠어. 그래서 같이 연구해 봤으면 좋겠어."
"난 그딴 건 모르겠고, 우리가 졸라 멋있는 건 알겠어. 우리 진짜 끝내주지 않았냐? 위기에 처한 사람을 구해주는 정의의 사도, 캬~~~!"
무호가 여전히 흥분한 얼굴로 말했다.
"정의의 사도가 뭐냐? 촌스럽게."
여름의 반응에 무호가 반발했다.
"정의의 사도가 뭐가 어때서? 세련된 네가 말해보던가."
"하라면 못할까봐?"
여름이 발끈했다. 발끈은 했지만 아무 것도 제시하지 못하자 무호가 여름을 놀렸다.
"또또가 또또지, 뭐."
"야, 한 대 맞고 닥칠래?"
하던 여름이 문득 떠오른 단어를 말했다.
"히어로즈, 어때?"
그러자 무호가 언제 투닥거렸나싶게 크게 박수를 쳤다.
"오~~~ 좋다."
상배는 지금 이름이 중요한 게 아니라 왜 이런 일이 생겼는지 근본적인 것을 풀어야 한다고 했고, 연우는 히어로즈를 결성해서 뭘 할 건지 물었지만 여름과 무호, 대영은 지긋지긋한 루오방을 벗어나 히어로즈가 되는 것에 열광했다. 뭘 할지는 나중에 생각하면 되고, 왜 이런 초능력이 생겼는지도 나중에 생각하면 되고, 일단은 히어로즈를 위해 건배!

루오방과 히어로즈 사이 어딘가

루오방, 아니 히어로즈는 정미라를 구출할 때 느꼈던 희열을 되새기며 자신들의 뛰어난 초능력을 한껏 발휘할 '엄청난' 사건을 해결하고 싶었다. 이름도 거창한 히어로즈니까, 이름에 걸맞는 뭔가 스케일이 큰 일을 해결하고 싶었다. 히어로 영화들처럼 외계인 정도는 막아보고 싶었지만 안타깝게도 외계인이 쳐들어오지를 않았다. 지구를 멸망시키려는 막강 파워의 빌런도 없었다.

초능력을 활용하고 싶어 조바심을 내던 무호가 급기야 SNS에 힘든 일, 어려운 일 해결해 드립니다, 라고 심부름센터 광고 같은 게시물을 올렸지만 그것도 별 소용은 없었다. 히어로즈에 어울리는 사이즈의 사건은 없고 죄다 집 나간 강아지, 고양이 찾아달라는 의뢰이거나 바퀴벌레 잡아달라는, 딱 심부름센터 수준의 의뢰였다. 무호는 툴툴거리면서도 들어오는 의뢰는 거절하지 않고 나가서 해결하고 용돈을 벌었다.

무호처럼 적극적으로 일거리를 찾지는 않았지만 다른 히어로즈들도 도움이 필요한 일에는 적극 나섰다. 연우는 길거리에서 행인들을 상대로 야구방망이를 휘두르며 묻지마 폭행을 저지르는 남자를 발견하고는 지체없이 달려가 남자의 손목을 꺾어버렸다. 여름과 무호는 길 잃은 치매 할아버지를 찾는다는 재난 문자를 보고 달려가 30분만에 냄새와 소리로 할아버지를 찾아 가족의 품으로 돌려 보내드렸다. 대영은 굉음을 울리며 도로를 위협하는 오토바이 폭주족을 오토바이보다 더 빨리 달려가 잡았다. 술집에서 술을 마시다가도 누군가 "아, 어떡하지?"하는 소리가 들리면 달려나가 도와줬고 화장실에서 볼일을 보다가도 "도와주세요!"하는 소리에 보던 볼일을 중단하고 뛰쳐나가 도왔다.

모두 다 도움이 필요한 사람을 돕는 일에 진심이었다. 정의감 때문인 것은 아니고, 물론 정의감도 아주 없다고는 할 수 없지만, 초능력을 사용해 일을 해결하면 그것을 보고 놀라는 사람들의 모습과 이어지는 그들의 감탄과 감사에 우쭐해지는 순간이 즐거웠기 때문이다. 칭찬과는 거리가 먼 삶을 살아왔다. 그동안 받아온 칭찬을 모두 합친 것보다 지난 며칠 동안 받은 칭찬과 감탄이 훨씬 많았다. 도파민이 마구 치솟았다.

루오방일 때는 상상도 할 수 없던 일들을 아주 쉽게 해결했다. 쉽게 해결이 되니 차츰 별 게 아닌 것 같아졌다. 그런 잔바리 같은 일들은 한껏 기가 올라있는 히어로즈의 욕망을 채워주기에는 턱없이 부족했고, 부족함이 채워지지 않으며 하루이틀이 지나자 처음의 짜릿함은 시들고 하늘을 찌를 듯 솟구치던 의욕도 사그라들며 시큰둥해졌다. 사람들의 칭찬도 반복해서 받다보니 시들해졌다. 초능력이 선사하던 도파민은 더 이상 분비되지 않았다. 익숙해진 히어로즈의 일상에 신선한 자극이 되어줄 새로운 사건이 필요했다.

그때쯤 고등학교 동창회 소식이 전해졌다. 고등학교를 졸업한지 벌써 10년이 가까워지는 히어로즈는 그동안 한 번도 동창회에 참석한 적이 없었다. 고등학교 때 괴롭힘 당했던 일만 떠올려도 일년 전 먹은 죽에 체할 것 같은데 망할 놈의 동창회라는 데를 제 발로 찾아갈 리가 없지 않은가. 하지만 올해는 달랐다. 남들이 가지지 못한 능력을 가진 히어로즈가 됐다. 더 이상 찌질한 루오방이 아니다. 무호가 동창회에 가서 달라진 모습을 자랑하자고 호들갑을 떨었다. 몸매관리를 위해 안 하던 운동을 시작하고 맥주도 안 마시겠다 선언했다. 멋진 모습으로 등장해 초능력을 선보이면 동창들은 깜짝 놀라 기절할지도 모른다. 상상만해도 너무 좋았다. 다시금 초능력이 선사하는 도파민이 왕성하게 분비되며 신이 났다. 대영과 여름도 좋다고 동조하는데 연우가 찬물을 끼얹었다.

"가서 뭘 어떻게 보여주려고? 애들 앞에서 초능력 차력쇼라도 하려고? 난 걔들 생각만 해도 아직도 치가 떨려. 걔들이 우릴 어떻게 괴롭혔는지 난 아직도 너무 생생하게 기억해. 기억하지 않으려고, 잊으려고 그렇게 애를 썼는데도 아직도 생생해. 난 그냥 다 묻고 잊고 싶어. 굳이 그걸 끄집어내서 되살리고 싶지 않아. 가려면 니들끼리 가. 난 안가."

연우의 말에 들썩이던 마음들이 가라앉았다. 연우의 말대로 막상 동창회를 가려니 기억 저 너머에 힘겹게 묻어둔 고등학교 시절이 떠오르며 다시 보고 싶지 않던 그 인간들을 굳이 보러 가야 하나 싶은 회의가 들었다. 히어로즈는 하나둘씩 동창회 얘기를 하지 않게 됐고, 암묵적으로 올해의 동창회도 패스하는 걸로 합의했다.

동창회를 앞두고 멋진 모습을 보여주겠다며 식단 관리와 운동을 하던 무호는 식단 관리를 접고 일상으로 돌아와 늘 하던 대로 고시원 앞 뷔페 백반집에서 본전을 뽑으려 먹어댔다. 그러면서도 홀로 밥을 먹고 있는 여자에게 눈길 주는 것은 잊지 않았다. 여자는 무호가 건넨 잡채 한 접시와 느끼한 윙크에 매우 정색하며 얼굴을 굳히더니 벌떡 일어나 나가버렸다.

여자의 반응에 무호는 무안해하지 않았다. 자주 겪는 일이라 그런 반응은 익숙했다. 하지만 어린 놈의 비웃음은 익숙하지 않았고 참을 수가 없었다. 청력이 엄청나게 좋아진 덕에 식당 한구석에서 혼자 밥 먹고 있는 중학교 교복을 입은 남자아이의 혼잣말이 아주 정확하게 조사 하나 빠지지 않고 귀에 꽂혔다. 아이는 질풍노도의 중학생답게 거침없는 쌍욕으로 무호를 비웃고 있었다. 기가 막힌 무호가 한마디 하려고 하는데 중학생이 식사를 마치고 식당 밖으로 나갔다. 무호도 황급히 따라 나가 아이의 어깨를 잡아 돌려 세우자 아이가 방어적인 자세를 취하며 노려봤다.
"뭐에요?"
"너 내 욕했지? 김도영!"
무호가 남자아이 교복에 달린 명찰을 보며 이름을 불렀다.
"그런 적 없는데요?"

"아닌데. 내가 다 들었는데. 네가 썩은 오징어가 주제도 모르고 여자한테 껄떡댄다고 졸라 욕하면서 나 씹었잖아."

"어떻게 알았어요?"

혼자 중얼거린 말을 무호가 정확히 알고 있는 것에 당황해서인지 김도영의 얼굴이 빨갛게 달아올랐다. 그걸 본 무호는 신이 났다.

"다 아는 수가 있거든요? 머리에 피도 안 마른 애송이야."

"그래서요? 고소라도 하려고요? 나이도 드실만큼 드신 어르신이 철없는 어린 애가 한 말에 욱해서 식당 밖까지 쫓아나와 괴롭히는 건 좀 아니지 않아요? 어른이면 어른답게 행동하셔야죠."

김도영은 언제 당황했었나싶게 당돌하게 쏴붙이더니 "그럼 어르신, 만수무강하세요."라며 예의바르게 인사까지 하고 자리를 떴다.

무호는 김도영이 떠난 후에도 한동안 자리를 뜰 수 없었다. 처음에는 황당했고, 황당함이 가라앉자 열이 났다. 어린놈에게 당한 것이 너무도 분했다. 어떻게든 되갚아 주고 싶은 마음에 김도영 생각이 머리를 떠나지 않았다. 그러자 김도영이 하는 말들이 들렸다. 김도영이 어디에 있든 그가 하는 말들이 바로 옆에서 떠드는 것처럼 생생하게 들렸다. 무호는 김도영의 약점을 잡아 되갚아줄 생각에 주의 깊게 들었는데, 들으면 들을수록 복수심이 타올랐다. 김도영에 대한 복수심이 아니라 김도영을 괴롭히는 일진들에 대한 복수심이 타올랐다.

김도영은 학교 일진들에게 괴롭힘을 당하고 있었다. 일진들은 김도영의 용돈과 운동화, 시계 등 좋은 건 다 빼앗고 시도 때도 없이 호출해 심부름을 시키고 괴롭혔다. 말을 듣지 않으면 김도영의 어머니를 죽여버릴 거라는 협박까지 했다. 김도영이 싫은 기색이라도 보이면 구타를 하는 것 같았다. 퍽퍽 때리는 소리에 무호는 귀를 막았지만 소용없었다. 초능력으로 강력해진 청력은 손으로 막아지지 않았고, 고등학교 시절의 끔찍한 기억만 자꾸 떠올랐다. 웅크리고 누워있던 무호를 무자비하게 발길질하며 웃던 정하빈의 웃음소리가 들리는 듯 했다. 김도영의 목소리는 계속 들리고 그 목소리에 정하빈의 웃음소리도 계속 겹쳐 들렸다. 잠이 들면 고등학생으로 돌아가 괴롭힘 당하는 악몽을 꿨고 깨있으면 괴롭힘 당하는 김도영의 목소리가 들렸다. 자나 깨나 악몽 속이었다. '김도영을 생각하지 말자.'라고 생각하니 오히려 더욱 김도영만을 생각하게 됐고 벗어날 수가 없게 됐다. 참다못한 무호는 히어로즈에게 애원했다.

"나 좀 살려주라."

히어로즈는 김도영을 괴롭히는 일진들을 찾아갔다. 인적이 드문 골목길에서 덩치 큰 일진들 네다섯 명이 김도영을 둘러싸고 또 돈을 뺏고 있었다.

"왜 이것밖에 없어? 엄마한테 돈 달라고 안 했어? 내가 니네 엄마 찾아가서 받을까?"

더 두고 보고 뭐고 할 것도 없었다. 이런 놈들은 당장 혼쭐을 내줘야 한다. 성질 급한 여름이 김도영의 멱살을 잡고 있는 일진의 뒤통수를 때렸다.

"어린노무 새끼들이 어디서 못된 것만 배웠어?"

갑작스런 가격에 뒤를 돌아본 일진들은 가녀린 여자 둘과 얼빵해 보이는 남자 둘, 곰같은 남자 하나를 보고는 상대가 되지 않는다고 여겼는지 피식 웃었다.

"니 에미애비한테 배웠다, 어쩔래?"

일진이 패드립을 내뱉으며 여름을 향해 위협적으로 다가오자 연우가 일진의 팔을 붙잡았다. 아주 살짝 힘을 줄락말락만 했는데도 일진이 죽을 듯 비명을 질러댔다. 대영이 연우를 말렸다.

"연우야, 괜한 데 힘쓰지 마. 너 힘들어. 이놈들 정도는 내 선에서 정리해도 돼."

"힘쓸 게 뭐 있어? 이런 애들은 손가락 하나로도 처리 가능한데."

연우가 그 말을 증명이라도 하듯 검지손가락으로 가장 덩치가 큰 일진을 들어올렸다. 몸이 붕 뜬 일진은 물론 그걸 지켜보는 일진들과 김도영의 눈이 커다래졌다. 연우가 들어올린 일진을 던질까 말까 고민하며 들었다 올렸다 하자 일진이 당황하며 욕을 지껄였다.

"뭐야, 씨발."

"어머, 학생. 그런 말 하는 거 아니에요. 학생이면 학생답게 고운말 바른말 써야죠. 앞으로는 예쁜 말만 쓰겠다고 약속!"

"약속."

연우의 손가락에 매달려있는 일진이 겁에 질린 얼굴로 약속했다. 그러자 연우가 흡족하게 웃으며 유치원 선생님처럼 말했다.

"좋아요. 잘했어요. 그래도 잘못한 일에 대해서는 벌 받아야겠죠?"

연우가 손가락을 튕기자 일진은 저 멀리 날아가더니 바닥에 떨어져 뒹굴었다. 연우와 거리가 생긴 때를 놓치지 않고 일진들이 달아나기 시작했다. 하지만 얼마 가지는 못했다. 대영이 순식간에 따라잡아 도로 잡아왔기 때문이다.
"연우야, 하던 거 계속해."
대영이 연우 앞으로 욕하던 일진을 대령했다. 연우가 다시 일진의 목덜미를 잡으려하자 상황 파악 끝낸 일진들이 무릎을 꿇고 바짝 엎드려 빌었다.
"죄송해요. 안 까불게요."
"우리 도영이한테도 사과해. 그동안 잘못한 것 다 사과하고 앞으로는 절대 안 그럴 거라고 약속해."
무호가 김도영의 어깨를 감싸며 일진들 앞에 세웠다. 일진들이 그동안 자기들이 무시하고 괴롭혔던 김도영에게 머리를 숙이고 싶지 않아 머뭇거리자 연우가 쓱 손을 내밀었다. 그러자 일진들이 다급하게 김도영 앞에 머리를 숙이고 사과했다.
"진심으로 해, 진심으로. 니들 진심인지 아닌지 우린 다 알 수 있어."
무호가 진심을 강조하며 상배에게 눈짓하자 상배가 일진들의 생각을 읽었다.
"너희들, 나중에 김도영만 남게 되면 또 괴롭히려고? 내일 학교에서 보자, 급식 시간을 지옥으로 만들어주마. 이런 생각들을 하고 있는데? 우리가 내일 급식 시간까지 찾아가야겠냐? 전교생 앞에서 망신당하고 싶어?"
상배가 말하자 지적당한 일진의 눈이 아까보다도 더 커졌다. 무호가 일진의 머리에 꿀밤을 한 대씩 먹였다.
"우리들이 누군지 알아? 도영이 사촌 형아들이야. 한번만 더 우리 도영이 괴롭혀봐. 지옥 끝까지라도 찾아가서 다리몽둥이를 확 뽀살라줄라니까."
"잘못했습니다. 도영아, 미안하다."
일진들이 한 소리로 도영에게 사과했다. 이번에는 진심이었다.

일진들을 혼내주고 돌아오는 길, 무호가 고맙다고 인사하는데도 히어로즈로서는 드물게 다들 대답이 없었다. 그러다 연우가 입을 열었다.
"내가 잘못 생각했어. 외면하고 덮어두면 다 지나갈 거라 생각했는데, 아니었어. 우린 아직도 그때 상처를 극복하지 못하고 있었어. 어디서 읽었는데, 모든 문제의 해결은 문제를 직시하는 데서 시작하는 거라더라. 우리 동창회 가자. 가서 우리 괴롭히던 애들 얼굴 대면하고, 과거 털어내자."
"난 찬성, 언제까지고 과거 트라우마에 잡혀 괴로워할 수는 없어. 너만 그런 거 아냐. 나도 그때 괴롭힘 당했던 거, 아직도 악몽으로 꿔."
대영이 무호의 어깨를 두드리며 말했다.
"사실은 나도 그래. 가자, 이제 악몽은 그만 꾸고 싶다. 그만 달아나고 싶어."
상배가 찬성했고, 연우가 주먹을 쥐고 흔들며 말했다.
"힘이라면 이제 내가 더 세니까. 아직도 정신 못 차리고 힘 자랑하려고 하면 내가 한 대씩 꿀밤이라도 때려주지, 뭐."
갑자기 여름이 걸음을 멈췄다.
"그러면 채사장 가게부터 가자."
"갑자기 어머니 가게는 왜?"
상배가 의아해하자 여름이 상배를 위아래로 훑었다. 늘 그렇듯 오래

돼 늘어난 등산복을 입고 있는 상배다.
"내 눈을 봐봐."
여름이 두 손으로 상배의 얼굴을 붙잡고 자신의 눈을 보게 했다. 여름의 머릿속은 상배에 대한 타박으로 가득했다. 그런 후줄근한 꼴로 누구 망신을 주려고, 등산복이 문신이냐, 등산복 좀 벗어라, 제발 거울 좀 보고 살아. 상배는 조용히 시선을 돌려 여름의 눈을 피했다. 여름이 다른 친구들을 둘러봤다.
"가려면 제대로 하고 가야지. 최고로 힙하게."
여름은 친구들을 데리고 동네 인근 대형 쇼핑몰에서 크게 편집숍을 하는 채사장을 찾아가 백화점 VVIP처럼 호기롭게 외쳤다.
"샷따 내려."
채사장은 어이없어하면서도 문단속이나 잘하고 가라며 자리를 비켜주셨다. 거기서 여름은 신데렐라 여주인공 옷 사주는 재벌남처럼 친구 넷에게 수십 벌의 옷을 입혀가며 최고의 스타일을 찾아내려 했으나, 실패했다. 친구들은 옷만으로 해결될 상태가 아니었다.
오기가 발동한 여름은 무슨 수를 써서라도 친구들을 멋지게 변신시키겠다는 결심을 하고 동창회가 열리는 날까지 사금을 금으로 만드는 제련사처럼, 무(無)에서 금을 만들어내는 연금술사처럼 혹독하게 다그쳤다. 히어로즈의 미모 개선을 위해 이발과 눈썹 정리, 1일 1팩의 피부 관리, 손발톱 관리 등을 시켰다. 덕분에 상배는 난생 처음 눈썹이 뽑히고 제모를 하는 아픔을 겪어야 했고, 대영은 옷태를 살려야 한다는 여름의 경고에 눈물겨운 5kg 감량 단기 다이어트를 해야만 했다. 무호는... 그냥 입 좀 다물라는 경고를 받았다.

스타일북을 만들어 친구들 각자의 개성을 살리면서도 가장 잘 어울리는 스타일을 찾아내는 작업도 진행했다. 여기에는 체취 분석이 한몫을 했다. 여름은 피부톤에 따른 퍼스널컬러가 있는 것처럼 체취에 따른 각자의 스타일이 있다는 것을 알아냈다. 일반인들은 전혀 눈치챌 수 없지만 고도의 후각 능력을 가진 여름은 각각의 체취를 DNA 분석하듯 분석해 낼 수 있다. 예를 들어 연우는 평소 유행 타지 않는 심플한 스타일에 무채색 옷만 고집하지만, 연우의 체취를 분석한 결과 연우에게 어울리는 스타일은 믹스앤매치의 보이시한 스타일이었다. 여름이 제안한 스타일은 히어로즈 모두에게 찰떡같이 잘 어울렸다.

여름의 진두지휘 하에 때 빼고 광내기를 여러 날, 드디어 동창회의 날이 밝았다. 여름의 노력이 헛되지 않아 다들 평소와 달리 대한민국 평균 이상의 미모는 돼 보였다. 이리 보고 저리 보고 누구를 봐도 루오방 시절의 루저같아 보이지는 않았다. 특히 상배의 변신이 놀라웠다. 떡진 머리에 등산복만 입던 상배가 꾸며놓고 보니 알짜배기 훈남이었다. 흙 묻은 원석을 닦아 보석으로 만들어낸 여름은 뿌듯하면서도 상배의 뜻밖의 미모에 아주 잠깐 설레기도 했다. 히어로즈 모두 레벨 업한 미모만큼 자신감도 한껏 레벨 업됐다.

히어로즈는 "우리는 이제 루오방이 아니다!"를 외치며 전쟁터에 나가는 군인마냥 어깨에 잔뜩 힘을 주고 전투력을 최대한 고조시키며 동창회에 참석했다. 동창회가 열리는 곳은 고등학교 근처의 새로 생긴 퓨전 스타일의 고깃집. 서른 명 남짓한 동창들은 디너파티에라도 참석하는 사람들마냥 한껏 꾸미고 나타난 히어로즈를 처음에는 알아보지 못하다 자신들이 루오방이라 부르던 친구들임을 알고는 놀라워했다. 고등학교 때 정하빈을 믿고 가장 짓궂게 루오방을 놀리던 동창 승수가 예전 버릇을 버리지 못하고 까불었다.
"루오방은 아직도 루오방끼리 몰려다니냐? 니들은 어째 변한 게 없다."
"너도 변한 게 없네. 무례하고 재수없는 게."
여름이 쏘아붙이자,
"야, 농담이야. 오랜만에 만나서 반가워서 농담한 거 가지고 까칠하게 굴기는. 너 여전히 또라이구나?"
승수가 빙글거리며 여름을 놀리자 연우가 경고하듯 한걸음 나섰고 그러자 대영이 연우와 여름을 진정시키며 앞으로 나섰다. 대영이 손을 올리자 능글빙글거리던 승수가 본능적으로 방어 태세를 취하며 움찔했다. 대영은 포마드를 발라 올백으로 넘긴 머리를 쓰윽 쓰다듬고는 승수의 어깨를 잡았다.
"반갑다."
"그래, 반갑다."
승수는 대영의 완력으로 인한 아픔을 참으며 억지 미소를 지었다.
더 이상 루오방이 아닌 히어로즈는 당당한 태도로 동창들을 천천히 둘러봤다. 기억 속에는 무섭고 위압적으로 남아있는 동창들이었는데 이제 와 대면하니 그냥 평범한 애들이다. 히어로즈는 동창들이 앉아 있는 한가운데로 걸어갔다. 앉아있던 애들이 멍하니 쳐다보자 연우가 카리스마 있게 "비켜줄래?" 한 마디했고 연우의 초능력을 맛보지 않았음에도 이상하게 위압감을 느낀 애들이 주섬주섬 일어나 자리를 마련해주었다.

　동창회답게 주요 화제는 학창 시절의 추억이었는데 이야기를 하다 보니 고등학교 추억의 절반 이상이 루오방과 관련돼 있었다. 루오방을 놀리고 재미있어한 것, 루오방을 괴롭히다 선생님한테 걸릴까 도망쳤던 것, 루오방을 괴롭힐 아이디어 공모전을 했던 것 등. 새록새록 떠오르는 추억들에 일부 동창들은 학창 시절 정하빈의 강요 때문에 어쩔 수 없이 괴롭힐 수 밖에 없었다며 미안해하고 사과했지만 대다수는 여전히 무시하며 함부로 대하려 했다. 특히 대영에게 한방 먹고도 정신 못차린 승수와 그 옆에 앉은 태민이 유독 심했다.

　무호가 상배를 쳐다봤다. 상배는 '본때를 보여주자'는 무호의 생각을 읽고 자신들을 함부로 대하는 승수와 태민을 쳐다봤다. 상배가 그들의 생각을 읽고 아주 작게 혼잣말하듯 중얼거리자 무호가 그것을 놓치지 않고 초능력으로 캐치했다.

　"니들 같이 사업하려고 하냐?"

　상배를 통해 동창들의 정보를 입수한 무호가 여전히 자신들을 놀리며 즐거워하는 승수와 태민을 쳐다보며 물었다.

　"어떻게 알았냐?"

　승수가 놀라워하다 거만하게 거들먹거리며 말했다.

　"어떻게 알았건, 끼워달라고 하지 마라. 너같은 놈이 낄 자리가 아니야."

　승수의 말에 무호가 어이없다는 얼굴로 피식 웃었다. 승수가 열 받으라고 일부러 더 얄밉게 웃었다.

"승수야, 그거 사기야. 태민이가 너 등쳐먹으려고 작정한 거야. 태민이에게 물어봐."

무호가 태민이를 쳐다봤다.

"맞지, 태민아? 새로운 코인 사업이라는 거, 사기잖아."

"야, 니가 뭘 안다고."

태민이 말을 더듬으며 무호에게 반박하다 승수를 쳐다봤다.

"사기 아니야. 내 말 믿지?"

그때 양념치킨이 맛없다고 투덜거리던 여름이 두 번째 닭다리를 집어들며 말을 얹었다.

"근데 왜 너희 둘에게서 같은 여자 냄새가 나니? 히피펌한 단발머리에 키는 165 정도? 얼굴 갸름하고, 대충 55 사이즈 정도 될 거 같은데. 가족 친인척 그런 건 아니고, 페닐아티... 아, 뭐더라, 아무튼 사랑할 때 나오는 그거 있잖아. 그 향이 진한 거 보면, 평범한 관계는 아니라는 건데, 셋이 사귀어?"

냄새로 유추되는 사람의 신상과 셋의 관계에 대해 거침없이 읊어대던 여름이 동창회 총무에게 말했다.

"총무야, 양념치킨 말고 불닭 치킨 좀 시켜봐. 화끈하게 가자, 얘들처럼."

상배와 무호는 사전에 작전 회의하고 호흡 맞춰 한방 먹인 것이지만 여름은 그런것 없이도 최적의 타이밍에 치명타를 날릴 줄 안다. 여름의 말에 경악하던 승수와 태민은 곧 정신을 차리고 서로 치고박고 하느라 더 이상 히어로즈를 놀리지는 않았다.

승수와 태민이 싸우며 사라진 이후 나머지 동창들은 히어로즈를 살갑게 대해주었는데, 그것이 히어로즈는 어색하고 한편으로는 씁쓸했다. 학창 시절에는 그렇게 못살게 굴더니... 하기야 당시 그들에게는 힘이 없었다. 절대군주처럼 군림했던 정하빈의 눈밖에 나지 않으려고 남을 짓밟더라도 생존을 택한 비겁함만이 있을 뿐이었다. 히어로즈에게 진짜 트라우마를 남긴 건 그들이 아니라 정하빈이었다. 과거를 극복하기 위해서는 정하빈을 만나야만 했다. 히어로즈는 동창들의 사과를 기꺼이 받아주고 함께 홀짝홀짝 술을 마시며 정하빈이 나타나기를 기다렸다.

정하빈은 동창회가 무르익어 다들 알딸딸하게 취했을 무렵 요란하게 등장했다. 주식으로 영앤리치가 됐다더니 명품으로 쫙 빼입고 새하얀 털이 윤기나게 복슬복슬한 사모예드 개를 이끌고 나타났다. 학창 시절 내내 주먹과 권력으로 주인공으로 주목받았던 정하빈은 지금도 주인공이었다.

정하빈의 등장에 동창들은 모두 하던 이야기를 멈추고 정하빈을 주목했다. 오랜만에 만난 동창들과 주거니받거니하며 술을 마시던 히어로즈는 알딸딸하던 술이 확 깨는 것 같았다. 기억 속 정하빈은 산같이 커다란 덩치에 무시무시한 괴력의 소유자였는데 지금 히어로즈 앞에 나타난 정하빈은 다이어트중인 모델마냥 가늘었다. 기억이 조작된 것인지 정하빈이 그동안 살을 뺀 건지는 모르겠으나 성격도 달라진 것 같았다. 주먹부터 내지르던 놈이 지금은 선거에 나선 국회의원 후보자처럼 동창들과 일일이 악수를 나누더니 히어로즈에게도 악수를 청하며 티없이 반가워했다. 기억상실증이라도 걸렸는지 과거 일은 몽땅 잊은 것 같았다.

정하빈이 여름에게 손을 내밀자 여름이 차갑게 손을 쳐내며 물었다.
"너 예전에 내 머리에 우유 붓고 식판 뒤집고 그랬는데, 기억 나지?"
"내가 그랬어? 기억은 안나지만, 그랬으면 정말 미안하다."
정하빈은 정말 아무 것도 기억이 안난다는 얼굴로 사과했다.
"샌드백 대신 나 묶어놓고 스파링 연습한 건 기억나?"
"내가?"
정하빈은 무호의 말에 뛸 듯이 놀라더니 사과했다.
"기억은 전혀 안 나지만 그랬으면 미안하다."
무호는 기가 막혔다. '기억은 안 나지만'이라. 당한 사람은 십 년이 다 되도록 트라우마에 시달리는데 기억이 안난다니. 이렇게 무책임한 사과가 어디 있나. 무호가 뭐라 하려하는데 여름이 먼저 소리쳤다.
"기억이 안 난다는 게 말이 돼? 비겁한 놈인 줄은 알았지만 진짜 비겁하다."
여름이 펄펄 뛰며 화를 내자 정하빈은 무고한 순교자 같은 얼굴을 했다.
"기억하지 못해서 미안해. 내가 어떡하면 좋겠냐? 무릎이라도 꿇으라면 꿇을게."
정하빈이 여름 앞에서 무릎을 꿇으려 하자 동창들이 정하빈을 말리며 여름에게 작작 좀 하라는 듯 곱지 않은 시선을 보냈다. 여름은 정하빈에게 오랫동안 폭력을 당해온 피해자인데 지금은 가해자가 된 것 같았다. 과거 폭력에 대한 진정성 있는 사과를 받으려 한 것 뿐인데, 기억도 못하는 애에게 폭력을 휘두르는 것 같아 기분이 더러워졌다. 여름은 정하빈을 노려보다 말했다.
"네 사과는 받지 않겠어. 무슨 수를 써서라도 네가 한 짓, 기억해내고, 진심으로 참회하면서 사과해."
무호가 상배에게 속삭였다.
"쟤 정말 기억 안나는 거 맞냐?"
상배도 그게 궁금해 정하빈을 쳐다보고 있었다. 그런데 정하빈은 아까부터 머릿속으로 오로지 열두시 반만 되뇌고 있었다. 강박처럼 열두시 반을 되뇌며 입으로는 자랑을 자랑 아닌 척 겸손을 떨며 늘어놓았다. 주식으로 돈 좀 벌었지만 젊은 나이에 빈둥거리기 싫어서 취미 삼아 취직을 해 직장 생활을 하고 있다나. 동창들은 정하빈을 부러워했고, 정하빈이 통 크게 동창회비를 쏘자 학창 시절처럼 정하빈에게 아부를 떨며 받들었다.
몇 날 며칠을 때 빼고 광내며 독하게 준비한 것에 비해 히어로즈의 동창회는 싱겁게 끝이 났다. 정하빈과 대차게 맞짱 한번 뜨거나 진심 어린 사과를 받고 싶었는데 둘 다 하지 못했다. 정하빈은 동창회 끝까지 학창 시절 히어로즈를 괴롭힌 일을 기억하지 못했고, '만약 그랬다면 미안하다'는 사과같지 않은 사과를 해 괜히 기분만 찝찝하게 만들었다. 그래도 정하빈과 그 일당들이 기억처럼 넘지 못할 거대한 산같은 존재는 아니라는 것을 확인한 것이 수확이라면 수확이었다.
한편으로는 여전히 잘 나가는 정하빈을 직접 목격하고 나니 삶이 허무하게 느껴졌다. 악당 정하빈은 벌을 받아야 마땅하건만 천벌은커녕 아직도 이리 잘 나간다니, 인과응보라는 게 있기는 한건가 싶었다. 그토록 기뻐 날뛰던 초능력조차 정하빈 앞에서는 빛이 바래는 것 같았다. 예전부터 느꼈던 거지만 세상은 참 불공평하다.

그렇게 허무하게 동창회를 마치고 돌아온 며칠 뒤, 히어로즈는 다시 정하빈과 마주쳤다. 오랜만에 다같이 맥주나 한 잔 하자고 모였더랬다. 야외테이블에 앉아 술을 마시는데 여름이 옆옆 테이블 남자에게 관심을 보였다.
"저 남자, 정하빈 닮았지?"
"어, 그러네. 닮긴 했다."
연우가 동의했다. 여름은 맥주잔을 크게 소리내 내려놓으며 남자의 시선을 끌고는 남자가 쳐다보자 작업용으로 사용하는 청순한 미소를 지었다.
"왜 그래?"
연우가 묻자 여름이 계속 미소를 유지하며 대답했다.
"정하빈 닮은 게 재수 없잖아. 아쉬운 대로 정하빈 대신 저 남자 꼬셔서 망신 주려고."
"취했어? 하지 마."
연우가 말리는데도 여름은 남자에게 계속 미소를 지으며 관심을 보였고, 세상 거의 모든 남자가 여름의 유혹을 거절하는 법이 없듯 남자도 홀랑 넘어가 테이블로 다가왔다. 연우가 무호 옆구리를 찌르자 무호가 얼른 남자에게 다가가 귀에 대고 속삭였다.
"도망쳐요, 얘 완전 또라이에요."

"네?"

남자가 무호의 말을 못 알아듣고 반문하는데, 여름이 일어나 남자 앞으로 성큼 다가갔다. 무호가 남자를 보호하듯 앞을 막고 서서 경고했다.

"문제 일으키지 마라. 조용히 술만 마시다 가자."

"비켜봐."

여름이 앞을 가로막은 무호의 머리를 밀고 그 뒤에 있는 남자까지 밀치며 앞으로 걸어갔다.

"저거, 정하빈 아냐?"

여름의 손가락이 가리키는 곳에 정말 정하빈이 있었다. 모두들 일어나 여름의 옆에 서서 정하빈을 봤다. 정하빈은 지저분한 몰골로 정신 나간 사람처럼 흐느끼며 걸어가고 있었다.

"세바스찬이 누구지?"

무호가 정하빈이 중얼거리는 것을 듣고 친구들에게 말했다. 아무리 초능력자 히어로즈라도 세바스찬이 누구인지 알 턱이 없다.

"야, 가서 물어보자."

무호가 궁금증을 못참고 정하빈을 향해 가자 친구들도 따라갔다. 가까이 가서 보자 정하빈은 애절하게 세바스찬을 부르며 이곳저곳을 뒤지고 있었다. 리미티드에디션인 명품 옷이 더러워지는 것도 모르고 쓰레기통을 뒤지고 더러운 바닥에 무릎 꿇고 앉아 맨홀 뚜껑을 열려고까지 했다. 무호가 다가가 아는 척을 했다.

"여기서 뭐하냐?"

초점이 나간 눈으로 멍하니 히어로즈를 보던 정하빈이 뒤늦게 친구들을 알아보고 닭똥같은 눈물을 흘렸다.

"나, 이제 어떡하냐."

정하빈이 찾고 있는 세바스찬은 동창회에 데려왔던 사모예드 개였다. 거래처 부장이 장기 출장을 가며 세바스찬을 정하빈에게 맡겼고 정하빈은 매일 하루 두 번씩 세바스찬을 산책시키고 밤 열두시 반에는 출장 간 부장에게 영상 전화를 걸어 세바스찬이 무사히 잘 있음을 보고해야 했다. 그런데 산책 나온 세바스찬이 잠시 한눈을 판 사이 사라져 버린 것이다.

무호는 괴로워하는 정하빈을 고소해하며 그냥 가자고 했지만 대영이 차마 외면하지 못하고 도와주자고 나섰다. 정하빈은 나쁜 놈이지만 죄 없는 세바스찬이 길 잃고 고생하면 안되지 않겠냐며 설득했다. 상배는 정하빈이 강박처럼 되뇌던 열두시반이 부장에게 보고하는 시간이었음을 알고는 상배답지 않게 쌤통이라는 생각을 했고, 그런 생각을 하는 자신에게 놀라 대영의 의견에 반대할 타이밍을 놓쳤다. 동물애호가인 연우가 남자친구인 대영의 의견에 동의하며 여름을 쳐다봤다.

"싫어."

여름은 단호했다.

"여름이가 싫대. 한 명이라도 반대하면 안 하기로 한 거 알지?"

히어로즈가 정한 만장일치의 규칙. 연우가 친구들을 쳐다보며 가자고 했다. 정하빈을 외면하고 걸어가던 여름이 뒤를 돌아봤다. 정하빈은 정신이 나간 사람처럼 쓰레기통을 뒤지고 있다. 여름이 걸음을 멈추고 친구들을 불렀다.

"좋아, 도와주자. 근데 그 개 찾고 나서 연우가 쟤 한 대만 때려줘."
"그럼 쟤 죽어."
"그럼 안돼?"
여름이 정하빈을 보며 살벌하게 미소지었다.

어쨌든 히어로즈는 정하빈을 도와 세바스찬을 찾기로 했다. 히어로즈에게 길 잃은 개를 찾는 건 일도 아니었다. 상배는 동네 개들을 불러 모아 세바스찬의 사진을 보여주며 행방을 물었고, 여름은 정하빈에게 남아 있는 세바스찬의 냄새를 맡고 그 냄새를 따라 추적했다. 30분이 채 되지 않아 옆 동네 공원에서 해맑게 뛰놀고 있는 세바스찬을 찾아냈고 대영이 달아나려는 세바스찬을 뒤따라가 손쉽게 잡아왔다. 정하빈은 세바스찬을 껴안고 안도하며 오열하더니 히어로즈에게 고맙다고 인사했다. 이제 그만 가보라고 하는데도 정하빈이 머뭇거리고 있자 조용히 지켜보던 상배가 입을 열었다.
"그런데 정하빈, 사과는 상대방이 듣고 받아들일 수 있게 하는 거야. 생각만 해서는 사과가 안 돼."
정하빈이 화들짝 놀라며 입을 벌렸다. 그러다 결심했는지 히어로즈 앞에 무릎을 꿇고 굵은 눈물을 뚝뚝 흘렸다.
"미안하다."
주식 대박으로 영앤리치가 됐었던 정하빈은 자신감이 하늘을 찌르며 무리한 투자를 하다 쪽박을 차고 온 재산을 말아먹었다. 엎친 데 덮친 격으로 아버지 사업까지 망하며 난생 처음 가난을 경험하고 돈을 벌기 위해 취직을 해야 했다.

하청에 하청을 받아서 하는 작은 건설회사에 들어간 정하빈은 원청 회사 부장으로부터 온갖 갑질과 모욕을 당해야 했다. 피하려고 해도 원청 회사 부장은 정하빈을 놔주지 않고 괴롭혔다. 마치 정하빈이 학창 시절 히어로즈를 콕 짚어 괴롭혔던 것처럼.

정하빈은 아무런 이유도 없이 부장에게 당해야 하는 것이 너무도 억울하고 분통했지만 벗어날 방법이 없었다. 돈을 벌어야 하기에 회사를 관둘 수도 없었다. 출구 없는 지옥에서 시달리다 잠시 벗어나고자 동창회를 찾았는데 거기서 히어로즈와 마주치게 됐고 그러자 자신이 학창 시절 저질렀던 일들이 불현듯 떠올랐다. 부장보다 더 못되게 괴롭혔던 지난날의 자신이 떠오르며 너무 부끄러웠고 히어로즈에게 미안해 자신도 모르게 기억이 안 나는 척을 했다.

"내가 당해보니 알겠더라. 내가 니들에게 얼마나 나쁜 짓을 했는지. 죽을 죄를 지었다."

히어로즈는 무릎을 꿇고 머리를 조아리며 용서를 비는 정하빈을 내려다봤다. 정하빈은 오열하며 몸을 떨었다. 무호가 퉁명스레 말했다.

"그래도 난 너 용서 못해. 너 때문에 우린 3년을 지옥에서 보냈어. 사과 한마디에 널 용서할 거라 생각하지 마."

"나도 알아... 미안하다."

정하빈은 고개를 들지 못했다. 히어로즈는 서로 눈빛을 교환했다. 정하빈이 너무 미웠고 그가 벌받기를 바랐지만 막상 눈앞에서 그의 불행을 확인하자 마음이 복잡해졌다. 고소해하고 싶지도 않았다. 진심으로 사과하는 그의 진심이 느껴져 무턱대고 외면할 수도 없었다. 삐딱하게 정하빈을 째려보던 여름이 히어로즈를 대신해 입을 열었다.

"지금은 널 용서할 수 없지만, 사과는 받을게."

"고맙다. 평생 너희들에게 속죄할게."

정하빈은 몇 번을 고맙다, 미안하다를 반복하다 부장에게 영상 통화로 세바스찬에 대해 보고해야 한다며 집으로 돌아갔다.

"인과응보 같은 건 없다고 생각했는데, 있긴 한 건가 봐."

다들 생각에 잠겨 걸어가는데 대영이 입을 열었다.

"우리가 당한 것처럼 정하빈이 당하는 걸 보니 기분이 이상하다. 생각만큼 후련하지는 않아."

대영이 씁쓸한 얼굴로 말했다.

"정하빈이 겪는 고통이 어떤 건지 우리는 너무도 잘 아니까. 우리 기분이 이렇게 개운하지 못한 건 정하빈에 대한 연민이라기보다는 인간에 대한 연민 때문이 아닐까?"

상배가 진지하게 인간의 본성에 대해 말하려 하는데, 그들을 찾아 헤매던 김도영과 그의 어머니를 마주쳤다. 김도영이 예의바르게 히어로즈에게 인사했다.

"안녕하세요. 엄마, 이 형누나들이에요."

"도영이에게 들었어요. 정말 고맙습니다."

도영 어머니가 허리 숙여 인사하자 히어로즈도 얼떨결에 허리 숙여 맞절을 했다.

"이 은혜를 어떻게 갚아야 할지...."

"아니에요. 저희가 감사해요. 도영이를 도우면서 실은 우리를 도왔던 거 같아요. 도영이 덕분에 상처를 마주할 용기를 얻었거든요."

"네?"

연우의 말에 도영 어머니가 무슨 말인지 모르겠다는 얼굴을 했다.

"마땅히 해야 할 일을 한 거에요. 저희도 도영이를 도울 수 있어 좋았습니다. 저희에게 큰 힘이 됐어요."

상배의 말에도 도영 어머니의 의아함은 가시지 않았지만 그래도 연신 고마워하며 도영과 돌아갔다.

히어로즈는 그날 밤 모처럼 악몽 없는 깊은 단잠을 잤다. 고등학교 시절 생겼던 루오방의 상처에 이제야 딱지가 앉고 아물기 시작하는 것 같았다.

왜 내가 아닌 너냐고

어릴 때 상은의 장래 희망은 막강 파워를 지닌 슈퍼히어로였다. 영화 속 주인공들처럼 엄청 강한 초능력으로 나쁜 놈들 벌주고 좋은 사람들 구해주는 인류의 구원자, 히어로가 되고 싶었다. 하지만 현실은 영화가 아니어서, 현실에서는 초능력을 가질 수 없다는 것을 깨닫고 히어로의 삶은 포기했다. 청소년기에는 열심히 태권도에 매진해 국가대표가 돼 국위선양하는 쪽으로 장래희망을 바꿨지만 국가대표는 한번도 되지 못하고 상비군만 하다 그만두었다. 다시 미래의 꿈을 재정비하던 중 경찰 특채 공고를 봤고 어릴 때의 꿈을 되살려 슈퍼히어로에 가장 가까운 경찰에 지원했다.

경찰만 되면 나쁜 놈들 다 때려잡을 수 있는 줄 알고 잔뜩 기대에 부풀었었는데, 현실은 거의 매일 주취자와의 실랑이였다. 그래도 실망하지 않았다. 초긍정 마인드에 적극성을 탑재한 상은은 강력반으로 옮길 타이밍을 노렸다. 노력은 배신하지 않는다는 신념하에 하루도 거르지 않고 각종 격투기로 몸을 단련하며, '포기는 배추 셀 때나 하는 것이다' '잠은 죽을 때 실컷 잘 수 있다' 같은 문구를 벽에 붙여놓고 정신을 단련하며 단 일초도 허투루 낭비하지 않는 보람찬 하루들을 살았다.

이렇게 열정 가득한 상은이니 귀차니스트 상배가 마음에 들 리가 없었다. 동생인 것을 떠나, 한 인간이 저렇게나 게으를 수 있다는 것이 도무지 이해가 되지 않았다. 하루종일 하는 거라고는 떡진 머리로 초코랑 같이 자다 깨다 먹는 것뿐. 초코는 귀엽기라도 하지, 저놈은.... 소설나부랭이를 쓴다고 끄적이는 것 같긴 한데, 한번도 글 쓰는 것을 본 적이 없었다. 잉여인간이 따로 없었다.

'한심한 놈'이라며 혀를 차던 상은은 상배를 보람찬 인간으로 개조하기 위해 동네 통장 공모에 동생의 이름을 넣었다. 상배는 자신이 통장 후보에 등록됐다는 사실에 왜 니 맘대로 내 앞길을 결정하냐며 길길이 날뛰었다. 언제나 무념무상 평정을 유지하는 상배이지만 같은 DNA를 공유한 상은 앞에서는 상은의 에너지가 쉽게 전이돼서인지 상은 못지않게 활활 타오르는 활화산이 되고 만다. 물론 상은은 상배가 아무리 펄펄 날뛰어도 눈 하나 깜짝하지 않는다.

상배는 죽는 한이 있더라도 절대 통장은 하지 않겠노라 선언했지만 상은도 물러서지 않았다. 초등학교 이후로 하지 않던 격렬한 몸싸움까지 벌이며 삼일간에 걸쳐 치열한 전쟁을 벌인 끝에 상배가 지금 준비 중인 시놉시스를 안피디가 오케이 하면 통장은 하지 않는 걸로 합의를 봤다. 상배는 일전에 히어로즈의 이야기를 소설로 풀면 재미있을 것 같아 안피디에게 시놉시스를 보내놨었다. 이번에는 꽤 잘될 것 같아 기대하고 있는 중이었다. 상은의 어깃장까지 겹치며 상배는 그 어느 때보다 더 간절하게 안피디의 반응을 기다렸다. 그리고 마침내 온 안피디의 피드백은 기대와 달리 미적지근했다.
"히어로물은 너무 흔하고 한물갔어요. 굳이 하겠다면 말리지는 않겠지만... 근데 굳이 해야겠어요?"
거절당한 상처에 방바닥을 긁던 상배는 어쩔 수 없이 상은의 요구대로 통장 선거에 나섰다. 요즘은 통장하겠다고 나서는 사람이 없는지라 상배는 단독 후보로 선거를 치렀고 만장일치로 선출됐다.

상은에게 억지로 떠밀려 된 거지만 막상 통장이 되고 보니 의외로 통장일은 흥미로웠다. 동네에서 태어난 토박이로 동네에 대해서는 빠삭하게 잘 안다고 생각했는데, 통장이 되고 보니 그동안 몰랐던 동네가 눈에 들어왔다. 쓰레기 무단 투기, 고성방가, 주차장 빌런, 바바리맨 등 평화로운 줄 알았던 동네에는 온갖 사건사고가 끊이지 않고 일어나고 있었다.
주민들의 민원을 모아 구청에 해결해 달라 요청해야 하는데, 상배는 구청에 요청하고 해결해줄 때까지 기다리고 압박하는 게 귀찮아 직접 해결하는 방법을 택했다. 어렵지는 않았다. 쓰레기 무단 투기범은 주변에 사는 사람들 생각을 읽고 찾아내 쓰레기봉투를 사는 걸로 합의를 봤고, 고성방가범은 무호가 찾아내 노래방으로 갈 것을 설득했으며, 주차장 빌런은 연우가, 바바리맨은 대영이 해결했다. 히어로즈는 상배가 해야 할 일을 자기들이 하고 있다고 민원을 제기했지만 히어로즈의 민원도 구청에 가는 대신 술 한번 사는 걸로 해결했다.

    물론 하기 싫고 귀찮은 일도 있었다. 이를테면 주민등록 실거주 확인 조사 같은 것이다. 사람 만나는 것을 그다지 좋아하지 않는 상배에게는 직접 집을 찾아가 벨을 누르고 실제 거주하는지 물어보는 것이 참 고역이었다. 그나마 상배를 어릴 때부터 봐온 주민들은 문도 잘 열어주고 협조적이었지만 이사 온 지 얼마 안되는 주민들은 경계하며 문도 열어주지 않았다.

    오래된 빌라 반지하 방에 혼자 월세 사는 60대 이중범 씨가 그랬다. 서류를 보니 동네에 이사 온 지 일년도 되지 않은 주민이었다. 상배가 실제 거주하는지 확인하기 위해 여러 번 찾아갔지만 한번도 문을 열어주지 않았다. 얼굴을 보면 생각을 읽을 수 있으니 잠깐 얼굴만이라도 보여달라 사정해도 이중범 씨는 들은 척도 하지 않고 꺼지라고 소리만 질러댔다. 할 수 없이 상배는 여름과 무호를 데리고 가 이중범 씨의 체취와 목소리를 듣게 하고, 이중범 씨가 집 밖으로 나오는 것 같으면 바로 연락해 달라 부탁했다. 효과는 얼마 안돼 나타났다.

    상배는 여름으로부터 이중범 씨의 체취가 움직인다는 연락을 받고 바로 달려가서 이중범 씨를 만났다. 마트에 술을 사러 나왔던 이중범 씨는 아주 귀찮아하면서도 마지못해 조사에 임했다. 이중범 씨가 상배가 내민 서류에 사인하고 돌려줄 때 상배는 이중범 씨가 아프다는 것을 알았다. 이중범 씨는 머리가 깨질 듯 아프다는 생각을 하고 있었다. 상배가 같이 병원을 가보자고 하자 이중범 씨는 귀찮다는 얼굴로 손을 저으며 꺼지라고 했다. 상배는 혼자 사는 이중범 씨가 아무래도 걱정이 돼 무호에게 이중범 씨를 주의깊게 들어달라 다시 부탁했다.

이중범 씨가 쓰러졌을 때 바로 달려갈 수 있었던 것도 그래서였다. 상배는 이중범씨가 쿵 소리를 내며 쓰러졌다는 무호의 소식에 같이 달려가 의식을 잃은 이중범 씨를 바로 응급실로 옮겼고, 골든타임을 놓치지 않은 덕에 이중범 씨는 바로 처치를 받고 위기를 넘길 수 있었다. 이 일은 상배에 대한 평가는 바꾸는 결정적 계기가 됐다. 상배 통장의 이웃에 대한 지속적인 애정과 관심이 사람 생명을 구했다는 소문이 퍼져나갔다.

상배를 글이나 끄적대는 한심한 백수 취급하며 어릴 때부터 게으르고 싹이 노랬다고 혀를 차던 동네 할아버지, 할머니들이 이제는 우리 상배가 어릴 때부터 진중하니 속이 깊고 어른스러웠다며 입이 마르도록 칭찬을 해댔다. 할아버지 할머니들의 칭찬은 귀농한 부모님 귀에까지 들어가서 부모님까지 전화를 걸어왔다. 볼 때마다 밥값도 못하는 놈이라고 혀를 차던 아버지가 생전 안 하던 소리를 하셨다.

"밥 잘 챙겨 먹고 다녀라."

통장 조상배의 유능한 일 처리가 소문이 나고 덕분에 구청으로 들어오는 민원이 눈에 띄게 줄어들자 남주구청장은 특별히 상배를 불러 상장과 금일봉을 주기까지 했다.

상은은 상배가 통장 일을 잘 해내는 것이 도무지 믿기지 않았다. 자기가 우겨서 통장을 만들어놓기는 했지만 이렇게까지 잘 해낼 줄은 생각도 못했다. 단지 운이 좋았다고 퉁치기에는 지나치게 운이 좋았다. 아니, 어떻게 상배가 지나갈 때마다 기다렸다는 듯 딱 바바리맨이 나타나고, 쓰레기 무단 투기하는 놈이 나타나냔 말이다. 천운을 타고나지 않은 이상 그럴 수가 없는데, 상은이 아는 한 상배는 천운은커녕 문방구 뽑기조차 한 번도 된 적이 없는 불운의 아이콘이었다. 대체 동생놈이 뭔 짓을 해서 민원을 해결하는 건지 궁금해진 상은은 틈나는 대로 상배를 미행했다.

처음에는 별 거 없어 보였다. 상배가 하는 거라고는 초코를 데리고 동네를 어슬렁거리는 것뿐이었다. 그러다 가끔 동생만큼 한심한 친구라는 애들이 와서 수군덕거리며 낄낄대고 떠들다가 운 좋게 나타난 바바리맨이나 고성방가범을 잡는 식이었다. 전혀 특별한 게 없었다.

좀처럼 포기를 모르는 상은도 소득 없는 상배의 미행을 관둬야겠다 생각할 무렵, 우연히 상배와 그의 친구들이 세바스찬이라는 개를 찾는 것을 목격했다. 상배가 동네 강아지들 앞에 쭈그려 앉아 핸드폰 속 세바스찬의 사진을 보여주며 중얼거릴 때는 저게 미쳤나 싶었다. 여름이 코를 킁킁거리며 걸어갈 때는 실소가 나왔고 무호가 귀에 손을 가져다대고 뭔가를 찾는 시늉을 하는 것을 보고는 쟤들이 단체로 약을 했나 의심했다. 몽땅 데려다 약물검사라도 해야 하나 심각하게 고민하는데, 연우가 주변을 살피더니 트럭을 슬쩍 들어 올려 살피는 것을 봤다.

보고도 믿기지 않았다. 환각인가 싶어 눈을 비볐다. 세바스찬을 발견한 대영이 강아지보다 더 빨리 달려가 잡아오는 것을 보고는 엉덩방아를 찧으며 넘어졌다. 갑자기 주마등처럼 정미라 사건 당시 들었던 얘기들이 떠오르고, 상배가 민원을 해결한 방법들도 떠올랐다. 그리고 깨달았다. 저 애들에게 초능력이 생겼다!

상은은 인생 처음으로 깊은 좌절감을 느꼈다. 왜 어째서, 정의감도 없고 사명감도 없고 술이나 마시기 좋아하는 저 어리석은 중생들에게 초능력이 생겨야만 했는가. 왜 내가 아닌 저들이어야 했는가. 내게 저들과 같은 초능력이 있었다면 세상을 이롭게 할 좋은 일들을 수도 없이 많이 했을 텐데, 어째서….

평생 단 한번도 끼니를 걸러본 적이 없는 상은은 식음을 전폐하며 며칠을 고민한 끝에 힘들게 해답을 찾았다. 운명은 내게 저 천둥벌거숭이 중생들을 이끌 책임감을 준 거다. 나만큼 저들을 잘 아는 자도 없고 나만큼 정의감이 투철한 자도 없다. 나를 바쳐 저들을 올곧은 영웅의 길로 이끌리라.

굳게 결심한 상은은 히어로즈를 불러다 앉히고 매우 심각하고 진지한 톤으로 말했다.

"난 너희들의 초능력에 대해 알고 있어."

상은이 알고 있는 것에 대해 놀라리라 예상한 것과 달리 히어로즈는 그래서? 라는 반응을 보였다. 무호는 이미 SNS에 자신들의 초능력에 대한 게시물을 올려 자랑하고 있었다. 다만 팔로워가 몇 명 되지 않고 그 몇 명 안되는 팔로우들조차 딥페이크니 AI니 조롱하며 믿지 않아서 초능력의 실체를 아는 사람은 없는 것과 같았다.

상은은 너희들이 초능력을 가지게 된 것은 좋은 일 정의로운 일 올바른 일을 하라는 하늘의 뜻이라며 앞으로 히어로즈가 해야 할 일부터 그들을 위해 준비한 희망 넘치는 계획들에 대해 일장연설을 늘어놨다. 새로운 목표에 새로운 운명을 받아들인 상은은 가슴이 터질 듯 벅차올랐고 히어로즈도 마찬가지일 거라 생각했다. 하지만 그들의 반응은 상은의 기대와 매우 달랐다. 히어로즈는 벌써 히어로즈의 삶에 회의를 느끼고 있었다.

히어로즈는 아무나 하나

정규직 전환을 위해 누구보다 열심이었던 연우는 정규직 전환에 실패한 데다 해고까지 당했다. 연우를 정규직에 추천해줄 것처럼 굴며 온갖 귀찮은 일을 시켜대던 매니저가 또다시 연우를 물 먹인 것도 모자라 딱 한 번 지각한 것을 트집 잡아 근태 불량으로 해고시켜 버린 것이다. 그 지각도 정미라 사건이 터졌을 때 정미라를 돕다가 15분 지각한 거였다.
"저 여기서 일 년 동안 일하면서 딱 한번 지각한 거였어요."
"연우씨. 내가 동생 같아서 충고하는데, 연우 씨 같은 사람은 절대 흠 잡힐 일을 해서는 안돼. 연우 씨가 학력이 좋아, 경력이 빵빵해? 인맥도 없고 기껏해야 알바 경력 뿐이잖아. 가진 게 없으면 성실하기라도 해야지. 안 그래? 다른 데 가서는 그러지 마. 내가 정말 동생처럼 아껴서 하는 소리야."

매니저의 모욕을 듣고 짐을 싸서 돌아오는 길에 동생 연국에게서 전화가 걸려왔다. 배달 아르바이트를 하다 사고를 냈는데 합의금을 빌려줄 수 있냐는 거였다. 제대하고 복학하기 전까지 제 등록금은 벌겠다고 일하던 동생에게 화를 낼 수는 없어서 연우는 석 달만 더 넣으면 만기인 적금을 깨서 보내줬다.

희망을 가지기 무섭게 절망이 찾아왔다. 연우는 히어로즈 일을 하지 않았으면 지각도 하지 않고 해고도 당하지도 않았을 거라는 생각을 했고, 그런 생각이나 하는 자신이 한심했다. 스스로도 옹졸한 생각이라는 걸 알았기에 절친이자 룸메이트인 여름에게도, 오랜 연인인 대영에게도 말할 수 없었다.

그래서 지방에서 식당일을 하는 엄마를 찾아갔다. 엄마에게 하소연도 하고 사고 친 동생 욕도 하고 위로도 받으면서 마음에 쌓인 응어리를 풀어내고 싶었는데, 엄마는 연우를 품어줄 형편이 아니었다. 연우가 샅샅이 찾아내 다 갚았다고 생각했던 아버지 빚이 아직도 남은 게 있었고 엄마는 연우에게 짐을 주기 싫어 혼자 힘겹게 갚아가고 있었다. 연우는 까맣게 기미가 내린 엄마의 초췌한 얼굴을 보며 차마 힘들다는 말을 할 수 없었다.

엄마도 이해가 되고 연국이도 이해가 됐다. 나쁜 짓을 한 것도 아니고 살려고 최선을 다한 것 밖에 없었다. 그들을 비난해서는 안된다는 것을 안다. 그렇지만 그럼에도 연우는 가슴 속 응어리가 점점 더 커지는 것 같았다. 연우는 폭발하려는 감정을 꾹꾹 눌러 가라앉히고 있는 돈 없는 돈 탈탈 털어 엄마에게 드리고 그길로 다시 올라왔다.

집 앞에 도착하자 늦은 시각이었는데도 대영이 기다리고 있었다. 대영은 뭔가 일이 있는 것 같은데도 연인인 자신에게 어떤 것도 설명하지 않고 아무 말도 하지 않는 것을 서운해했다.

"우리 그만 끝내자."

연우는 무엇이 힘들고 고민인지 들어보고 같이 해결하기를 바라는 대영에게 고민을 털어놓는 대신 이별을 선언했다. 착한 대영을 김연우의 개미지옥으로 끌어들여서는 안될 것 같았다. 대영을 위해서가 아니라 연우 자신을 위해서였다. 지칠대로 지친 연우는 대영에게 미안해할 여력이 없었다. 모든 것이 지긋지긋했다.

"나 히어로즈 이제 안 해."

이별 선언에 이어 히어로즈도 탈퇴했다. 자신의 인생이 바닥인데, 누가 누굴 돕겠다고 하는 건지 회의가 들며 히어로즈의 일들이 사치이고 허세처럼 느껴졌다. 연우는 다른 사람들을 돕기보다는 "내 삶을 먼저 구하고 싶어"라고 말하며 히어로즈 탈퇴를 선언했다.

기다렸다는 듯 여름과 무호도 연우의 탈퇴 선언에 동참했다. 히어로즈 활동으로 SNS 팔로우 수를 늘려 인플루언서가 될 수 있을 거라 기대했던 무호는 여전히 스무명을 넘지 않는 팔로우에 실망해 히어로즈 활동에 흥미를 잃은 상태였다. 청력 파워라는 게 딱 보기에는 티가 나지 않고, 티가 나지 않으니 자랑을 해도 부러워하는 사람이 없었고 그러다보니 초능력으로 사람을 돕는 것에도 재미가 없어졌다. 돈이라도 벌 수 있으면 모르겠는데, 청력 초능력으로는 돈 버는 일도 안됐다. 여름은 취직이 급했다. 네가 취직을 하면 손에 장을 지지겠다고 염장을 지르는 엄마에게 보란 듯이 번듯한 곳에 취직하고 싶었다. 초능력이 있다 한들 삶을 풍요롭게 하는데 하등 도움도 안되고 불편한 일만 늘어나 차라리 없는 게 낫겠다고 생각하던 참이었다. 연우의 말대로, 내 삶이 더 중요했고 내 코가 석자였다.

히어로즈를 히어로즈답게 키우겠다는 원대한 목표를 세운 상은이 대영에게 연우를 말려보라고 했지만 대영은 연우의 이별 선언에 너무 큰 충격을 받아 방구석에 쳐박혀 우울해했고 상배는 상은이 부탁하기도 전에 통장일에 전념하겠다 선언하며 거리를 두었다. 무호는 얼마 줄거냐고 묻다가 무보수의 봉사라는 말에 노이즈캔슬링 헤드폰을 쓰고 상은을 외면했다. 여름은 상은이 굳이 원한다면 도울 수는 있지만 주 5일, 주말 제외, 하루 2시간만 도울 것이며 어떤 일을 도울 것인지 자신이 선택하겠다고 고집을 부렸고, 상은이 그건 안된다고 거절하자 그럼 없던 일로 하자며 딱 잘라 거절했다. 그래도 상은은 포기하지 않고 직접 아이들을 일일이 쫓아다니며 설득하고 매달렸지만, 히어로즈는 각자의 이유로 히어로의 삶에서 멀어졌다.

초능력이 생기기 전처럼 현생을 살며 시간은 조금씩 흘러갔다. 달라진 건 없었다. 초능력이 있거나 없거나 삶은 여전히 고되고 팍팍했다.

연우는 취업 사이트를 뒤지며 다시 아르바이트 자리를 구하려 했다. 정규직은 '감히' 들여다보지도 않았다. 매니저의 말대로 연우의 학력으로 정규직은 불가능할 것 같았다. 학력 운운하며 연우에게 모욕을 줬던 사람은 매니저뿐만이 아니었다. 고등학교를 졸업하고 아르바이트를 하는 동안 그런 말을 무수히 많이 들어왔다. 대학을 다닐 나이일 때는 넌 왜 대학을 안 갔니, 쟤 봐라, 대학생은 역시 달라, 같은 말을 들어야했고, 대학 졸업할 나이가 되면서는 고졸은 안돼, 4년제 이상만 지원 가능, 같은 말을 들어야 했다. 그래도 노력하면 학력 같은 것은 충분히 극복할 수 있을 거라 생각하며 꿋꿋하게 버텼는데, 매니저의 말이 결정타가 돼 연우를 허물어뜨렸다.

    이 사회에서 연우에게 허락된 곳은 아르바이트가 전부인 것 같았다. 최선을 다해 열심히 살아왔지만 아무 소용이 없었다. 아무리 노력해도 연우의 삶은 나아지기는커녕 뒤로 물러나기만 했다. 연우는 무엇을 하고 싶다는 열망도 의지도 의욕도 잃었다. 하루 종일 취업 사이트를 뒤졌지만 아르바이트직에도 지원하지 못했다. 이력서를 썼다 지우고, 이력서를 제출하려다 관두기를 반복했다. 어디를 가든 똑같은 일을 겪을 것만 같았고 또다시 좌절하고 실망하게 될까봐 두려웠다. 지금도 바닥인데 더 바닥으로 떨어지게 될까 무서웠다. 연우가 잘해왔고 잘할 수 있는 일자리가 많았지만 연우는 어느 곳에도 응시하지 못하고 시간만 흘려보냈다.

    반면 여름은 묻지도 따지지도 않고 눈에 보이는 곳에는 몽땅 이력서를 내는 물량 공세를 펼쳤고, 각고의 인내로 면접까지 통과하며 간신히 한 중소 화장품 회사의 마케팅부 인턴으로 취업하는데 성공했다. 아침에 출근하고 밤에 퇴근하는 직장인이 됐다. 인턴이라 목걸이 줄 색깔이 다르긴 하지만 건물 내 커피숍 할인을 해주는 직원용 카드 목걸이도 받았고 여름의 취향껏 꾸밀 수 있는 책상도 배정받았다. 출퇴근길 만원 지하

철에서 나는 온갖 냄새들에 저절로 튀어나오는 욕지거리를 래퍼처럼 읊어대기는 했지만 여름은 기쁜 마음으로 참을 수 있었다. 드디어 채사장 손에 장을 지질 수 있게 됐으니까.

출근하고 일주일이 된 주말, 아주 뿌듯한 얼굴로 채사장을 찾아가 어느 손가락에 장을 지지겠냐 묻는데, 채사장은 인턴은 인정할 수 없다며 정규직을 요구했다. 당연히 여름은 반발했다.

"왜 말이 달라져? 취직만 하라며? 빨랑 손가락 대."

"3개월만 하다 잘리는 인턴도 많다더라. 니 성질에는 한 달도 못 버티고 잘릴 것 같다마는. 정규직 될 자신은 없어?"

"누가 자신이 없대? 그깟 정규직, 돼 줄게. 되면 될 거 아냐."

채사장의 도발에 열받아 큰소리를 치면서도 여름은 내심 걱정했다. 인턴에서 계약직도 아니고, 정규직이 되는 게 얼마나 어려운지 취준생 여름보다 잘 아는 사람도 없다. 인턴 끝나고 계약직만 되도 성공인데 정규직이 될 수 있을까 싶었는데, 다행히 회사에서는 인턴직을 잘 수행하면 정규직으로 전환이 될 거라고 했다. 그렇다면 해볼만 했다. 정규직만 되면 엄마를 이길 수 있다는 승부욕에 없던 열의가 끓어올랐다. 기어이 채사장 손에 장을 지지고야 말리라.

여름은 여름답지 않게 휴일까지 바쳐가며 시키지도 않은 아이디어를 짜내 보고하는 열성을 보였다. 직장인의 필수 소양이라는 PPT에 능숙해지기 위해 매일 밤마다 PPT의 기능들을 공부하고, 새로 출시된 아이섀도의 마케팅 기획안을 현란한 색감과 움직이는 영상까지 첨부한 PPT로 만들어 제출하기도 했다. 여름의 사수는 아이섀도 색감보다 더 화려한 컬러의 PPT 기획안을 정신 사납다고 퇴짜 놓기는 했지만 여름의 열정만큼은 칭찬해 주었다. 여름은 기획안이 거절당한 것보다 칭찬에 고무돼 곧 정규직이 될 것 같은 기대에 부풀었는데 같이 입사한 인턴 동기가 찬물을 끼얹었다.

"그래 봤자 정규직 전환 안돼. 괜히 힘 빼지 마."

"그걸 네가 어떻게 알아?"

"저기 복사기 앞에서 한 장 한 장 거북이처럼 복사하는 애 있지? 쟤가 여기 대표님 사모 조카야. 정규직은 쟤가 될 거야."

최신상 명품 셔츠를 입은 남자가 복사기 앞에 서서 한 땀 한 땀 바느질하는 장인처럼 한 장 한 장 복사해 20부의 복사본을 만들고 있다.

"그럼 우린?"

"우리는 들러리. 대충 세 달 채우고 인턴 경력 쌓아서 이력서에 한 줄 더 넣을 수 있는 거에 만족해."

이럴 수가. 이게 사실이라면 너무 억울했다. 정규직이 될 수 있다는 희망 하나 가지고 주말을 반납해 가며 일했고, 사수부터 대리 차장 부장의 냄새를 분석해 취향까지 공부해가며 잘 보이려 노력했다. 커피 심부름도 군소리 한번 안 하고 다 했고, 심지어 쿠폰 도장도 이대리 쿠폰에 받아왔다. 차부장의 썰렁한 아재 개그에 썩소이기는 하지만 웃어주고 부장님, 참 재미있으세요, 라는 생전 해보지 않았던 말도 해줬었다. 이렇게나 성질 죽여가며 노력했는데, 그동안의 노력이 모두 헛짓이었다니.

동기의 말을 믿을 수 없었던 여름은 사수에게 진위를 확인해 보려 했다.

"인턴 잘 마치면 정말 정규직이 될 수 있어요? 이미 내정돼 있고 그런 거 아니에요?"

"정규직이 되면 뭘 하겠어? 맨날 야근이나 하겠지. 카드값만 아니면 당장 때려치고 싶다."

연이은 야근으로 다크서클이 짙어진 사수는 길게 하품만 했다. 이대리에게도 물어봤지만 이대리는 "글쎄"하고는 자리를 피했고, 차장과 부장은 인턴 여름을 상대해주지 않았다.

답답해진 여름은 회식이 잡히자 상배를 호출했다. 싫다는 상배를 반협박해 가며 회식 자리에 끌고 와 동기의 말이 맞는지 회사 사람들의 생각을 읽어보라 강요했다. 회사 사람들에게는 남자친구라고 소개하며 옆에 앉히고 예의 바른 척 회사 사람 한 명 한 명 상배에게 소개했다.

"우리 회사 차부장님, 우리 회사에서 제일 유머 감각이 훌륭하셔. 옆에는 장차장님. 우리 마케팅부의 능력자셔. 이대리님은 커피쿠폰 모으는 거 좋아하시고, 이쪽은 나의 사수, 정희수 사원님. 저쪽은 그냥 다 인턴 동기들. 굳이 인사할 건 없고."

소개를 마친 여름이 상배를 쳐다봤다.

"자, 차부장과 정차장이 누군지 알겠지? 저 사람들 생각을 집중적으로 읽어봐."

여름의 생각을 읽은 상배가 알겠다는 표시로 고개를 끄덕이자 여름이 본격적으로 정규직 전환을 화제로 삼았다.

"전 우리 회사가 정말 좋아요. 제가 원래 꿈이 없었는데 여기 와서 생겼잖아요. 우리 회사 정규직이 되는 거. 저도 정규직 돼서 우리 사수님,

이대리님처럼 열성을 다해 회사에 충성하고 싶어요. 그럴 수 있겠죠? 인턴, 열심히 잘하면 정규직이 될 수 있다고 하셔서 저 정말 열심히 하고 있어요."

여름이 천사처럼 티없이 맑게 웃었다. 과묵하지만 예의 바른 남자친구 역할을 하고 있는 상배는 여름의 저 미소가 얼마나 가식적인지 잘 알지만 회사 사람들은 아니었다. 상배는 회사 사람들이 눈에 보이는 대로 여름의 미소를 참 순수하고 해맑은 청년의 미소라고 생각했고, 저렇게 순수한 인턴을 속이는 것에 대해 살짝 죄책감을 느끼고 있는 것을 읽었다.

회식이 끝나자 여름은 끝까지 순수한 인턴의 모습으로 직장 상사들에게 인사하고 남자친구인 상배와 2차를 갔다. 대학생들이 주로 가는 주점에서 상배는 여름의 잔에 동동주를 따라주며 동기의 말이 모두 사실이라는 것을 확인해 주었다. 열 받은 여름은 서너 잔을 연거푸 원샷하더니 세상을 향해 온갖 욕을 하고 신세 한탄을 하기 시작했다.

"뭣 같은 세상. 어떻게 나한테 이럴 수가 있어? 인맥 없으면 이 나라에서는 살지 말라는 거야? 한번도 아니고 번번이 왜 이 모양이냐고. 이게 대체 몇 번째야? 초능력 다 소용없어. 이 나라에서는 황금 인맥이 짱이야. 아니, 초능력도 그래, 하필이면 개코가 뭐냐? 개코가. 야, 너 내 취미가 뭔지 알지? 남자 콜렉팅이야. 니가 다 마셨어? 치사하게 혼자 다 마시고. 야, 술 좀 시켜봐."

얘기하는 틈틈이 술을 마시던 여름이 동동주 항아리가 비자 상배에게 술을 시키라 하고는 또 혼자 떠들었다.

"근데 이 망할 초능력 때문에 남자를 만날 수가 없다고. 남자랑 스킨십만 하려고 해도 온갖 냄새가 몰려와서 막 날 괴롭혀. 저번에 헬스클럽에서 만난 남자는 키스하려는데 3일 전 먹었다는 홍어회 냄새가 맡아져서 토했다니까. 쓰잘데기 없는 초능력 때문에 이 내가, 송여름이 강제로 독수공방을 해야 한다니. 이딴 초능력 따위 필요 없어. 차라리 사라졌음 좋겠어."

여름은 동동주 두 항아리를 혼자 다 퍼마시고 취해서는 끝도 없는 한탄을 늘어놓으며 상배에게 공감을 강요했다.

"넌 알지? 내 마음이 얼마나 괴로운지, 알지?"

술집을 전세 낸 양 울고 웃고 떠들어대는 여름의 술주정에 주변 사람들이 곱지 않은 시선으로 쳐다봤고, 상배는 여름을 대신해 연신 사과하는 동시에 여름이 자랑하는 윤기 나는 생머리가 어묵전골 냄비에 빠지지 않게 건져내느라 정신없는 와중에도 성실하게 여름의 질문에 답을 했다.

"잘 모르겠는데."

이 상황에서 상배가 할 수 있는 최선의 대답이었는데 여름은 마음에 들어 하지 않았다.

"모르긴 왜 몰라? 넌 눈만 보면 다 알 수 있잖아. 내 눈을 봐봐. 내 생각을 읽어봐. 빨리."

술에 취한 여름이 양손으로 상배의 얼굴을 붙잡고 자기 얼굴 가까이 당겨 눈을 바라보게 했다. 갑작스런 스킨십에 당황한 상배는 머릿속이 하얘져 여름의 생각을 읽을 수가 없었다. 신기한 듯 상배 얼굴을 보던 여름이 홀린 듯 "피톤치드"라고 중얼거리다 갑자기 입술을 꾹 맞춰왔다. 뜻밖의 스킨십에 얼어붙은 상배에게 여름이 말했다.

"너한테서 피톤치드향이 나."
"아까 등... 산을 갔다 와서 그런가...봐."
"나랑 키스 할래?"

생각하고 말고 할 틈도 없이 상배의 고개가 저절로 저항없이 끄덕이자 여름이 상배에게 다시 입을 맞췄다. 이번에는 좀 더 진하게, 제대로 된 키스로. 상배는 이 모든게 초능력이 생겼을 때보다 더 현실감 없게 느껴졌다. 송여름과의 키스라니. 십 년 짝사랑이 드디어 이루어지는 건가 싶었다.

술 취해 뻗은 여름을 업어 집까지 데려다주고 돌아온 상배는 콩닥거리며 날뛰는 심장을 부여잡고 꼬박 날을 샜다. 저 아래 묻어두었던 묵은 감정이 새롭게 솟아올라 심장을 간지럽혔다. 어쩌면, 어쩌면.... 여름도 내게 마음이 있는 걸지 몰라.

그러나 다음날 술이 깬 여름은 숙취와 블랙아웃을 호소하며 상배와의 일을 전혀 기억하지 못했다. 기억 못하는 척 하는 게 아니라 진짜로 기억하지 못했다. 상배가 여름의 생각을 읽고 확인한 바이니 확실했다.

상배는 어젯밤의 키스에 대해 굳이 말을 꺼내지 않았다. 하룻밤 동안의 설렘과 기대가 무너진 것이 마음 아프기는 했지만 기억도 못하는 애에게 네가 어젯밤 나한테 이랬으니 앞으로 어쩔래 같은 말을 하고 싶지는 않았다. 다시 여름에 대한 마음을 묻어두고 모른 척 지낼까 생각도 해봤다. 하지만 포도나무 아래 선 여우처럼 신포도라며 지레 겁먹고 포기하고 그러는 건 루오방 때 넘치도록 충분히 한 일이었다. 또다시 소심하고 겁 많은 루저로 돌아가고 싶지는 않았다. 히어로즈가 됐으니 용기를 더 내봐도 되지 않을까, 포기하는 대신 기다리면 어떨까란 생각을 했다. 그래서 상배는 여름이 퇴근할 때쯤 한번 더 동네를 순찰하기 시작했다. 여름의 곁을 얼쩡거리다 보면 불현듯 여름이 그날 밤의 키스를 기억해 낼 수도 있으리라 기대하며, 그날 밤의 키스가 생각나지 않더라도 함께 시간을 보내다 보면 여름도 상배를 달리 보게 될지 모른다 기대하며.

여름은 퇴근길마다 마주치는 상배를 아주 반가워했다. 만나면 회사에서 있었던 일들을 쉴새 없이 늘어놓았는데, 상배는 이미 회사 사람들에 대해 잘 알고 있어 따로 인물에 대해 설명할 필요 없이 욕만 하면 돼서 좋다고 했다. 상배가 기대했던 로맨틱한 감정 교류는 아니었지만 여름이 좋다고 하니 상배도 어쨌든 좋았다. 그래도 상배는 매일매일 기대를 가지고 여름이 자신을 바라볼 때마다 생각을 읽었다. 여름이 나를 어떻게 생각하는지, 나를 보며 무슨 생각을 하는지 알고 싶었다. 결론적으로 여름은 상배에게 아무런 감정이 없었다. 여름은 말과 생각이 정확히 일치했다. 평소에도 친구들이 제발 생각 좀 하고 말하라고, 왜 말이 뇌를 거치지 않고 나오냐고 타박했었는데, 정말 그랬다. 여름은 떠오르는 대로 말했고 숨기는 게 없었다. 상배를 친구로 대하는 것이 여름이 상배에게 가지고 있는 감정이었다. 상배는 매일 여름의 생각을 확인하고 매일 실망했다. 차라리 여름의 마음을 모르는 게 낫겠다고 생각하면서도 자신도 모르게 여름의 생각을 읽고 좌절하기를 반복했다. 상대의 마음을 모르면 헛된 희망이라도 품으련만, 상배는 매일 여름의 마음을 확인하고 매일 가슴이 무너지는 짝사랑을 해야 했다.

상배가 여름에 대한 애끓는 감정을 키워가는 동안 대영은 이별의 아픔을 극복하지 못하고 방황했다.

"야, 연우는 영어학원도 나가고 운동도 하면서 잘 먹고 잘 살더라. 정신 차려."

이렇게 말은 해도 무호도 연우가 잘 지내지 못하는 것을 알고 있었다. 연우의 근황이 궁금해 어떻게 지내나 귀를 열어 들어본 적이 있는데, 연우는 하루 열두 시간도 넘게 잠만 자며 현실 도피중인 것 같았다. 그래도 무호는 대영을 정신 차리게 하려 연우의 근황을 꾸며 자극을 줬지만 대영은 좀처럼 실연의 아픔을 극복하지 못하고 괴로워했다.

대영의 인생에서 연우가 없었던 적은 없었다. 고등학교에서 연우를 만난 후 인생을 리셋하듯 그 이전의 삶은 모두 지우고 고등학교 이후부터의 삶을 진짜라 여기고 살아왔다. 연우를 잃는 것은 자신을 잃는 것과 마찬가지였다. 내가 사라졌는데 삶이 이어질 리가 없지 않은가. 잠도 못 자고 밥도 못 먹었다. 숨도 들이키기 싫은데 할머니는 자꾸만 까칠해지는 대영을 걱정하며 평소보다 더 푸짐한 밥상을 차려주셨다. 한끼만 굶어도 세상이 망할 것처럼 끼니를 챙기는 할머니를 걱정시키기 싫어 억지로 밥을 먹다 여러 번 체하기도 했다.

태어나서 한번도 체한 적이 없던 대영은 처음으로 급체라는 것을 경험하고 또 슬퍼했다. 연우는 스트레스를 받을 때 밥을 먹으면 체하고는 했는데 그때는 체한다는 게 어떤 느낌인지 얼마나 아픈 것인지 전혀 몰랐었다. 대영은 급체로 식은땀을 흘리고 몸을 벌벌 떨며 괴로워하면서도 그때 연우가 얼마나 아팠을지를 생각하며 괴로워했다. 이렇게나 아픈 줄 알았으면 연우가 스트레스 받지 않게 연우의 말을 잘 들었어야 했다고 후회했다. 지금도 연우가 이별의 스트레스로 체해서 아프지나 않을지 걱정이 됐다. 아프고 괴로운 건 모두 대영이 대신 해주고 싶었다. 하루에도 몇 번이나 연우의 집 앞으로 찾아가고 싶은 것을 참은 것은 혹시라도 연우가 스트레스를 받아 체해서 아플까 걱정돼서였다.

연우라는 세상이 무너진 폐허 위에서 대영은 그래도 언젠가는 연우가 돌아올 것이라는 실낱같은 희망을 품고, 연우가 돌아왔을 때 실망시키지 않기 위해 안간힘을 쓰며 살기 위해 버텼다. 소화제를 입에 달고 살며 꿋꿋하게 밥을 먹고 회사 일도 열심히 했다. 물론 버스 안 라디오에서 이별이나 첫사랑에 관한 노래만 나와도 왈칵 눈물을 흘리고 베갯잇이 푹 젖도록 울기도 많이 울었지만 그래도 버텼다. 버티고 버티다 슬픔이 목까지 차오르면 지쳐 쓰러질 때까지 학교 운동장을 달렸다. 하지만 그놈의 초능력 때문에 운동장이 움푹 파이도록 아무리 달려도 지치지가 않아서 어떤 날은 동이 틀 때까지 달리기도 했다.

하루면, 아니 일주일이면, 늦어도 열흘이면 돌아올 줄 알았던 연우는 돌아오지 않았다. 대영은 연우가 영영 자신에게 돌아오지 않을까 두려워지기 시작했다. 대영은 점점 더 자주 학교 운동장에 가서 달리기 시작했다. 아무리 달려도 지치지 않게 하는 초능력이 원망스러웠지만 대영은 달리 슬픔을 달랠 방법을 알지 못해 그냥 달렸다.

루오방을 벗어나 히어로즈가 되고 싶었건만, 그들의 인생은 여전히 엉망진창이었다.

강력반의 복덩이

히어로즈를 히어로즈답게 만들고 싶어 안달을 하던 상은은 이형사의 추천으로 그토록 오매불망 바라던 남주경찰서 강력3반으로 옮기며 일단 히어로즈에 대한 관심은 뒤로 미뤘다. 강력반의 일원으로 자리 잡는 게 먼저였다.

어떤 일이든 맡겨만 달라고, 출근 첫날부터 강한 자신감을 보인 상은은 자신의 말을 증명하듯 어떤 상황에서도 몸 사리는 법 없이 열정적으로 뛰어들었다. 칼을 든 강도에게 맨몸으로 달려들었고 범인을 쫓다 2층 높이의 다리 난간에서 뛰어내리기도 했다. 미행이면 미행, 잠복이면 잠복, 모두 다 열과 성이 넘치게 열심히 했다.

상은을 강력반으로 추천한 이형사를 비롯해 최반장과 강력반 선배들은 이런 상은을 '복덩이'라 부르며 무척이나 대견하게 생각했는데, 이들은 얼마 지나지 않아 상은이 복덩이가 아니라 골칫덩어리 문제아임을 알게 됐다.

상은이 너무 몸 사리지 않고 물불 가리지 않은 덕에 강력3반은 거의 매일 액션 영화를 찍어야 했고 거센 민원에 시달리게 됐기 때문이다. 차로 도망치는 범인을 오토바이로 거침없이 쫓아가다 일반 차량 10대와 주변 가게들을 부쉈고, 대치하는 깡패들 사이에 겁도 없이 뛰어들었다가 말로 해결할 수 있는 싸움을 피 튀기는 패싸움으로 끝내게 하기도 했다. 가뜩이나 크고 작은 사건들이 끊이지 않는 강력3반은 상은으로 인해 하루도 비상이 걸리지 않은 날이 없게 됐다.

그래도 선배들은 애써 상은의 좋은 점을 보며 경찰로서 의욕상실보다는 의욕과다가 낫다고 인내했는데, 상은이 도박범을 잡겠다고 설치다 1년에 걸쳐 세팅하고 도박판에 잠입시킨 형사를 들키게 했을 때는 더 이상 참지 못하고 다같이 들고 일어나버렸다. 상은은 강력반에 간지 두 달 만에 정직을 당했다.

평생 포기와 좌절을 모르고 살아온 초긍정 파워 상은이라도 두 달 만에 당한 정직은 충격이 커 의기소침해 했다. 집안에 틀어박혀 외출도 하지 않고 상배를 상대로 짜증만 냈다. 상배가 진저리를 치며 통장일을 핑계로 밖으로만 나돌자 혼자 집에 있기는 심심해서 동네를 어슬렁거리기 시작했다. 정직이 풀릴 때까지 집에서 명상하며 수련하겠다더니 나흘도 못 견디고 온 동네를 사방팔방 다니며 참견을 해댔다.

"사장님, 가게 밖에 이렇게 물건 놓으시면 안돼요. 법에 걸려요." "어르신, 길에다 침 뱉으려 하시는 거 아니죠? 얼른 삼키세요." "할머니, 고추를 여기다 말리시면 안돼요. 사람 다니는 길이잖아요." "아저씨, 점당 천 원짜리 고스톱은 도박이에요. 신고하기 전에 점당 십 원으로 낮추세요."

아기 때부터 봐온 상은이 경찰이 돼 좋은 일을 하다 휴가를 받은 거라 생각해 환대하던 어르신들과 동네 사람들은 상은의 머리털만 보여도 슬슬 피하거나 바쁘게 일하는 척하며 외면했다. 상은은 자신이 산책을 나올 때마다 동네 사람들 모두 정신없이 바쁘게 일만 하는 것을 보며, 자신의 처지를 한탄했다. 다들 저렇게 열심히 사는데 나는 뭐하는 건가 싶었다. 사람들이 자신을 피하는 것이라고는 상상도 하지 못하고 자기만 빼고 모두 열심히 사는 것 같다며 반성하고 더 열심히 살겠다 다짐했다.

성실한 동네 사람들로부터 자극받은 상은은 비록 정직 당한 상태이지만 뭐라도 하고 싶었다. 이렇게나 최선을 다해 열심히 사는 동네 사람들의 열정에 동참하고 싶었다. 무엇을 할 것인가 고민하며 동네를 살피던 상은의 눈에 띈 것이 때마침 운동장을 달리고 있던 대영이었다. 대영은 아주 빠르게 달리고 있었다. 상은이 속도가 얼마나 되나 초침으로 재보려 했지만 시작과 끝을 잡을 수 없어 실패했다. 상은은 대영의 초능력에 새삼 놀라워하며 아주 잠시 잊고 있던 자신의 사명을 되살려냈다.

'아, 내게는 히어로즈가 있었지! 모래알처럼 뿔뿔이 흩어져 비루하게 살아가는 저 아이들을 내가 품어서 진정한 히어로즈로 키워내리라. 이름값 하는 진짜 히어로즈로 만들어내리라.'

상은은 가슴이 뜨거워지는 것 같았다. 사명감이 불타올랐다. 국가와 인류를 위해 내 한 몸 바치리라. 아, 물론 개인적인 계산도 있기는 했다. 히어로즈를 제대로 키워내 강력3반에 쌓여있는 사건들을 모두 해결해 내면 '문제아'라는 수식어를 떼어내고 다시 '복덩이' 수식어를 달 수 있을 것 같았다. 두 달만의 정직을 만회할 방법은 히어로즈뿐인 것 같았다. 이런 개인적인 계산을 하면서 상은은 많이 찔려했다. 개인 욕심을 채우는 건 상은답지 않은 일이었기 때문이다. 상은은 개인적인 계산이라고는 하나 그게 다 국가를 위해 봉사하고픈 열정 때문이니 결국 개인적인 계산은 아닌 거라는 궁극의 논리를 만들어내며 스스로를 납득시켰다.

아무튼 지피지기 백전백승이라, 상은은 히어로즈의 능력치가 어디까지인지 알고 싶어 한 명씩 찾아다니며 테스트했다. 누가 자기 욕을 할까 귀를 세우고 다니는 무호는 앞에서 알짱거리다 거리를 늘려가며 욕을 했다. 무호는 귀신같이 자기 욕하는 것을 듣고 와서 상은에게 따졌는데, 그 거리가 무려 3.5km에 이르렀다. 지기 싫어하는 여름은 승부욕을 자극해 초코와 후각 대결을 하게 했다. 공원에 거대한 노즈워크를 만들어 누가 먼저 숨겨둔 간식을 찾는지 대결했는데, 여름은 놀랍게도 모든 테스트에서 초코를 이겼다. 그러니까 최소한 강아지 정도의 후각은 된다는 거다. 마음씨 착한 대영은 오토바이맨에게 소매치기를 당했다고 했더니 달려가 손쉽게 오토바이맨을 잡아왔다. 오토바이 속도는 쉽게 따라잡는 것을 보니 자동차 정도의 속도는 나올 것 같다. 연우는 아무리 이런저런 시도를 하며 꼬셔도 좀처럼 힘을 보여주지 않아서 결국 포기를 모르는 상은이 포기하고 말았다. 그래도 여름이나 무호에게 들은 것을 종합해 어느 정도인지는 파악할 수 있었다. 마지막으로 상배는 그냥 패스했다. 아무리 사명감 투철한 상은이라도 동생놈에게 머릿속 생각을 들키고 싶지는 않았다.

능력 파악이 끝난 상은은 히어로즈의 사명감을 일깨워줄 방법을 찾아 고심했다. 히어로즈의 팬인 양 무호의 SNS에 히어로즈의 활약으로 새로운 인생을 살게 됐다는 감사의 글을 올렸다. 누군가 그들의 도움으로 새 삶을 살게 됐다고 하면 뿌듯한 사명감을 가지게 되지 않을까 했는데, 반응은 '잘됐네' 하고는 끝이었다. '돈'이라는 미끼도 생각해 봤지만, 그건 히어로즈가 아니라 돈에 팔리는 용병이 되는 거라 상은의 철학에 맞지 않았다. 고민하던 상은은 히어로즈를 처음으로 각성시켰던 정미라 사건을 떠올렸다.

상은은 상배에게 "살려달라"는 말만 하고 전화를 끊고는 예전에 봐뒀던 버려진 창고에 가서 밧줄로 스스로를 묶고 집에 들어가지 않았다. 이렇게하면 상배가 친구들을 불러모아 자신을 찾으러 올거라 생각했다. 하지만 밤새 기다려도 상배는 상은을 찾으러 오지 않았다. 이제나저제나 언제 동생이 찾으러 올까 기대하고 기다리던 상은은 다음날이 되도 아무도 오지 않자 스스로 묶은 밧줄을 풀고 집으로 돌아와서는 초코와 낄낄거리고 있는 상배의 엉덩이를 차버렸다.

"나쁜 놈. 넌 누나 걱정도 안되냐?"

"누나가 누구에게 잡혀갈 사람이냐?"

상배는 심드렁하게 대답하기는 했지만, 상은의 전화를 받자마자 무호에게 연락해 상은의 목소리를 찾고 상은이 숨어있던 창고까지 가서 문틈으로 살펴봤었다는 것은 말하지 않았다. 납치 자작극이나 꾸미는 누나가 철딱서니 없고 한심해서 말해주고 싶지도 않았다.
 납치극은 실패했지만 상은은 포기하지 않았다. 계속해서 상배와 친구들의 언저리를 맴돌며 기회를 찾았다. 그리고 마침내 지성이면 감천인지 하늘이 상은의 열정에 응답했다.

 연우와 헤어진 충격에서 벗어나지 못하고 괴로워하던 대영이 로또를 10만 원어치나 사는 일이 발생하자 무호가 상배를 호출했다. 짠돌이 대영이 로또 구입에 십만 원을 썼다는 건 아주 큰 사건이며 그만큼 대영의 상태가 위급하다는 거였다. 무호와 상배는 대영의 속풀이를 들어주기 위해 술집에 데려갔는데, 하필이면 그곳에 김도영을 괴롭혔던 일진들이 있었다. 중학교 일진들은 고등학교 일진들과 함께 있었는데, 고등학교 일진들은 딱 봐도 상당히 거칠어 보였다. 중학교 일진과 눈이 마주치며 상배는 그의 생각을 빠르게 읽었다.
 '어? 어디서 봤던 놈들인데? 아, 맞다. 김도영. 아우, 재수없어. 어? 근데 그 이상한 여자가 없네? 그럼 이거 해볼만한데? 형들도 있겠다, 시바, 오늘 한판 떠봐?!'
 상황 파악을 끝낸 상배가 들어왔던 길로 다시 나가려고 하는데 눈치없는 무호가 테이블에 자리를 잡고 앉아 술을 시키려 했다. 상배가 무호를 말리며 잡아 일으키는데 중학교 일진이 건들건들 손가락 관절을 꺾으며 다가왔다. 그새 키가 더 컸는지 상배를 아래로 내려다보며 인사했다.
 "오랜만입니다. 나 누군지 알죠?"
 "어, 그래, 오랜만이다. 근데 미성년자가 술집에 와도 되나?"

"그럼 신고하던가, 해보세요."

중학생이 빙글거렸다. 그때 당한 분풀이를 하려는 의지가 몹시도 강했다. 괴력의 여자도 없겠다, 지금이 복수할 절호의 기회라 생각하고 있었다. 상배는 중학생의 생각을 읽으며 오늘의 데미지는 고등학교 때 당한 것 이상이 될 거라는 불길한 예감이 들었다. 그들을 피할 방법이 없는 것 같았다. 이런 상황에는 연우가 있어야만 하는데, 연우만 있었어도 저 어린 것들이 시비 걸 생각도 안했을 텐데, 연우가 없다. 대영이라도 상태가 좋으면 어떻게 해보련만 대영은 물먹은 솜처럼 쳐져서 좀처럼 뭘 하려고 하지 않았다. 이런 상황에서 일진들과 맞짱 뜨는 건 짚을 지고 불구덩이에 뛰어드는 것과 마찬가지라 어떻게든 피하고자 하는데, 옆에서 무호가 사장님을 불렀다.

"사장님, 얘 중학생이거든요? 당장 안 내보내면 신고할 거에요."

무호의 말이 방아쇠가 돼 주먹이 날아왔다. 무호가 코를 움켜쥐며 쓰러지자 이번에는 주먹이 상배에게로 향했다. 상배는 날아올 충격을 예상하며 눈을 질끈 감았다. 그런데 그때 상은의 목소리가 들렸다.

"동작 그만!"

평소라면 진절머리를 쳤을 그 목소리가 그렇게 반가운 건 정말이지 상배의 28년 인생 통틀어 처음이었다. 어떡하든 히어로즈를 재결합시킬 기회를 노리며 지치지도 않고 주변을 어슬렁거리는 상은이 보기 싫어 죽을 지경이었는데, 지금 이 순간만큼은 누나의 포기하지 않는 근성이 눈물 나게 고마웠다. 상배는 얼른 누나 등 뒤로 가서 섰다.

상은은 등 뒤에 선 상배와 무호를 보호하며 당당히 일진들 앞에 섰다.

"여기까지 하고 그만해라. 지금 그만두면 아무도 안 다친다."

상은의 경고에도 불구하고 일진들은 떼거리로 덤벼들었고, 상은은 태권도 상비군다운 실력을 뽐내며 화려한 발차기로 그들을 물리쳤다. 밤낮으로 땀을 한 바가지씩 흘리며 수련을 한 게 헛수고가 아니었다. 연우의 괴력처럼 상대를 한방에 압살하지는 않았지만 상은은 노련하게 공격하고 방어하며 한 번에 다섯 명을 상대했다. 상은의 발차기에 나가떨어진 일진들이 비명을 질렀다. 넘어지다 발목을 접질렸는지 절뚝이는 일진도 있었다. 상은의 실력에 놀란 일진들은 슬금슬금 뒷걸음을 치다 도망을 쳤다.

상은은 발차기를 하느라 이마로 쏟아진 머리카락을 한 손으로 쓱 넘기며 상배와 그의 친구들에게 다친 데는 없는지 물었는데, 그 순간 무호는 깨달았다. 그동안 무수히 많은 여자들에게 차이고 인연이 닿지 않았던 것은 모두 상은 때문이었다는 것을. 상은의 얼굴에 눈부신 후광이 비쳤다. 무호는 상은에게 반했다.

그 시각, 여름과 연우는 네일숍에서 손톱 관리를 받고 있었다. 동면하는 곰도 아니면서 하루 종일 잠만 자는 연우를 보다 못해 기분 전환이나 하자고 여름이 제안한 것이다. 여름은 동네에 새로 생긴 네일숍 이벤트 기간에 카드 혜택까지 알뜰하게 더하면 거의 공짜로 할 수 있다고 짠순이 연우를 설득하며 끌고 가다시피 해서 네일숍에 데려다 놓았다. 그렇게 버티던 연우도 막상 전문가의 손길에 손톱을 맡기니 여름의 주장대로 기분이 좀 나아지기는 했다. 난생 처음 받는 네일케어가 나쁘지 않앉다. 세심하고 부드러운 손길에 예민하게 곤두서있던 신경도 조금 누그러지는 것 같았다.
모처럼 안락한 분위기에서 휴식을 만끽하려는데, 갑자기 주변이 소란스러워지더니 한 손님이 웨딩링을 잃어버렸다며 소리 지르기 시작했다. 수 천만 원짜리 명품 반지인데 어떡하냐고 울며불며 소리를 치던 손님은 한 직원을 도둑으로 지목했다. 그 직원이 가게에 들어올 때부터 자신의 웨딩링을 부럽게 쳐다봤으며, 그래서 자신이 네일케어를 받기 위해 반지를 빼자마자 몰래 훔쳤다는 것이다. 아무 증거도 없이 오직 부럽게 쳐다봤다는 이유만으로 직원을 범인으로 몰았다. 범인으로 몰린 직원은 부러워서 쳐다본 것은 맞지만 자신은 절대 훔치지 않았다고 울먹이며 항변했다. 그러자 반지를 잃어버린 여자는 '부러워서 반지를 쳐다봤다'는 것에 꽂혀 더욱 길길이 날뛰며 반지 살 능력도 안되면서 눈만 높다는 등 직원을 무시하는 발언을 함부로 해댔다.
보다 못한 연우가 나섰다. 오랫동안 서비스업에 종사해 온 연우는 억울하게 직원을 잡는 진상 손님을 한두 번 겪어본 게 아니었다.
"그쪽이 반지 빼는 거 본 사람이 이 직원 한 명뿐일까요? 나도 봤어요. 그런 건 도둑이라는 증거가 될 수 없어요."
"아, 그럼 너도 공범이네. 경찰 불러, 당장 경찰 불러!"
"이 여자가, 누구한테 공범이래? 내 친구한테 사과해. 사과해, 당장!"
여름이 연우에게 삿대질하는 여자에게 삿대질하며 목소리를 높였다.

상은에게 반한 와중에도 무호는 여름과 연우의 목소리를 들었다.

"연우랑 여름이한테 일이 생긴 거 같은데?"

무호가 말하자마자 물먹은 솜이불처럼 무기력하게 늘어져 있던 대영이 벌떡 일어나 무호의 멱살을 잡았다.

"거기가 어디야?"

대영이 달려 나가자 상배도 따라갔고, 상은이 덩달아 쫓아가자 무호도 따라갔다.

대영은 바람처럼 네일숍에 도착해 연우를 찾았다.

"무슨 일이야? 괜찮아? 다쳤어?"

여자로부터 네가 훔쳐 간 웨딩링이 외제차 한 대 값이라는 말을 들으며 내내 시달리던 연우는 대영을 보자마자 안도하며 눈물을 글썽였다. 초능력이 생긴 후 아무리 달려도 땀을 흘리지 않는 대영의 이마에 땀이 송글송글 맺혀있었다. 식은땀이 날 정도로 제 일에 식겁해서 달려왔을 대영을 생각하자 연우는 말할 수 없이 미안하고 고마웠다. 곧이어 택시를 타고 온 상배와 무호, 상은이 들어오자 내내 여자의 억지를 상대하며 소리 지르고 답답해하던 여름이 손가락으로 목을 긋는 퍼포먼스를 하며 여자에게 시원한 경고를 날렸다.

상은은 경찰임을 밝히며 현장을 빠르게 둘러보고, CCTV를 돌려봤다. 불행히도 여자가 웨딩링을 뺀 곳은 CCTV 사각지대라 찍힌 게 없었다. 경찰의 등장에 잠깐 소리지르기를 멈췄던 여자는 상은이 난감한 표정을 짓자 다시 소리를 질렀다.

"거봐요, 여기가 CCTV 사각지대인 줄 알고 훔친 거라니까. 직원이 아니면 여기가 사각지대인 줄 어떻게 알겠어요?"

"아니 그게 어떻게 훔쳤다는 증거가 돼? 애먼 사람 도둑으로 몰거면, 확실한 증거를 대라고, 이 멍청한 여자야!"

여름이 소리를 질렀다. 어느새 여름이 직원과 연우를 대신해 여자에게 맞서고 있었다. 증거도 없이 도둑맞았다는 주장과 훔치지 않았다는 주장이 팽팽히 대립했다. 상황을 잠시 지켜보던 상은은 지금이야말로 히어로즈의 능력을 보여줄 기회임을 깨닫고 진두지휘하기 시작했다. 상배를 시켜 여자와 직원의 진술이 진짜인지 알아내게 하는 동시에 여름에게 후각으로 여자의 웨딩링을 찾아보라 지시했다.

"반지 못 찾으면 가게에서 물어줘야 해요. 안 그럼 커뮤니티마다 도둑맞은 거 다 올려서 이 가게 망하게 만들거에요."

으름장을 놓은 여자를 보던 상배가 조용히 상은을 불렀다. 그 사이 여자의 체취가 남아있을 반지를 찾아 여기저기 냄새를 맡던 여름은 무거운 서랍장 밑에서 냄새의 흔적을 찾았다. 무호가 호들갑을 떨며 사람들의 시선을 돌린 사이 연우가 서랍장을 번쩍 들어 올렸고, 여름이 서랍장 밑 구석까지 굴러들어간 반지를 찾아냈다.

"찾았다!"

여름이 먼지가 묻은 반지를 번쩍 들어올리자 억울한 누명을 썼던 직원은 안도감에 털썩 주저앉았고, 여자는 왠지 실망한 듯한 얼굴을 했다. 반지를 건네받은 여자는 이번에는 반지에 스크래치가 났다며, 손님의 소지품 관리를 함부로 한 가게에 책임을 묻겠다 난리를 쳤다. 한쪽 구석에서 상배와 숙덕이던 상은이 조용히 여자를 네일숍 밖으로 불러냈다.

여자와 단둘이 남게 되자 상은은 단도직입적으로 물었다.

"이 반지, 짭이죠?"
"무... 무슨 소리를 하는 거에요? 짝퉁이라뇨?"
여자는 벌겋게 얼굴을 붉히며 화를 냈다.
"그럼 감정을 받아보죠. 진짜인지 가짜인지. 자꾸 보상해 달라고 하면 샵에서도 감정받자고 할 거에요."
여자가 아무 말도 하지 못하자 상은이 여자를 달래듯 말했다.
"보험금 노리고 이런 일을 벌인 것 같은데, 아무리 직장에서 해고당하고 사정이 어려워도 남에게 해를 끼치시면 안돼요. 이러고 나면 본인 마음은 편하겠어요? 벌써부터 죄책감 느끼고 있잖아요."
".... 어떻게 아셨어요?"
여자의 생각을 읽은 상배는 여자가 직장에서 잘린 데다 보이스피싱을 당해 거액을 날리고 생활비까지 떨어지며 궁지에 몰리자 보험금을 노리고 짝퉁 반지를 구해 자작극을 벌였음을 알았다.
"다 아는 수가 있어요. 이번에는 처음이라 넘어가지만 다음에 또 걸리면 그때는 경찰서로 가셔야 할 겁니다."
상은이 엄하게 말하자 여자가 닭똥 같은 눈물을 흘리며 울었다.
"새로 직장 구하실 때까지 일할 만한 알바 자리를 알아봐 드릴게요. 그리고 긴급복지지원제도라는 거, 아세요? 갑작스레 실직하거나 병에 걸리거나 해서 생활고가 심할 때 나라에서 긴급하게 지원해 주는 제도가 있어요. 제가 연락처를 드릴 테니까 연락해서 상담받아 보세요. 도움이 될 거에요."
"고맙습니다.... 제가 너무 바보같았어요. 도움 청할 사람도 없고 너무

막막하기만 해서... 죄송합니다."
 무호가 상은과 여자가 하는 말을 듣고 친구들에게도 알려주었다. 여름은 여자의 자작극에 열을 냈지만 공범으로 몰려 난감한 상황에 처했던 연우는 여자의 절박한 마음이 이해됐다. 연우도 그 여자와 같은 선택을 할 수 있었다. 만약 연우를 믿고 걱정해주는 친구들과 가족이 없었다면 연우도 잘못된 선택을 했을 수 있다. 네일숍으로 돌아온 여자는 자신이 도둑으로 몰았던 직원과 연우에게 사과했다. 미안하다며 오열하는 여자를 보며 연우는 생각이 많아졌다.

 상은은 힘을 합쳐 완벽하게 사건을 해결해 내는 히어로즈를 직접 경험하자 더욱더 완전체 히어로즈가 욕심이 났다. 네일숍을 나와 걸어가며 혼자 신이 나서 떠들었다.
 "나비 효과 알지? 너희들이 한 사람을 도와주면 그 사람은 또 다른 사람을 도와줄거고, 더 많은 사람들이 더 많은 사람들을 도와주게 될 거야. 너희들이 한 선행이 나비 효과를 일으켜 종국에는 지구를 구하게 될 수도 있어, 그래도 정말 히어로즈 안할 거야?"
 "누나 진짜 멋지다. 언제부터 이렇게 정의로웠던 거야?"
 무호가 하트눈으로 상은에게 물었다.
 "유치원 때부터? 그때 내가 교통사고를 당할 뻔 했었거든. 근데 생판 모르는 아저씨가 달려와서 날 구해주고 대신 다친 거야. 아무 이유도 없이 그냥. 그때 나도 결심했어. 살아있는 동안 남을 돕겠다고. 아저씨 은혜에 보답한다기보다는 아저씨가 너무 멋있어 보이더라고. 나도 그런 멋진 인간이 되고 싶었어. 너희들도 멋진 인간이 될 수 있어. 우리 같이 멋진 인간이 되자."

"그럴까?"

무호가 혹하는데 상배가 끼어들었다,

"누나, 알겠고요, 말도 안되는 소리 작작 좀 하시고요, 제발 그만 좀 해."

상은이라는 인간은 한번 발동이 걸리면 못 말리는 성격인 것을 알기에 상배가 서둘러 진화에 나서는데, 잠자코 걷기만 하던 연우가 갑자기 상은의 의견에 찬성했다.

"내 삶부터 구하고 싶다고 했었는데, 내가 잘못 생각했어. 이런 불친절한 세상에서는 내 삶만 구한다고, 나만 생각한다고 잘 살 거 같지 않아. 나 혼자는 너무 외롭고 힘들더라. 난 너희들이 필요하고 나도 누군가에게 필요한 사람이 되고 싶어. 저번에는 일방적으로 탈퇴 선언을 해서 미안. 용서해 줘."

모두가 연우의 말에 고개를 끄덕이는데, 연우 일이라면 자다가도 뛰어나가는 대영이 삐딱하게 말했다.

"나갈 때도 일방적이더니 다시 하자고 하는 것도 일방적이네. 왜 뭐든 다 네 마음대로야?"

연우 때문에 가슴앓이를 오래했기 때문인지, 대영이 생전 하지 않던 심통을 부렸다.

"미안해."

연우가 거듭 사과를 하는데도 대영은 계속 삐딱하게 굴었다. 대영이 이렇게까지 화를 내는 것은 처음 봤다. '보살님'이라 불리는 대영이 화를 내다니, 그것도 연우에게. 연우가 대영에게 뭔가 변명을 하려 했지만 대영은 기회를 주지 않았다.
"너 때문에 다른 사람이 힘들 거라는 건 생각 안 하지? 뭐든 혼자 생각하고 혼자 결정하고. 네가 또다시 그러지 않을 거라는 보장 있어?"
점점 살벌해지는 대영으로 인해 분위기가 순식간에 얼어붙었다. 이대로 두다가는 대영이 돌이킬 수 없는 독한 말을 연우에게 할 것 같았다. 여름이 대영의 말을 자르며 끼어들었다.
"난 찬성. 히어로즈 안 하니까 스트레스 풀 데가 없어서 답답했어. 두더지 때려잡듯이 나쁜 놈들이라도 때려잡아야 스트레스가 풀릴 것 같아. 난 다시 히어로즈 할래."
여름의 동의에 연우가 대영을 쳐다봤지만 대영은 삐딱한 태도를 풀지 않았다.
"사랑 싸움은 니들 둘이 있을 때 하는 게 어때?"
무호가 눈치도 없이 빙글거리며 한마디 하자 대영이 무호를 노려봤다. 무호가 슬며시 대영의 눈을 피하고는 하트를 띄운 눈으로 상은을 봤다.
"난 두 손 들고 찬성. 누나가 하자는 일은 무조건 다 찬성이야."
상은에게 반한 무호는 혼자라도 상은과 함께 히어로즈를 하겠다 매달리려던 참이었다. 상배는 이 상황이 싫었다. 상은이 껴서 좋았던 기억이 하나도 없었다. 지금도 웬수같은데 앞으로 얼마나 더 웬수가 될지 겪어보지 않아도 알 것 같았다.
"굳이 일을 벌여야겠어? 난 반대야. 대영아, 우리는 빠지자."
상배가 반대 의견을 내며 대영에게 동조를 구했지만 대영은 슬그머니 상배를 외면했다. 상배는 대영이 외면하기 전 대영의 생각을 읽었다.
'연우가 하면 나도 해야지.'
연우에게 화가 난 것은 난 것이고, 연우 혼자 히어로즈를 하게 둘 수는 없다. 혼자 힘쓰다 다치기라도 하면.... 그건 대영이 상상하기도 싫은 가장 끔찍한 일이다. 대영까지 암묵적으로 동의하자 상은은 동생 말은 싹 무시하고 벅찬 얼굴로 말했다.
"난 너희들이 하겠다고 할 줄 알았어. 왜냐면 너희들은 히어로즈니까. 히어로즈는 히어로즈니까! 우리 힘을 합쳐 지구를 지키자."
"지구까지 지켜야 해? 그건 너무 빡센데."
여름이 반박하자 상은이 바로 수긍했다.
"그치? 지구는 너무 나갔다. 우리 같이 동네를 지키자."
상은이 손을 내밀자 무호가 바로 상은의 손 위에 손을 올렸다. 여름이 손을 올리며 상배를 쳐다보자 상배가 마지못해 올렸고 연우가 손을 올렸다. 대영이 퉁한 얼굴을 하면서도 못이기는 척 손을 얹었다. 상은이 눈을 빛내며 말했다.
"내가 생각해 둔 구호가 있는데... 간다 간다 히어로즈! 어때?"
상은의 구호에 히어로즈는 일사불란하게 내민 손을 거두고 돌아섰다. 상은에게 반한 무호도 이건 찬성 못하고 돌아섰다.
"별루야? 다른 구호도 있는데. 천하무적 히어로즈 아싸!는 괜찮지?"
상은이 구호를 외치며 히어로즈를 따라갔다. 히어로즈는 상은의 구호가 하나같이 구려서 마음에 들지 않지만 상은과 함께하는 히어로즈는 살짝 기대가 되기도 했다. 상은의 열정에 동화라도 된 건지 진짜 히어로즈다운 활동을 펼칠 수 있을 것 같았다.

히어로즈가 다시 뭉치기를 기다렸다는 듯 상은의 정직도 풀렸다. 이제 '상은 + 히어로즈'의 완전체로 활약할 일만 남았다...고 좋아했는데, 세상일이 다 그렇듯 일은 뜻하는 대로 풀리지 않았다.

다시 히어로즈

무호는 다시 시작한 히어로즈 활동에 누구보다 적극적이었다. 하루종일 상은의 주변을 얼쩡거리며 자신이 할 일을 찾았다. 상은의 출근길에 동행해 경찰서 근처 카페에 자리를 잡고 상은이 혼잣말로 어쩌지, 하면 바로 달려와서 뭐가 문제인지 살폈다. 너무 열심이라 열혈 경찰 상은조차도 그럴 필요 없다고 말릴 정도였다.

"이렇게까지 안해도 돼. 네가 필요하면 부를게. 너도 네 할 일이 있을 거 아냐."

"나한텐 이게 내 할 일이야, 누나."

무호의 열정은 넘쳐 흘렀지만 아무리 열정이 있어도 도와줄 일이 없으면 아무 소용이 없다. 상은의 일은 무호가 도와줄 성격의 일이 아니었다. 상은은 복직 후 히어로즈의 실력을 보여줄 중요 사건을 맡기 바랐지만 상은이 또 사고 칠까 못 미더운 선배들은 상은과 한 팀이 되기를 꺼렸다. 때문에 상은이 주로 하는 일은 선배들의 영수증 정리였는데, 이 일에 무호나 히어로즈가 필요하지는 않았다. 물론 무호는 그것조차도 함께 하겠다고 고집을 부리기는 했다. 상은은 무호를 말리며 아무 데나 에너지 낭비하지 말고 세상이 히어로즈를 필요로 할 때를 대비해 항상 준비 태세를 갖추고 있으라 비장하게 당부했다.

무호는 상은의 지시를 받들어 항상 출동할 준비 태세를 갖추고 지냈다. 그러나 굳게 마음 다잡고 다시 히어로즈로 뭉친 결기가 무색하게 히어로즈는 할 일이 많지 않았다. 통장 상배가 귀신같이 경범죄자들을 잡아가며 동네 문제들을 해결한다는 소문이 인근에 퍼졌는지 자잘한 경범죄를 저지르던 사람들도 자취를 감춰 동네에서 할 일도 예전보다 줄어들었다. 그래도 다시 히어로즈로 뭉친 후 기억할 만한 사건이 하나 있기는 했다.

지역 시의원 이성호가 구민회관에서 행사를 열었다. 시민들과 함께 다같이 빵을 만들어 지역 어르신들에게 선물하자는 취지의 '빵빵빵데이' 행사였다. 이성호가 야심차게 기획한 행사로 홀로 사시는 어르신들에게 지역 사회가 함께 관심을 기울이고 돌보자는 좋은 기획 의도가 있었다. 하지만 시민들의 참여가 저조했고, 할 수 없이 온 동네 통장들이 차출되었는데 상배도 그 중 하나였다. 상배는 행사장에 사람이 많아 보이게 인력 동원을 하라는 지시에 만만한 히어로즈를 불렀다. 히어로즈는 투덜거리면서도 빵을 실컷 먹게 해주겠다는 상배의 말에 넘어가 참여했다.

이성호 의원은 기껏 준비한 행사에 참여율이 저조하고 취재하러 온 기자들도 안 보이자 좀 실망한 얼굴을 하고 있었다. 무호가 이성호 의원이 하는 말을 듣고 친구들에게도 전해줬는데 행사에는 전혀 관심도 없고 "기자들은? 진짜 한 곳도 안 온대? 유튜버라도 불러. 전화해 봐." 계속 이런 말이나 하고 있다며 이의원을 흉봤다.

이의원은 썰렁한 행사장을 마음에 들어하지 않았지만 히어로즈는 만족했다. 빵을 먹을 줄이나 알지 만들어 본 적은 없었는데, 막상 빵 반죽을 만들기 시작하니 재미있었다. 구민회관 앞 널따란 공간에 대형 테이블을 쭉 늘어놓고 오븐도 여러 대 준비해 놓았다. 밀가루며 버터며 빵 만들기에 필요한 재료들도 다 준비돼 있다. 앞에서 제빵사가 시키는 대로 밀가루에 우유와 버터를 넣고 치댔다. 원하는 대로 팥이며 슈크림 등을 골라 넣어 동그랗게 빵을 만들었다.

빵틀에 반죽을 담고 이제 오븐에 구워서 먹기만 하면 된다. 곧 따끈한 갓 만든 빵을 먹을 생각에 좋아하는데, 갑자기 한 남자가 과도를 가지고 이성호에게 달려들었다. 사람들이 비명을 지르며 피하느라 순식간에 행사장은 아수라장이 됐다. 히어로즈도 이런 류의 테러를 직접 목격한 것은 처음이라 어리둥절해 있는데, 그나마 대영이 정신을 차리고 잽싸게 달려가 이성호를 감싸 보호하며 몸을 수그렸다. 뒤이어 히어로즈가 달려가 이의원 주위에 둘러서자 남자는 뒤도 보지않고 그대로 달아났다. 이의원에게는 다행이지만 테러치고는 허술하게 끝이 났다.

"괜찮으세요?"

대영이 자신이 구한 이의원을 일으켜 세우며 묻자 이의원은 어색하게 웃었다.

"괜찮아요. 이거 큰 신세를 졌네요."

"테러범 잡아오자."

무호가 말하자 이의원이 손을 저었다.

"아니에요. 무리하실 필요 없어요. 다친 데도 없고, 이미 멀리 도망가서 잡을 수도 없을 거에요."

"아, 그건 걱정마세요. 도망쳐봤자 우리 손바닥 안이거든요. 기다리세요, 금방 잡아올게요."

대영이 사람 좋게 씩 웃었다.

히어로즈는 어색하게 웃는 이의원을 두고 테러범을 잡기 위해 달려갔다. 몇 분 되지도 않아 히어로즈는 금세 테러범의 위치를 파악했다. 멀리 도망가지도 못해 테러범의 냄새가 진동한 탓에 여름이 바로 테러범의 위치를 파악해 낼 수 있었다. 히어로즈가 테러범을 잡아 데리고 오자 이의원의 어색한 미소가 어색하게 굳었다. 테러범은 애절한 눈빛으로 이의원을 쳐다봤고 이의원은 필사적으로 테러범을 외면했다. 이의원과 테러범의 어색한 분위기에 상배가 둘의 생각을 읽었다. 상배가 놀라서 물었다.

"자작극? 왜 이런 자작극을 벌였어요?"

상배의 말에 히어로즈가 놀란 얼굴을 했고 이의원과 테러범은 더 놀란 얼굴을 했다.

"자...작...극이라니요? 난 무슨 소리 하는지 모르겠네."

이의원이 말을 더듬으며 모르는 이야기라고 발뺌했지만 상배에게 통할 리가 없다. 상배가 테러범을 봤다.

"이성호 의원실 직원이시구나."

"헉! 어떻게 아셨어요? 저 아세요?"

테러범의 눈이 왕방울만하게 커졌다.

"의원님이 시키신 거였네요. 이러면 언론의 관심을 받을 수 있으니까."

상배의 말에 히어로즈가 너무 했다며, 어떻게 자작 테러를 꾸밀 수가 있냐고 화를 냈다. 당황해하며 아니라고 부인하던 이의원은 곧 더 이상 부인하는 건 의미가 없다는 판단을 내리고는 침착한 얼굴로 히어로즈를 둘러봤다.

"몇 주전 우리 지역에 홀로 사시던 어르신 한 분이 독거사하셨어요. 몇 달 전에도 독거사하신 분이 계셨고요. 우리가 조금만 더 이웃에게 관심을 기울였다면 돌아가시기 전에 막을 수 있었을 겁니다. 그래서 이 행사를 준비했어요. 사람들이 우리 주위의 소외된 어르신들에게 관심을 가지길 바라서요. 그런데 봐요, 취재 온 언론이 단 한 곳도 없어요. 아무리 좋은 취지의 행사를 해도 사람들이 관심을 안 가지면 다 소용이 없다고요. 그래서 자작극을 벌였어요. 언론 관심을 받고 싶어서 내가 일을 꾸몄어요. 이런 일이라도 꾸며서 언론의 주목을 받게 되면 행사에 대해서도 알려질 테니까요."

"그래도 테러를 꾸미는 건 아니죠. 그건 범죄잖아요."

여름의 반박에 이의원이 수긍했다.

"범죄죠. 나쁜 일이기는 하지만 이 일로 인해 좋은 효과가 발생한다면 완전 나쁜 일이라고만 할 수도 없겠죠."

"궤변이에요."
연우가 말하자,
"제 말이 맞는지 틀리는지 오늘 저녁 뉴스를 보면 알게 될 거에요."
이의원이 답했다. 그러면서 히어로즈를 신기한 듯 쳐다봤다.
"그런데 여러분은 보통 사람이 아니시네요. 어때요, 나랑 같이 일해 보는 거. 나는 곧 국회로 갈 거에요. 여러분 모두 내 보좌관으로 채용할게요."
"보좌관 월급이 얼만데요?"
관심을 보이는 무호를 말리며 상배가 말했다.
"국회보다 경찰서 먼저 가셔야 할 것 같은데요. 누나에게 연락할게."
상배가 상은에게 연락하는 사이 무호가 이의원에게 물었다.
"시의원이 힘이 있어요?"
"무엇이 필요한데요? 말씀해 보세요."
"혹시요, 이건 그냥 궁금해서 물어보는 건데 징계받은 형사, 징계 풀어주고 현장에 복귀할 수 있게 해줄 수 있어요? 그 누나가 진짜 능력있는 형사거든요."
무호가 자신의 취직대신 상은의 현장 복귀를 택하는 살신성인의 정신으로 이의원과 상은에 대해 한창 의논하는데, 상은이 이의원과 테러범을 체포하러 왔다.
"가시죠."
"아, 진짜 능력있는 누나 형사시죠?"
이의원이 상은에게 반갑게 아는 척을 했다.

"말씀 많이 들었습니다. 영수증 정리만 하고 있다면서요. 능력있는 형사가 그래서야 쓰나. 내가 서장에게 잘 얘기해서 바로 현장으로 복귀하게 해줄게요."
"됐고요, 가서 조사나 열심히 잘 받으시죠."
"누나, 이의원님이 해줄 수 있대."
무호가 이의원과 테러범을 데리고 가려는 상은을 막아서자, 상은이 엄숙하게 말했다.
"히어로즈는 편법을 사용하지 않아. 나를 실망시키지 마라."
그날 밤 공중파 저녁 뉴스에는 모 지역의 시의원이 언론의 관심을 받고자 테러 자작극을 벌였다는 뉴스가 짤막하게 나오며, 시의원이 테러를 자작한 곳은 독거 어르신들을 위한 행사였다는 설명이 나왔다. 테러 자작극으로 행사가 모든 공중파 뉴스에서 다뤄졌으니 이의원의 말이 맞긴 맞았다.

무호는 상은이 현장으로 복귀할 수 있는 기회를 잡지 않은 것을 몹시 아쉬워했다. 하루라도 빨리 상은이 현장으로 돌아가 히어로즈와 함께 활약할 수 있기를 고대했다. 자신의 능력을 마음껏 펼쳐 상은을 깜짝 놀라게 해주고 싶었다. 히어로즈로 활약하고 싶어 몸이 근질거렸다. 뺀질이 무호가 이토록이나 열심인 것은 당연하게도 상은 때문이었다. 상은에게 잘 보이고 싶었고 호시탐탐 고백할 타이밍도 노렸다. 그러다 우연히-는 아니다. 무호는 항상 상은에게 온 신경을 집중하고 있는 상태라 언제 어디서나 상은의 말만 듣고 있다- 상은이 친구와 얘기하는 것을 들었다.

친구의 소개팅 제안에 상은은 상대의 직업을 묻더니 딱 잘라 거절했다.
"내 조건은 딱 하나야. 경찰. 그래서 부부 경찰로 이 나라를 위해 헌신하는 게 내 꿈이자 목표야. 경찰이 아니면 만나볼 것도 없어."
상은의 조건은 오로지 경찰이다. 경찰이라... 까짓, 경찰이 되면 되지.
무호는 초능력으로 경찰 특채로 채용될 수 있는지 알아봤는데 그런 선례는 없다는 답이 돌아왔다. 하기는 초능력을 가진 자가 흔한 것이 아니니 선례가 없는 것은 당연할 것이다.
무호는 남주경찰서 강력반장을 찾아가 자신의 초능력을 설명하며 특채 채용의 기회를 얻으려 했는데, 그걸 또 하필이면 상은에게 걸렸다. 무호는 조용히 상은에게 불려가 초능력으로 사심을 채우려 하지 말라는 따끔한 훈시를 들어야 했다. 경찰이 되고 싶으면 원칙대로 절차를 밟아서 되라고 했다. 이성호 테러 사건에 이어 또 한번 크게 실망한 것 같은 상은의 표정에 무호는 뭐라 변명도 하지 못하고 쭈그러들어 돌아와야했다.
원칙대로 하라는 원칙주의자 상은의 말에 따르려면, 경찰이 되는 방법은 경찰공무원에 합격하는 것밖에 없었다. 그러려면 시험을 봐야 하는데 솔직히 자신이 없었다. 무호는 초등학교 때부터 공부라는 것을 해본 적이 없었다. 이제 와 하는 말이지만 공무원 시험 준비를 한다고 하는 것도 공시준비중이라 하면 취직하라는 잔소리는 안 들을 것 같아 시늉만 하는 거였다. 이럴 줄 알았으면 공시 준비하는 3년 동안 진짜로 공부를 해볼걸 그랬다. 지난 3년간 뭐했나 싶은 후회가 몰려 오자 무호로서는 드물게 뻔뻔함을 잃었고 밑 빠진 독에 물 붓기도 아니고 해달라는 대로 묵묵히 고시 공부를 지원해 주시는 부모님께도 죄송스러워졌다.

부모님 생각을 하자 부모님의 목소리가 들렸다. 부모님은 정육점 앞에서 건어물 사장과 얘기중이셨다. 건어물 사장은 대기업에 입사한 아들 자랑을 늘어놓다가 뜬금없이 무호의 근황을 물었다. 무호는 자신의 이름이 부모님들의 대화에 나오자 긴장했다. 부모님은 한번도 무호를 칭찬한 적이 없으셨다. 어릴 때부터 동생 영호는 듬직하고 남자답다고 칭찬하면서도 무호는 사내놈이 말이 많고 가볍다며 꾸짖기만 하셨다. 커가면서 갈수록 더 부모님은 무호를 못마땅해 하셨다. 무호가 보기에 부모님은 자신에 대한 기대와 믿음이 없으신 것 같았다. 그러니 공시 준비를 한다며 3년을 고시원에서 버티는데 단 한번도 시험은 잘 봤냐, 공부는 잘되가냐 묻지 않으시는 것일 테다. 장남이 하겠다고 우기니까 어쩔 수 없이 지원을 해주기는 하지만 될 거라 생각하지 않으시는 게 틀림없었다.

무호는 부모님이 자신에 대해 어떻게 말씀하실지 짐작이 갔다. 뻔뻔함을 타고난 무호이지만 잘 나가는 자식 자랑하는 친구 앞에서 주눅이 들 부모님을 생각하니 마음이 편치 않았다. 부모님의 답이 듣고 싶지 않았다. 차라리 귀를 닫고 싶었는데, 그럴 수는 없으니 다른 소리라도 들으려 이어폰을 끼고 음악을 플레이하려 하는데, 아버지의 말소리가 들렸다.

"우리 장남은 공무원 준비중이야."

"아직도? 한 3, 4년 되지 않았어? 여즉 안된거면 그냥 포기하는 게 낫지 않아? 걔가 원체 공부머리가 없잖아."

"그치. 공부머리는 좀 없지."

무호는 아버지가 그렇게 말씀하실 줄 알았다. 알면서도 어쩔 수 없는 실망감이 드는데, 아버지의 말소리가 계속 이어서 들려왔다.

"근데 그게 뭐, 왜? 공부머리 좀 없는 게 어때서? 우리 아들이 얼마나 심성이 착하고 선한데. 걔는 아프고 힘든 사람은 외면하지를 못해. 자기가 좀 손해 보더라도 혼자 안가고 같이 가려고 해. 저 혼자 잘났다 서로 경쟁하고 앞서가려는 요즘 세상에 그게 얼마나 힘든 건 줄이나 알아? 우리 애는 그 힘든 걸 하고 있다고. 시간은 좀 걸릴지 몰라도 걔는 지가 하고자 하는 건 해내는 애야. 난 우리 무호가 뭐든 지가 원하는 대로 해낼 거라고 믿어. 난 우리 아들이 자랑스러워."

음악을 플레이하려던 무호의 손이 멈췄다. 무호를 믿는다고, 자랑스럽다고 말하는 아버지의 목소리가 돌림노래처럼 뱅뱅 맴돌았다.

"마트 가자."

여름이 하루종일 취업사이트를 뒤지고 있는 연우를 일으켜 세웠다. 연우는 히어로즈 일을 하지 않을 때는 취업사이트를 봤다. 아직도 보기만 하고 지원은 하지 않았다. 여름이 왜 지원을 하지 않냐고 묻자 연우는 "그냥"이라고 답했는데 그 표정이 이상하게 걸렸다. 걱정이 된 여름이 상배를 설득해 연우의 속마음을 슬쩍 엿보게 했었다. 남 얘기하기 싫어하는 상배는 디테일하게 말하지는 않았지만 연우가 지금 의기소침한 것 같으니 같이 기분 전환하는 일을 하면 좋을 거라고 조언해줬었다. 여름이 아는 기분 전환은 미용실이나 네일숍이 최고라 같이 가자 권했지만 연우는 지난 번 네일숍에서의 경험 탓인지 그런 곳에 가는 것은 내켜하지 않았다. 그래도 마트에 가는 것은 거절하지 않아서 요즘은 일주일에 두서너 번 마트로 밤 산책을 나가고는 했다.

"마트는 이때가 진짜야."

여름은 마트에 들어서면서부터 신이 나 했다. 폐장 시간을 앞둔 마트는 떨이 판매를 하려는 호객 소리로 시끄러웠다.

연우는 새로 출시된 과자 홍보 매대 앞에서 걸음을 멈췄다. 대영의 회사에서 나온 따끈따끈한 신상 과자였다. 올해 초 대영은 사내 아이디어 공모전에 할머니가 좋아하시는 쌀과자에서 아이디어를 얻어 신제품 기획안을 냈는데 그게 뽑혔다고 무척이나 좋아했었다. 쌀과자를 뭉쳐 조청대신 초콜릿으로 코팅하는 거라고 자신의 아이디어에 대해 한참이나 설명하더니, 그걸로 새로 과자가 출시되면 인센티브도 받게 된다며 과자가 히트 치면 연우를 공주님처럼 모셔와 결혼하고 싶다고 했더랬다. 그때 대영이 낸 아이디어가 이렇게 과자로 출시가 돼 있었다. 이제 막 출시된 과자인데도 사람들의 반응은 나쁘지 않아 보였다. 연우가 보고 있는 잠깐 사이에도 대여섯 명의 사람들이 와서 과자를 집어갔다. 대영에게는 정말 잘된 일이다. 연우는 대영을 보듯 흐뭇하게 신상 과자를 들고 요리조리 봤다.

"이 동네 사람들은 다 여기 와있나 봐. 뭔 사람이 이렇게 많아?"

여름은 마트 안을 가득 채운 사람들에 투덜대면서도 연우의 다운된 기분을 올려주려 애썼다.

"이거 대영이 회사 신제품 아냐? 하나, 아니 두 개 사자. 아, 잠깐만."

"치킨이 반값. 양념반 프라이드반 반반 다 반값!"

치킨코너에서 외치는 반값 세일에 여름이 눈을 반짝이며 달려갔다. 치킨코너 앞에 가득 몰려있는 사람들을 전투적으로 뚫고 앞으로 전진하는 여름을 보며 연우는 고개를 젓다 과자를 하나 집었다. 그런데 누군가가 연우가 집은 과자를 동시에 집었다. 초등학교 저학년 정도의 남자아이였다. 연우가 양보하자 아이는 감사하다며 예의바르게 배꼽 인사를 했다. 아이의 정중함에 기분이 좋아진 연우도 맛있게 먹으라고 인사를 하는데, 익숙한 목소리가 들렸다.

"하율아, 혼자 가면 어떡해?"

연우는 반사적으로 고개를 돌려 소리가 나는 방향을 쳐다봤다. 연우가 일했던 카페 매니저가 초등학교 고학년 정도 돼 보이는 여자아이 손을 잡고 아들을 부르고 있었다. 연우와 매니저의 눈이 딱 마주쳤다. 매니저도 연우만큼이나 이 뜻밖의 만남이 당황스러운 것 같았다. 몇 초간의 정적이 흐른 뒤 매니저는 모르는 사람인 것처럼 연우를 외면하며 아들의 손을 잡고 걸어갔다. 연우가 멀어지는 매니저와 그녀의 두 아이들을 쳐다보는데 여름이 의기양양하게 반값 세일 치킨 박스를 들고 와서 물었다.

"누굴 그렇게 보고 있어? 아는 사람이야?"

"아니. 모르는 사람이야."

"야, 저기 초밥 떨이하는데 가보자. 장어초밥도 세일한대."

신이 나서 연우의 손을 끌고 가던 여름이 문득 코를 벌름거렸다.

"어, 이건...?"

여름이 냄새를 찾아갔다. 마트를 가로질러 '관계자 외 출입금지'라는 사인도 무시하고 달려가던 여름은 창고 앞에 멈춰 섰다. 뒤따라 온 연우도 창고 안에 화재가 발생했음을 알 수 있을 정도로 불에 타는 냄새가 났다. 창고문을 열자 창고 뒤쪽에서 일어난 불길이 창고 안에 가득 쌓여

있는 물건들을 태우고 있었다.

"스프링클러가 왜 작동 안 하지?"

연우가 천장의 스프링클러를 봤지만 작동할 기미도 보이지 않았다.

"신고부터 하자."

여름이 119에 전화하고 소화기를 찾는 사이 연우는 철판으로 된 창고 문을 뜯어 불길을 잡으려 했다. 하지만 창고 안에는 가연성 물질들이 너무 많았고 이미 활활 타오르고 있는 불길이 빠르게 물건들에 옮겨 붙고 있었다. 철판문 정도로 쉽게 잡힐 불길이 아니었다. 연우가 아무리 힘이 세다 한들 혼자서 거세게 치솟는 불길을 잡는 것은 역부족이었다. 불길이 빠르게 창고를 벗어나 매장 안으로 넘어왔다. 지금 상황에서는 더 늦기 전에 사람들을 대피시키는 게 최선일 것 같았다.

연우와 여름은 황급히 화재 경고벨을 울리며 사람들을 대피시켰다. 여름이 불길이 아직 퍼지지 않은 곳으로 안내하고 연우는 사람들이 대피할 수 있도록 유리, 도자기 같은 불연성 물질들로 불길을 잡으며 도피로를 만들었다. 하지만 마트 안에 워낙 사람들이 많았던 터라 대피가 쉽지 않았다. 출입문 앞에 몰려든 사람들은 저마다 먼저 나가려 했다. 출입문은 좁고 나가려는 사람은 너무 많았다. 유리문에 눌려 압사당할 것 같은 사람들을 보며 연우가 출입문을 아예 뜯어버렸다. 넓어진 문으로 사람들이 쏟아지듯 밖으로 탈출했다. 연우와 여름은 사람들이 거의 다 빠져나가는 것을 보며 밖으로 나왔다.

불길이 치솟고 있었지만 사람들이 모두 대피했기에 연우와 여름은 안도하며 소방차가 도착하기를 기다렸다. 주위를 둘러보며 화재 상황과 사람들의 상태를 확인하는 연우의 눈에 아이를 데리고 헤매고 있는 매니저가 눈에 띄었다. 혼이 나간 얼굴로 하율이를 목 놓아 부르던 매니저가 연우를 보고는 달려와 딸을 맡기려 했다.

"얘... 좀 데리고 있어 줘. 우리 아들이 아직 저 안에 있어."

그러고 보니 매니저는 아이 둘을 데리고 있었는데 지금 옆에는 딸 한 명밖에 없었다. 이성을 잃은 매니저는 연우에게 딸을 맡기고 당장 불길이 치솟는 마트 안으로 아들을 찾으러 가려고 했다. 하지만 불길이 치솟고 있는 안으로 들어가면 아들을 구하기는커녕 매니저도 잘못될 확률이 컸다.

생각할 틈도 없이 연우의 몸이 반사적으로 매니저를 막고 마트로 향했다. 여름이 소방대가 올 때까지 기다리자고 말렸지만 기다릴 여유가 없었다. 연우는 유리문을 뜯어 불길을 막으며 마트 안으로 들어갔다. 거센 불길과 연기 때문에 앞이 잘 보이지 않았지만 연우는 유리문을 방패 삼아 들고 다른 손으로는 핸드폰 플래시를 켜고 앞으로 전진했다.

"하율아!"

목청껏 아이의 이름을 불렀지만 대답이 없었다. 천장에 장식해 놓은 디스플레이들이 불에 타 후드득 떨어졌다. 좀전에 대피할 때보다 불길이 엄청나게 커져 있었다. 연우는 유리문으로 불타는 장식품들을 치워가며 혹시 아이가 잘못된 게 아닌가 덜컥 겁이 났다. 서둘러 걷다가 바닥에 뒹굴던 사과를 미처 보지 못하고 밟아 넘겨졌다. 아파할 틈도 없이 핸드폰을 주워 일어서려 하는데 매캐한 냄새와 뿌연 연기 사이로 핸드폰 플래시 불빛에 뭔가 반짝이는 것이 보였다. 대형 냉장고 앞 바닥이었다. 가까이 다가가서 보니 매니저의 아들이 쓰러져있고, 손에 쥐고 있던 장난감이 불빛에 반사돼 반짝였다. 연우는 지체하지 않고 아이를 안아 들고 밖으로 나왔다.

매니저는 기절하기는 했지만 다친 곳 없이 무사히 돌아온 아들을 껴안고 오열했다. 연우는 아이가 깨어나는 것을 확인하고 도착한 소방대가 화재 진압하는 것까지 지켜본 후 여름과 조용히 돌아왔다. 다음 날 아침뉴스는 마트 화재로 약 2억 원 가량의 재산 피해가 발생했으나 스프링클러의 고장에도 불구하고 빠른 대처로 인명 피해는 없었다는 소식을 전했다.

며칠 뒤 매니저가 아들을 데리고 연우를 찾아왔다. 매니저는 연우에게 90도로 허리를 숙이며 감사 인사를 했다.

"굳이 이렇게 찾아와서 인사하실 필요없어요. 매니저님은 어떨지 모르겠지만 전 매니저님 보는 거 불편해요."

연우는 불편한 얼굴을 감추지 않으면서도 매니저 아들을 신경쓰며 말했다. 다행히 하율은 연우에게 감사 인사를 한 후에는 길고양이에 정신이 팔려 어른들 얘기에는 관심이 없었다. 매니저가 연우의 눈치를 살피다 말했다.

"저기, 아직 다른 데 안 갔으면, 다시 올래? 이번에는 정말 정규직에 추천해 줄게."

"지금 장난하세요? 저 자를 때 뭐라고 했는지 잊으셨어요?"

연우가 황당한 얼굴을 하자 매니저가 황급히 손을 저었다.

"아니야. 장난 아니고, 잊지도 않았어. 그때는 내가 정말 미쳤었나 봐. 사실은..."

주저하던 매니저가 결심한 듯 고백했다.

"직원들이 나보다 연우 씨를 더 따르는 게 질투났어. 연우 씨가 정규직이 되면 나를 밀어내고 매니저가 될 거라고 떠드는 걸 듣고는 울컥해서 그만.... 변명을 하자면, 나 싱글맘이거든. 마트에서 봤겠지만 애가 둘이야. 여기서 밀려나면 우리 애들 키우기가 너무 힘들 거 같아서.... 미안해. 연우 씨 똑부러지게 일 잘하고 능력있는 거 내가 누구보다 잘 알아. 내 잘못을 만회할 기회를 주면 안될까?"

"내가 정말 똑부러지게 일 잘하고 능력있어요?"

"당연하지. 내가 겪은 직원들 중 연우 씨가 베스트야. 진짜야."

매니저가 그냥 인사치레로 하는 소리 같지는 않았다. 매니저를 불편하게 보던 연우의 얼굴이 조금 풀렸다. 연우는 몇 초간 생각하다 입을 열었다.

"매니저님 제안은 거절할게요. 다시 매니저님과 일하고 싶지는 않아요. 그래도 찾아와서 솔직히 말씀해주신 것에 대해서는 감사드려요."

연우는 깔끔하게 거절했다.

여름은 매니저와의 일에 대해 듣고 화를 냈다. 싱글맘이라는 게 남을 모욕한 변명이 될 수는 없다며, 당장 매니저를 찾아가 제대로 진상짓 한번 해보이겠다고 난리치는 것을 겨우 말렸다. 여름은 왜 진즉에 말하지 않고 혼자 속을 끓였냐며 속상해했다. 십년 우정 소용없다고 툴툴거리다가 물었다.

"근데 이 얘기, 대영이에게도 안 했어?"
"응... 안 했어."
"너도 참 너다. 대영이가 왜 그렇게 화를 내는지 이해가 간다. 너 진짜 대영이랑 끝낼 거 아니면, 말해."
"대영이 나랑 얘기하는 거 피해. 이제 내가 싫어졌나 봐."
"넌 매사에 똑똑한 애가 대영이 일에는 왜 바보가 돼? 대영이가 널 싫어할 수 있을거라 생각해? 걔는 지금 너한테 화가 난 거야. 널 너무 사랑해서 그만큼 화도 아주 많이 난 거야."
"그럼 어떡해야 해?"
"사과해야지."
"했어."
"한번? 두 번? 열 번이고 백 번이고 대영이 화가 풀릴 때까지 해. 대영이가 그만하면 됐다고 할 때까지 해. 십년 동안 대영이가 너한테 지극정성 쏟은 거 생각하면, 넌 그 정도는 해야 해."
여름은 연우를 몰아붙이다 요즘 연우가 의기소침해한다는 상배의 말을 떠올리고는 칭찬도 곁들였다.
"그건 그렇고, 매니저 제안을 거절한 건 잘했어. 넌 그보다 훨씬 좋은 곳에 가야 해. 그럴 자격이 있어."
"정말 그럴까?"
"너한테 제일 필요한 게 뭔지 알아? 자신감이야. 넌 네가 생각하는 것보다 훨씬, 훠~~~얼씬 멋진 사람이야. 난 너보다 더 잘난 능력자를 본 적이 없어."

"고맙다, 친구야."

연우는 친구의 위로에 기운을 얻었다. 슬럼프라는 길고 긴 터널에서 이제 그만 나오고 싶다는 의지가 싹텄다. 한번 더 노력해보고 싶었다.

연우가 서서히 자신을 회복하는 사이, 여름은 전쟁에 나가는 병사처럼 전의를 불태웠다. 채사장과의 결전이 시작되고 있었다.

여름은 상배까지 불러서 회사 상사들의 마음을 알아본 후 시원하게 회사를 때려치웠다. 주인공은 못될망정 들러리나 서고 싶지는 않았다. 그래도 그냥 관두는 것은 억울하니까 작은 복수 하나는 하려 했다. 그만둘 때 그만두더라도 작은 복수 하나 정도는 괜찮지 않나.

여름은 회사 사람들의 냄새를 맡고 분석하기 시작했다. 특히나 미리 정규직이 될 사람을 내정해 두고도 정규직 당근을 휘두르며 여름을 기만한 차부장과 장차장을 집중적으로 분석하며 그들의 약점을 캐내려 했다. 그 결과 차부장에게서는 일주일에 두 번씩 대표실 비서와 같은 냄새가 나는 것을 발견했고 장차장은 외근만 나갔다오면 사우나 냄새를 풍기는 것을 알았다. 약점을 파악하자 증거를 잡는 것은 쉬웠다. 여름은 냄새를 추적해 차부장이 대표실 비서와 불륜을 벌이기 위해 가는 호텔 사진과 장차장이 외근 나간다고 하면서 회사 근처의 사우나에 드나드는 사진을 확보했다. 사진들을 사내 게시판에 올리기만 하면 된다.

여름이 사진이 불러올 파장을 상상하며 타이밍을 노리고 있던 때, 차부장의 아내가 회사에 들이닥쳐 비서 머리끄댕이를 잡는 사건이 발생했다. 일찌감치 차부장의 외도를 눈치채고 있던 아내가 심부름센터를 시켜 불륜 증거를 잡았다나? 장차장은 사우나에 갔다 대표와 딱 마주치는 바람에 현행범으로 걸려 시말서를 써야 했다. 여름은 기껏 노력해서 얻은 증거들을 활용할 기회를 놓친 것이 아쉬웠지만, 제 손으로 복수를 하지 못한 것이 못내 아쉬웠지만, 그래도 권선징악의 해피엔딩으로 마무리된 것에 대해서는 만족했다. 여름은 차부장과 장차장의 공개 망신을 지켜본 후 미련 없이 회사를 관뒀다.

    그런데 채사장은 이런 전후 사정도 모르면서 겨우 석 달도 못 버티고 관둔 것을 비웃으며 배가 불러 취직을 안 하는 것 같으니 용돈을 끊겠다고 으름장을 놨다. 당연히 여름은 반발했다. 어릴 때부터 딸은 내팽개치고 본인의 삶에 충실했으니 그 정도(용돈)의 보상은 해야 한다는 게 여름의 주장이었다. 누구 때문에 애정결핍의 지랄 맞은 또라이가 됐는데! 돈으로라도 책임을 져야 마땅했다. 그러자 채사장은 월세와 공과금 등 그동안 지원하던 모든 것을 끊는 것으로 여름의 주장에 동의하지 않음을 주장했다. 물론 여름은 채사장의 반격을 순순히 받아들이지 않았다.
    여름은 채사장의 가게에 나가 농성을 시작했다. 손님이 오거나말거나 아침부터 밤까지 채사장 앞에 턱을 받치고 앉아 신경을 건드렸다. 초등학생 이후 엄마와 그렇게 오래 한 공간에서 함께 시간을 보낸 건 처음이었다. 하루종일 같이 있다 보니 식사도 같이 해야 했는데 그것도 초등학교 이후로 처음이었다. 채사장도 여름도 서로가 서로를 불편해했지만 둘 다 양보할 생각은 하지 않았다. 치킨 게임이라도 하는 것처럼 상대가 먼저 항복하기를 기다리며 양보 없는 자존심 싸움을 했다. 그걸 본 연우가 모녀가 똑같다고 하면 여름은 세상에서 제일 험악한 욕이라도 들은 것처럼 펄쩍 뛰며 기분 나빠했다. 친애하는 절친 연우라도 그런 말은 참을 수 없었다.

여름 스스로 회사에는 절대 어울리지 않는 지랄 맞은 성격임을 알면서도 굳이 취업하려고 했던 것은 채사장과는 다르게 살고 싶어서였다. 보통 사람들처럼 회사에 취직해 출퇴근하는 게 채사장과는 가장 다른 삶이라 생각했다. 채사장이 갖지 못한 대한민국 평균의 삶이 여름의 목표였다. 아이돌 기획사의 명함에 한번도 흔들리지 않았던 것도 그건 평균의 평범한 삶이 아니어서였다. 엄마와 닮았다, 똑같다, 모전여전이다 이런 식의 말은 절대 용납할 수 없었다. 김밥이 먹고 싶어도 채사장이 김밥을 먹겠다하면 여름은 짜장면을 골랐다. 로맨스 영화를 좋아하는 채사장 때문에 여름은 절대 로맨스 영화는 보지 않았다. 손톱 색깔도 같아서는 안됐다. 머리부터 발끝까지 속속들이, 무조건 채사장과 달라야 했다.

상배는 여름이 엄마 가게로 출퇴근한다는 소리에 하릴없이 가게 주변을 순찰 도는 일이 많아졌다. 한번은 가게를 기웃거리다 채사장에게 들켰는데, 상배를 수상하게 여긴 채사장 때문에 하마터면 경찰서에 끌려갈 뻔도 했지만 그 일 덕분에 채사장에게 정식으로 인사를 하게 돼 전화위복의 결실을 얻기도 했다. 상배는 그 후로 여름과 채사장 사이에 끼어 식사나 티타임 같은 자리를 함께 하게 됐다. 여름도 채사장도 둘만 있는 것을 무척이나 싫어해 상배가 끼는 것을 적극 환영했다.

어쩌다 보니 셋이 있는 시간이 많아지며 상배는 모녀를 관찰하게 됐다. 앙숙처럼 보이는 것과 달리 상배가 보기에 둘은 서로를 깊이 생각하고 있었다. 그건 초능력으로 굳이 생각을 읽지 않아도 쉽게 알 수 있는 거였다. 밥 먹을 때 여름이 좋아하는 반찬을 은근슬쩍 여름 앞으로 미는 채사장의 태도나 엄마 흉을 보는 손님들 앞에 심통맞게 커피잔을 내려놓는 여름을 보면 알 수 있었다. 이에 대해 상배가 여름에게 말을 해보려 했지만 여름은 채사장의 생각 같은 건 알고 싶지 않다며 상배의 오지랖을 원천 차단했다.

그러던 어느 날 채사장이 상배에게 연락했다. 여름이 감기에 걸려 하루 쉰 날이었다. 채사장은 상배에게 배도라지차가 담긴 보온병을 건넸다.

"여름이한테 전해줘요. 어제 기침하는 거 보니까 또 감기 걸렸나 봐. 걔가 어릴 때부터 다른 병치레는 거의 없는데 감기가 잘 걸려. 감기 걸리면 냄새 맡기도 힘들고... 암튼 전해줘요. 내가 주면 안 가져갈 거 같아서 부탁하는 거에요."

채사장은 여름의 후각 능력에 대해 알고 있었다. 상배는 여름에게 보온병을 건네며 채사장의 당부와 함께 여름의 후각 능력을 알고 있는 것에 대해 알려주었다.

"채사장이? 웬일로 이런 걸 했대?"

여름이 보온병 뚜껑을 열자 배도라지차 향이 확 올라왔다. 시중에서 판매되는 배도라지차가 아닌데도 이상하게 향이 익숙했다. 조금 더 맡아보니 채사장만의 고유한 체취가 섞여 있었다. 문득 이 냄새를 아주 오래전부터 맡아왔었다는 것을 깨달았다. 꼬꼬마 때부터 감기를 달고 살았던 여름에게 채사장은 환절기마다 배도라지차를 끓여서 아침저녁으로 마시게 했었던 게 기억이 났다. 여름의 사춘기가 절정으로 치닫던 가을, 채사장이 끓여놓은 배도라지차를 싱크대에 모두 버려버리며 악을 쓰고 소리 지르기 전까지 채사장은 여름이 작은 기침만 해도 배도라지차를 끓여 주었었다. 뭉근히 끓여내느라 하루종일 가스레인지 앞에 앉아 주전자가 넘치지 않게 지켜보고 있던 엄마. 그 기억이 떠오르자 채사장이 완전히 나를 방치했던 것은 아니구나 싶었다.

차를 마시며 어릴 적 일을 떠올리던 여름은 문득 의아해졌다. 내가 후각 능력을 가지고 있는 것을 채사장이 어떻게 알았지? 부리나케 달려와 묻는 여름에게 채사장은 별 시답잖은 걸 묻는다는 얼굴로 답했다.

"어떻게 알긴, 네 친구 SNS에서 봤어. 거기에 너희들 뭐하는지 다 올라오더라."

몇 명 되지 않는 무호의 SNS 팔로우 중 한 명이 채사장이었다.

"채사장이 걔를 왜 팔로우해?"

"엄마가 돼서 딸이 뭐하고 다니는지는 알아야지. 거기다 니가 보통 성격이니? 어디 가서 사고는 안 치는지 알아야 할 거 아냐."

"채사장이 언제부터 나한테 신경 썼다고 안 하던 짓을 해?"

"흥, 내가 너에 대해 모르는 게 있을까 봐? 난 네가 모르는 것까지도 다 알거든?"

"내가 모르는 거, 뭐?"

"어서 오세요~!"

가게에 손님이 들어오며 모녀간의 대화는 끝이 났다. 손님이 나간 후 여름이 계속 내가 모르고 채사장이 아는 게 뭐냐 물었지만 채사장은 끝내 대답하지 않았다. 그래도 여름은 어쩐지 기분이 나쁘지 않았다. 자신이 생각하는 것만큼 내팽개쳐지고 애정이 결핍돼 자란 건 아닌 것 같았다.

채사장이 끝끝내 말하지 않은, 여름이 모르지만 채사장은 아는 것은 여름에 대한 상배의 마음과 상배에게 끌리는 여름의 마음이다. 연애 고수인 채사장은 여름을 대하는 상배의 태도에서 여름을 향한 마음을 눈치챘고, 알게 모르게 상배를 의지하는 딸의 모습을 보며 상배에게 기우는 여름의 마음도 눈치챘다.

배도라지차 보온병을 건네줄 때 채사장은 상배가 채사장의 생각을 읽을 틈도 없이 다짜고짜 물었었다.

"내 딸 좋아하죠?"

"어... 네. 어떻게 아셨어요?"

기습 질문에 당황한 상배는 솔직히 인정했다.

"나도 초능력이 있거든. 남녀 사이 이상 기류를 포착하는 초능력."

상배가 자기도 모르게 피식 웃자 채사장이 진지하게 말했다.

"웃지 말아요. 초능력은 뭐 히어로즈만 있나? 사람들 다 초능력 하나쯤은 가지고 있어."

채사장이 가게 건너 소품샵 창문을 닦고 있는 중년 여성을 가리키며 말했다.

"저 언니는 창문을 정말 기가 막히게 잘 닦는 초능력이 있어요. 얼마나 티끌 하나 없이 닦는지 파리가 미끄러진다니까. 정말이야. 내가 봤어. 그리고 저기 야쿠르트 아줌마. 저 아줌마는 말발이 초능력이야. 야쿠르트 한 줄 사려다 말발에 넘어가서 카트까지 통째로 살 뻔 했어."

채사장이 가늘게 눈을 뜨고 상배를 가늠하듯 봤다.

"내 초능력으로 봤을 때 내 딸이랑 상배 통장 사이에 파바박 튀는 뭔가가 있어."

상배가 또 피식 웃자 채사장이 빤히 상배를 쳐다봤다.

"왜 자꾸 피식거려요? 뭐 이런 걸 초능력이라 하나, 웃겨요?"

"아닙니다."

채사장은 여름처럼 생각하는 그대로 가감없이 말했다. 그래서 상배도 솔직하게 말했다.

"웃어서 죄송합니다. 초능력을 의심하는 게 아니라 그냥 좋아하는 여자 어머니와 이런 대화를 하는 게 민망하기도 하고 어색하기도 하고 그래서요."

"그래, 흔한 일은 아니지. 내가 좀 특별하긴 하잖아요. 상배 통장 복이라 생각해요."

상배는 오만한 표정을 짓는 채사장을 신기한 듯 쳐다봤다. 여름이 잘난 척할 때마다 짓는 표정과 똑 닮았다.

"난 상배 통장, 우리 딸 남친으로 찬성이야. 뜸 들이지 말고 고백해. 안 그럼 내가 여름이한테 먼저 확 질러버리는 수가 있어요."

상배를 협박하는 채사장. 상배는 여름의 또라이 기질이 누구에게서 온 것인지 깨달으며 여름에게 고백하기 전까지는 아는 척하지 말아 달라 신신당부했다.

우리가 잠든 사이에

동네는 그럭저럭 평화로웠다. 사람 사는 세상이니 크고 작은 사건들이 발생하기는 했지만 예측 가능한 상식 선에서 벌어지는 일들이었고, 잘 해결해 나가고 있었다. 별다른 특이 사항은 없어 보였는데 그건 인간의 눈에만 그렇게 보일 뿐이었다. 인간들은 눈치채지 못했지만 길고양이들은 알고 있었다. 동네에는 기이한 일들이 벌어지고 있었다. 어느 날부터인가 갑자기 어디선가 나타난 신기한 생명체가 동네를 휘젓고 다녔다.

밤마다 산을 헤집고 다니며 거대한 바위들을 옮기고, 길고양이들이 노리는 사냥감을 눈 깜짝할 새에 채 가버리는가 하면 날다람쥐마냥 나무에서 나무로 날아다니는 정체를 알 수 없는 존재. 바람처럼 빠르고 헤라클레스처럼 힘이 센 존재가 동네를 휘젓고 있었다. 경계심이라고는 일도 없이 온 동네를 제 집 마당처럼 나른하게 거닐던 길고양이들은 알 수 없는 존재를 느끼며 잔뜩 털을 세우고 긴장했다. 길고양이들의 경계하는 울음소리가 밤마다 더 날카로워져만 갔다.

그리고 아무도 댓글을 달지 않던 무호의 SNS에 처음으로 댓글과 링크가 달렸다. 무호는 '히어로즈에게 견줄만 한가?'라는 뜬금없는 댓글을 읽고 코웃음을 쳤다. 감히 누가 무엇으로 히어로즈에게 견준단 말인지, 어이가 없었다. 뭐하는 놈인가 싶어 링크를 타고 들어가 보게 된 영상에는 눈코입만 뚫린 시커먼 복면을 뒤집어쓴 남자가 나왔다. 산 어딘가에선 남자는 집채만한 바위를 가볍게 들어올리더니 버나돌리기를 하듯 손가락에 바위를 올리고 돌리다가 손가락 끝으로 바위를 부쉈다. 순식간에 바위가 가루가 돼 휘날렸다. 연우의 힘과는 비교도 안될 것 같았다. 무호의 입이 떡 벌어졌다.

이게 뭔가 싶어 여러 번 리플레이해 보다가 다시 댓글을 봤다. 댓글을 달고 링크를 올린 이는 유튜버 '세다까'였다. 무호는 홀린 듯 세다까 채널에 들어갔다. '세상의 모든 것을 다 까발려주겠다'의 줄임말이라는 세다까의 채널에는 바위를 가루로 만드는 영상 외에도 바람처럼 산을 타는 영상, 염력으로 들짐승을 던지는 영상 등이 있었다. 남자는 검정 복면에 검정 옷으로 정체를 꽁꽁 숨긴 채 보통의 사람들은 절대 불가능한 아주 특별한 능력을 과시했다. 넋을 잃고 보던 무호는 불현듯 정신을 차리고 히어로즈를 호출했다.

무호는 상배의 집으로 히어로즈를 모이게 한 후 상배의 집 거실에 있는 대형 TV에 세다까의 영상들을 띄웠다. 커다란 화면으로 보자 복면 남자의 초능력은 더 어마무시하게 강력했고, 너무도 강력해서 비현실적으로 보였다.

"'세상에 이런 일이' 같은 거만 모아서 올리는 채널인가?"

대영이 신기해하며 말했다.

"세상에 이런 일보다는 기인열전이나 세계의 미스터리 이런 주제가 더 어울릴 것 같지 않아? 봐봐, 연우보다 더 세고 대영이보다 더 빠르잖아. 이 영상 보면 염력까지 쓸 수 있다니까."

무호가 남자의 능력에 감탄하자,

"이게 말이 돼? CG일 거야. AI로 만든 영상일 수도 있어. 요즘 AI로 만든 이상한 영상이 얼마나 많은데."

뚫어져라 화면을 보던 여름이 의심했다.

"우리도 다른 사람들이 보기엔 말이 안돼."

연우가 덤덤하게 말했다.

"이게 진짜면 이 사람도 우리 히어로즈에 끼워줘야 하는 거 아냐? 우리 다 합친 것보다 이 사람 하나가 더 낫겠는데?"

대영이 친구들의 의견을 물었다. 친구들이 뭐라 대답했지만 상배에게는 아무 말도 들리지 않았다. 생각이 많아졌다. 히어로즈의 능력을 모두 합친 것보다 더 뛰어난 초능력자의 등장이 좋은 일인지 나쁜 일인지 가늠이 되지 않았다. 이런 영상들을 왜 무호에게 보냈는지 그 의도는 더욱 가늠이 되지 않았다.

우리 동네를 지켜라

상배는 초코와 동네를 순찰했다. 늘 다니던 코스로 걸어가려 하는데 초코가 자꾸 반대 방향으로 가려고 했다.
"그쪽 아니라고."
상배가 말하자 초코가 왈왈 짖었다.
'오늘 느낌 빡 왔어. 나 믿고 저리로 가보자.'
"너 그리로 가서 분식집 할머니한테 순대 얻어먹으려는 거지?"
'알았으면 눈치 챙겨. 가자, 순대 먹으러. 너도 먹고 싶잖아.'
"오빠한테 너라니, 말 조심해라."
'나 일곱 살이야. 니들 나이로 반백살이라고.'
상배는 초코와 말다툼을 하다 한 남자와 부딪쳤다. 남자는 미안하다 사과하는 상배를 어깨로 밀며 사나운 눈빛으로 쏘아봤다. 그동안 상배도 이런저런 사건들을 해결하며 여러 범죄자들을 상대해봤지만 이 남자의 눈빛은 달랐다. 날 것 그대로의 살의가 느껴졌다. 남자가 주먹을 쥐어 올리자 초코가 남자를 향해 마구 짖었다.

"어이, 조통장!"

때마침 네 명의 친구들이 상배를 부르며 나타났다. 남자는 다섯 명을 상대하기는 버거웠는지 낮게 욕을 지껄이며 지나갔다. 상배가 멀어지는 남자를 보며 말했다.

"저 남자, 다 죽여버리겠대."

이번에는 아무도 생각만으로는 누굴 죽이지 못하겠느냐 같은 말을 하지 않았다. 다들 고승민의 케이스를 떠올렸다.

"잡자."

무호가 단순명쾌하게 말했다.

"아직은 범죄자가 아냐."

대영의 말이다.

"그럼 저번처럼 누구를 해칠 때까지 기다리자는 거야?"

여름이 반발했다.

"고승민같은 실수를 해선 안돼. 그렇다고 당장 잡을 수도 없어."

연우가 말했다.

"그럼 어떡하자고?"

다시 여름이 답답한 얼굴로 반문했다.

길 한복판에 멈춰 서서 어떻게 할 것인가 의논하는데 후두둑 빗방울이 떨어지기 시작했다. 비를 피해 자리를 옮긴 후 무호가 말했다.

"내가 저 남자 감시할게. 아까 저 남자가 우리한테 욕할 때 목소리도 들었겠다, 저 남자 목소리로 감시하면 돼. 어디 가서 누굴 만나고 무슨 얘기 하는지 듣다가 이상한 낌새가 들면 바로 찾아가서 잡자."
"하루 종일 저 남자 목소리만 들어야 하는데 할 수 있겠어?"
대영이 걱정하자 무호는 가슴을 두드리며 자신감을 보였다.
"야, 나 박무호야."
"그래, 그래서 걱정하는 거야."
무호의 뺀질거림을 잘 아는 대영이 걱정스러운 얼굴로 무호를 쳐다봤다.

히어로즈가 사나운 눈빛을 한 낯선 남자의 범죄 가능성을 두고 의논하는 사이, 사무실에 홀로 남아 영수증 정리를 하고 있던 상은은 긴급 전화를 받았다. 살인 지명수배자를 검거하던 중 범인이 이형사를 찌르고 도주했다는 것이다. 경찰에 비상이 걸렸다. 추적하고는 있지만 놈이 기가 막히게 CCTV를 피해 가며 도주하고 있는 탓에 체포가 쉽지 않았다.
상은은 히어로즈를 호출했다. 지금이야말로 히어로즈가 필요한 때였다. 사나운 눈빛의 남자 문제로 옥신각신하던 히어로즈는 바로 경찰서로 달려왔다. 히어로즈는 상은이 보여준 사진 속 살인 지명수배자가 사나운 눈빛의 남자임을 알아봤다.
"일이 되려니까 이렇게도 되네. 이 놈, 어디 있는지 바로 추적해."
상은이 좀 전에 있었던 일에 대해 듣더니 쾌재를 부르며 그놈이 범죄를 저지를 때까지 기다릴 필요 없으니 당장 잡아오라고 지시했다. 상은에게 잘 보이고 싶어 안달이 나있는 무호는 다 잡은 거나 마찬가지라며 호기롭게 외치고 그놈의 목소리를 찾았다. 그런데 놈의 목소리가 들리지 않았다. 분명 경찰서로 오는 동안에도 놈이 중얼거리며 욕하는 소리가 들렸었는데 이상했다. 당황하는 무호를 보고 상배가 상황을 파악했다.
"말소리로 찾을 수 없으면, 냄새로 찾는 건 어때? 아까 그 남자 냄새 맡았지?"
상배의 말에 여름이 고개를 저었다.
"비가 오고 있잖아. 냄새가 지워졌어."
이러지도 저러지도 못하는 난감한 상황에서 어떻게 알았는지 지명수배자의 도주 소식이 속보로 떴다. 뉴스 댓글창이 경찰을 욕하는 댓글로 난리가 나자 서장은 강력반 반장들을 불러 모아 놓고 당장 그놈을 잡아들이라며 책상을 내리쳤다. 반장들은 형사들을 다그쳤고 형사들은 놈을 잡기 위해 사방으로 뛰쳐나갔다. 북새통이 된 경찰서를 심난하게 보던 상은은 히어로즈를 보며 심기일전했다.
"걱정마. 우리가 잡게 될 거야."
상은은 경찰답게 데이터와 히어로즈가 제공한 정보, 놈의 심리 등을 분석해 도망 경로를 추정했다. 상배와 여름이 한 팀으로, 대영과 연우, 무호가 한 팀으로 나뉘어 상은이 추정한 경로를 쫓기로 했다. 상은은 경찰서에 남아 두 팀간의 연락을 조율하고 경찰에서 파악하는 정보들을 실시간으로 전달하기로 했다.
여름은 상은이 예상한 경로를 따라가며 놈의 냄새가 나는지 살폈고, 무호는 목소리가 들리는지 귀를 기울였다. 하지만 그칠 기미가 없이 계속

부슬부슬 내리는 비에 냄새는 나지 않고 목소리도 들리지 않았다.
 그러다 무호가 살려달라는 여자의 목소리를 들었다. 여자를 위협하는 목소리는 나이 든 할머니 소리 같았다.
 "할머니가 여자를 위협하고 있는데? 여자가 살려달래. 어떡하지?"
 "할머니? 할머니면 그렇게 위험하지는 않지 않을까? 그놈 잡는 게 더 급선무야."
 대영이 말하는데 무호가 손가락을 들어 가만있으라 신호하고는 잠시 더 듣더니 말했다.
 "할머니가 하는 욕이 장난 아닌데, 아까 그놈이 하던 욕이랑 똑같은 욕을 해."
 "그놈 목소리가 아까부터 들리지 않는다고 했지? 그놈이 음성변조 기계 같은 걸 사용하고 있는 거 아냐? 할머니 소리로."
 연우의 말에 무호와 대영이 모두 아, 감탄사를 외치고는 서둘러 목소리가 들리는 곳으로 향했다.
 여름과 상배는 상은의 지시에 따라 놈의 친구 집으로 향하는 길이었다. 친구는 놈이 PC방 화장실에서 살인을 저지를 때 그것을 목격하고 112에 신고 전화를 걸었던 인물이다. 놈이 친구에게 복수를 하려 찾아갔을지도 모른다.
 친구 집에 가까워지자 내리는 비를 뚫고 놈의 냄새가 나기 시작했다. 놈이 가까이 있다는 증거다. 여름은 바로 상은에게 전화를 걸어 알렸고 상배는 액셀을 밟았다. 친구 집에 도착하니 이미 무호와 대영, 연우가 도착해 있었다. 놈은 친구를 쓰러뜨려 놓고 친구의 여자친구를 범하려 하고 있었다. 연우의 예상대로 놈은 할머니로 변장하고 음성변조 마이크를 사용해 할머니 소리를 내고 있었다. 친구를 속여 현관문을 열게 하려 할머니로 변장한 것일 테다. 놈은 갑자기 나타난 다섯 명을 보더니 여자를 인질로 삼아 칼을 휘두르며 도망치려 했다.

놈이 여자의 목에 댄 칼날이 살갗을 스쳤는지 핏방울이 맺혔다 흘렀다. 섣불리 접근했다가는 여자가 위험해질 수도 있었다. 긴장 속에 놈과 히어로즈가 대치했다. 상배는 놈이 이판사판 막판인데 여자를 죽이고 자기도 죽겠다는 생각을 하고 있음을 알았다. 놈이 칼을 바투 쥐는 것을 보며 상배가 대영에게 눈짓했다. 놈이 칼을 드는 찰나 대영이 놈에게 달려들었고, 놈이 당황해 여자를 놓치자 연우가 바로 주먹을 날렸다. 히어로즈는 고승민 때처럼 허둥대지 않고 환상의 호흡을 자랑하며 노련하게 움직였다. 그동안 크고 작은 사건들을 해결하며 쌓은 경험들이 실력이 돼 놈을 단숨에 제압할 수 있었다.

곧이어 도착한 상은이 놈의 손에 수갑을 채웠다. 상은 + 히어로즈가 본격적으로 협조해 해결한 첫 번째 케이스이다. 상은과 히어로즈는 놈을 데리고 의기양양하게 경찰서로 돌아왔다.

이 일로 상은에 대한 평가는 완전히 달라졌다. 상은은 서장의 칭찬 세례 속에 강력 3반의 라이징스타가 됐고 마침내 영수증 정리에서 탈출해 현장으로 복귀하게 됐다. 상은이 강력 3반에 든든히 자리를 잡자마자 기다렸다는 듯 관내에는 수상한 사건들이 연이어 발생했다. 이를테면 이런 사건들이다.

모두에게 인정받는 진짜 강력반 형사가 된 상은은 자신이 근무했던 지구대에 인사하러 갔었다. 그런데 하필이면 그날따라 주취, 폭력 등의 사건이 연달아 발생해 출동 나갈 경찰이 부족했다. 할 수 없이 상은이 옛 동료와 함께 부부싸움 신고가 들어온 다세대 빌라로 출동했다. 상은과 경찰이 도착하자 신고를 한 윗집 여자가 빌라 앞에 나와 있다 하소연했다.

"저러다 누구 하나 죽어야 끝날 거 같아요. 한 시간째 아주 난리도 아니에요. 세상 다정한 신혼부부였는데, 왜 저러는지 모르겠어요."

신고한 여자의 말대로 건물이 떠내려갈 듯 질러대는 여자의 고함 소리가 들렸고 뭔가가 부서지는 소리가 계속해서 들리더니 찢어질 듯한 비명 소리가 들렸다. 상은이 황급히 뛰어 들어가 문을 두드리자 여기저기 뜯기고 상처 입은 피투성이 남자가 문을 열었다. 열린 문 사이로 사방에 흩어진 깨진 물건들이 보이고, 나가 죽으라며 바락바락 소리를 질러대는 여자 모습이 보였다. 상은이 부부를 진정시키려 했지만 여자는 좀처럼 흥분을 가라앉히지 못했다.

"전세금 올려주려고 여기저기서 간신히 빌린 돈. 그 피같은 돈 3천만 원을 저 남편이라는 새끼가 하룻밤 도박으로 다 날렸어요. 근데 저 새끼를 살려둬야 해요?"

"남편분이 잘못하셨네요."

경찰의 말에 남자가 다급하게 매달렸다.

"아니, 그렇게 급하게 단정 지으시면 안돼요. 제가 잘못한 게 아니라는 게 아니에요. 그니까 그게 말로 하려니까 되게 이상한데 그게 내 잘

못만은 아니거든요."
"누가 도박하라고 등이라도 떠밀었다는 거야, 뭐야?"
여자가 소리 지르자 남자가 황급히 인정했다.
"어어, 비슷해. 누가 도박하라고 나를 조정하는 것 같았어요. 내 머릿속에 들어앉아서 도박을 하라고, 돈을 걸라고 하는 것 같았어요. 그러지 않고서야 내가 전세금으로 도박을 할 리가 없잖아요."
부부싸움을 어찌어찌 말리고 경찰서로 돌아오는 차 안에서 상은의 동료는 어떻게 저런 말도 안되는 변명을 할 수 있냐며 남자의 성의 없는 변명에 혀를 찼다. 상은이 맞장구를 치는 사이 또 다른 출동 신고가 들어왔다. 이번에는 편의점이었다.
"그러니까 문을 열지도 않았는데 갑자기 어디선가 바람이 쌩하니 불었어요. 한 5초 쯤 되려나? 그런데 바람이 그치고 나니까 여기 넣어둔 현금이 몽땅 사라진 거에요. 진짜에요. 맹세코 저는 아무 짓도 안했어요."
편의점 알바생이 뭐가 뭔지 모르겠다는 어리벙벙한 얼굴로 진술했다. 경찰은 실내에 바람이 불 리도 없는데다 바람이 불더니 현금이 사라졌다는 게 말이 되냐며 알바생을 범인으로 의심했지만 CCTV에는 알바생의 말대로 거센 바람에 흔들리는 편의점 안 물건들과 바람이 그친 후 활짝 열린 채 비어있는 금고만 찍혀있었다.
ATM이 털리는 사건도 발생했다. ATM 기계 세 대가 눈 깜짝할 사이에 종잇장처럼 뜯기더니 그 안에 들어있던 돈이 몽땅 사라졌다. 상은이 현장에 가니 갈기갈기 찢겨 너덜너덜해진 기계가 널브러져 있었다. 목격자는 벙찐 얼굴로 한 남자가 나타나 혼자만 100배속을 돌리는 것처럼 빠르게 움직여 ATM 기계를 찢고 돈을 가져갔다고 증언했다.
"근데요, 더 이상한 건요, 남자가 ATM 기계 찢는 걸 그 옆에 있던 개가 스마트폰으로 찍고 있던 거였어요. 개가 스마트폰으로 녹화를 한다는 게 말이 돼요? 그쵸? 내가 눈이 삐었나? 아무래도 안과에 가봐야 할 거 같아요. 헛것이 보여요."
목격자가 실성한 것처럼 자신의 머리를 치며 중얼거렸다. 목격자의 증언은 말도 안되지만 현장에 남겨진 증거들이 수상하기는 했다. 종이처럼 잘게 찢긴 기계들은 아무리 봐도 인간이 저지른 것으로는 보이지 않았다. 인간의 힘으로는 절대 불가능했다.
상은이 히어로즈를 호출해 사건을 알아보게 하려는데 강력 3반이 관리하고 있는 낙원파의 움직임이 수상하다는 보고가 들어왔다. 낙원파 조직원들이 자신들의 구역을 넘어 불지옥파 구역까지 넘어와 활동하고 있다는 것이다. 조직원들뿐 아니라 낙원파의 두목인 강양은이 직접 움직이는 바람에 조폭들간의 긴장이 고조되고 있었다. 다시금 세력 싸움이 벌어질지도 모른다. 간신히 만들어 놓은 평화가 깨질까 우려한 강력 3반은 낙원파의 움직임을 예의주시하며 여차하면 잡아들일 준비를 했다.
상은이 철야를 하며 집에 들어오지 못하자 상배가 도와주겠다고 했지만 상은은 조폭들간 싸움에까지 히어로즈가 관여할 필요는 없다며, 지금처럼 동네를 지키는데 집중하라고 했다.
상은의 당부가 아니라도 상배는 요즘 더욱 세심하게 동네를 순찰하고 있었다. 유튜버 세다까의 영상들이 아무래도 마음에 걸렸다. 상배는 통장이자 히어로즈다. 둘 다 상배가 원했던 것은 아니지만 하기로 한 이상, 동네의 안전을 책임져야 할 의무가 있다.

  상배는 매일 초코를 데리고 동네를 순찰했다. 동네는 무탈했고 단풍에 물들기 시작한 뒷산은 알록달록 아름답기만 했다. 그런데 상배는 이상하게도 이 평화로움이 폭풍전야의 고요처럼 불길하기만 했다. 불길함의 근원을 알 수 없기에 더욱 불길했다. 무엇이 문제인지를 알면 해결책을 찾을 수 있지만 문제를 모르면 해결책을 찾을 수도 없다. 상배는 자신의 이유없는 불길함이 아무 것도 아니기를 바랐으나 불행히도 폭풍은 이미 시작되고 있었다.

폭풍이 몰려온다

금수저 차동원은 부동산 재벌인 아버지를 둔 덕에 태어날 때부터 금방석에 앉아 평생 일을 하지 않았다. 일을 하지 않아도 임대료가 현금으로 쏟아져 들어오는데 뭐 하러 골치 아프게 일을 하나, 한 살이라도 젊을 때 즐겁게 즐겨야지, 가 그의 모토였다. 그의 즐거움은 주로 여자들과 즐기는데 집중돼 있었는데, 성인이 되기 전부터 시작된 여성 편력은 세월이 갈수록 심해져 40대가 된 지금은 가히 절정에 이르렀다.

그의 오래된 단골 멤버십 클럽 사장은 그의 취향에 맞춰 매일 같이 20대 초반의 섹시한 글래머 몸매 여자들을 모아 줄을 세웠고, 차동원은 상품을 고르듯 늘어선 여자들 중 한 명을 골라 호텔방으로 데려갔다.

차동원은 그날도 여느 날과 다름없이 눈에 들어온 여자를 골라 호텔방으로 올라갔다. 여자에게 먼저 샤워를 하라고 시킨 후, 습관대로 TV를 켜고 침대에 느긋하게 누워 술을 한잔 따라 마셨다. 그때 갑자기 어디선가 거센 바람이 불어오며 방문이 열렸다. 바람은 곧 그쳤고 방문도 저절로 닫혔다. 하지만 차동원이 사라졌다. 침대 위 그가 누워있었던 구겨진 흔적만 남긴 채. 샤워를 마치고 나온 여자는 차동원은 없지만 소지품은 그대로인 것을 보고 잠시 나갔나 싶어 소파에 앉아 TV를 봤다.

TV에서는 50대 검사의 실종에 대한 뉴스가 나오고 있었다. 모자이크 처리된 남자의 인터뷰가 나왔다. 자막에 '검사의 운전수 ○○○씨'라고 쓰여있다.

"그날 밤 제가 분명히 댁 앞에 내려드렸거든요. 대문 열고 들어가는 것까지도 다 봤어요. 하늘에 맹세코 진짜에요. 대문 열고 잘 들어가는 걸 이 두 눈으로 똑똑히 봤단 말이에요. 그런데 집 안으로 들어가지 못하고 사라졌다니, 귀신이 곡할 노릇이에요."

황당해하는 운전수의 인터뷰에 이어 기자의 리포트가 이어졌다. 기자는 고급 단독주택 대문 앞에서 시작해, 대문을 열고 정원에서 집 현관문으로 이어지는 길을 걸어가며 리포팅했다.

"보시다시피 대문에서 현관까지의 거리는 약 60미터입니다. 운전수의 증언에 따르면 한지훈 검사는 대문에서 현관까지 걸어가는 이 길에서 사라졌다는 겁니다. 가족은 실종 수사를 의뢰했으나 경찰은 집안에서 벌어진 점, 성인 남자라는 점 등을 들어 실종이라 단정을 내리긴 어렵다는 의견을 밝혔습니다."

어두컴컴한 반지하 방에 갇힌 20대 여자도 작은 휴대용 TV를 통해 한지훈 검사의 실종에 대한 뉴스를 봤다. 여자에게는 채널을 선택해 볼 수 있는 자유가 없었다. 그녀를 납치해 여기에 가둔 남자는 천장에 휴대용 TV를 매달아 놓고 여자가 봐야 할 뉴스가 나올 때만 TV를 켰다. 얼마 전 만 스물여섯 살이 된 여자는 한지훈 검사와 일면식도 없을뿐더러 그에 대해 아는 것도 하나 없지만 여자를 가둔 남자는 여자가 한지훈 검사의 뉴스를 보기를 원했다.

여자는 멍하니 뉴스를 보다가 손가락을 꼽아봤다. 이곳에 갇힌 지 며칠이나 됐나 세어보려 했지만 밤낮의 구분이 되지 않아 얼마가 지났는지 헷갈렸다. 이곳에 오게 된 날은 대학원 논문 심사를 얼마 안 남긴 날이었다. 일정이 급해 도서관에서 늦게까지 공부하다 나와 집에 가려던 참이었다. 주차장으로 걸어가는데 어디선가 나타난 커다란 개가 여자에게 다가와 꼬리를 흔들며 살랑거리기에 주인을 찾아주려 주위를 두리번거렸는데 갑자기 뭔가가 목을 내리쳐 기절했고 깨어나 보니 여기, 반지하 방이었다. 작은 등이 희미하게 밝히고 있는 방은 철제 침대와 천장에 달린 TV, 세면대와 변기까지 갖춰져 있는 교도소 독방 같았다.

여자를 가둔 남자는 삼시 세 끼 밥을 가져다주는 것 외에 아무런 말도, 요구도 하지 않았다. 식판에 밥과 국, 반찬이 있는 밥을 가져다주고 여자가 밥을 다 먹으면 빈 식판은 그때 여자를 꼬셨던 개가 와서 가져갔다. 개는 여자가 밥을 남기면 식판을 가져가지 않고 그 자리에 앉아 여자가 밥을 다 먹을 때까지 기다렸다. 여자가 식판을 깨끗이 비우면 칭찬이라도 하듯 컹, 한번 짖고 식판을 가져갔다. 남자와 개의 강요로 여자는 밖에서도 안 하던 하루 세 번의 식사를 꼬박꼬박했다. 잡혀 왔던 처음에 여자는 밥을 거부하며 반항했는데, 남자의 가벼운 주먹질에 철문이 종잇장처럼 뚫리는 것을 보고는 기가 질려 반항을 멈췄다. 이유도 모른 채 갇힌 여자는 두려움과 공포를 애써 달래며 중얼거렸다.
"괜찮아, 아빠가 구하러 올 거야. 아빠가 곧 올 거야."
하지만 여자를 구하러 오는 아빠의 소리는 들리지 않고 여자를 감시하는 개의 컹컹, 짖는 소리만 불안하게 들렸다.

호텔방에서 사라진 차동원은 어느 어두컴컴하고 지저분한 창고 안, 의자에 묶여 있었다. 정신을 잃고 있던 차동원은 정신을 차리자마자 자신의 상황을 깨닫고는 몸부림치며 소리를 질러댔다.
"씨발, 누구야? 어떤 새끼야"
창고 한편의 어둠 속에서 한 남자의 서늘한 목소리가 들려왔다.
"아직도 큰소리칠 여유가 있나 보네? 네가 왜 여기 묶여 있는 것 같나?"
"돈 때문이겠지. 얼마면 돼? 10억? 20억? 그깟 돈 줄 테니까 풀어. 당장 풀라고!"
차동원의 세계는 돈으로 움직였다. 돈이면 죽은 사람은 못 살려도, 살아있는 사람은 죽이든 살리든 굴종시키든 꺾어버리든 뭐든 다 가능했다.
"돈이라…. 아직도 돈이면 다 네 마음대로 움직일 수 있다고 생각하나 보군."
"돈이 아니면 뭔데?"
"묶여있는 게 답답해도 참아. 오래 걸리진 않을 거야. 곧 네 차례가 올 거거든."

소리를 지르며 발악하던 차동원은 남자의 말에 조용해졌다. 남자의 말보다 말끝에 들리던 옅은 웃음소리 때문이었다. 차동원은 자신을 납치 감금한 이유가 돈 때문이 아님을 깨달았다. 평생 돈의 위력을 만끽하며 돈으로 모든 것을 해결해 온 차동원은 돈으로 해결할 수 없는 존재 앞에서 태어나서 처음으로 공포를 느꼈다.

그대 이름은

주말 내내 내리던 비가 그치고 말갛게 씻긴 파란 하늘이 드러났다. 상은은 계속 낙원파를 주시했지만, 분주한 움직임과 달리 어떤 범법 행위도 저지르지 않았다. 슬슬 잘못 짚은 게 아닌가 의심이 들 무렵, 한 통의 신고 전화가 걸려 왔다. 뒷산에서 남자 시체가 발견됐다는 것이다.

사체를 발견한 목격자는 새벽에 약수터로 가던 중 흙 속에서 뭔가 희여멀건한 게 보여서 가봤더니 시체의 손가락이었다고, TV에서나 봤지 실제로 목격하게 될 줄은 몰랐다고 진서리를 치며 증언했다. 주말 동안 내린 비에 흙이 쓸려 가며 흙 속에 묻어둔 사체가 드러난 것 같았다. 범인은 시체가 금세 발견되기를 바란 양 깊이 파서 묻지도 않았다. 그렇게 발견된 시체는 50대 중반의 남자였는데, 신원 확인 결과 가족이 실종 의뢰를 했던 한지훈 검사임이 밝혀졌다.

실종 수사에 미온적이었던 경찰은 실종 대상이 암매장된 시체로 발견되자 화들짝 놀라 수사에 열과 성을 다했다. 행적을 추적하고 통화목록을 살피고 원한 관계를 탐문했다. 그 결과 한지훈 검사가 실종되기 전 낙원파 두목 강양은과 수 차례 통화했음을 알아냈다.

상은과 이형사는 용의선상에 오른 강양은을 불러 조사하며 그의 최근 수상한 움직임에 대한 의문도 풀려했는데 강양은은 경찰 소환을 무시했다. 불러도 오지 않아 강제로 연행하려 하자 극렬하게 반항하며 저항했다. 비교적 경찰에 협조적인 평소의 태도와는 완전히 달랐다. 강양은은 이형사가 꺼내든 총 앞에서도 저항을 멈추지 않았고, 마침내 결박돼 경찰서로 연행되는 과정에서도 놔달라며 미친 듯이 몸부림을 쳤다. 강양은의 반응에 이형사는 강양은이 한지훈의 살인자임을 확신했다. 하지만 살인 방법이 이해되지 않았다. 부검 결과에 의하면, 한지훈은 경추가 꺾여 죽었다.

"뭔가에 부딪치거나 맞은 거 같지는 않고, 단번에 경추가 꺾였어요. 그런데 인간의 힘으로는 이렇게 한번에 경추를 꺾을 수가 없어요. 이건 인간의 힘으로 저지를 수 있는 게 아니에요."

"인간이 아니면, 범인이 곰이라도 된다는 건가요?"

이형사가 어이없어 하자 부검의가 심각한 얼굴로 대답했다.

"아뇨. 곰보다도 더 힘이 세야 할 걸요."

상은은 부검의의 말에 연우를 떠올렸다. 연우의 힘이라면 경추를 단번에 꺾는 게 가능하지 않을까? 그러면서 일련의 사건들이 연달아 떠올랐다. 머릿속을 누가 조정하는 것 같다고 했던 도박남, 거센 바람에 털린 편의점, 종잇장처럼 찢겨나간 ATM 기계들. 이건 평범한 사건들이 아니었다. 상은은 히어로즈에게 조사를 맡겼다.

상은의 지시를 받은 상배가 도박남을 만났다. 도박남은 몇 주가 지났음에도 당시의 느낌을 아주 생생히 기억하고 있었다.
"'내가 그만해야지, 더 이상 하면 안 돼'라고 생각하면 누군가가 '왜 안 돼? 넌 할 수 있어. 이번 판에는 네가 딸 거야'라고 속삭이는 것 같았어요. 옆에서 속삭이는 것 같아서 주위를 둘러봤는데 다들 도박에 열중해서 날 보는 사람은 아무도 없더라구요. 근데 머릿속에서는 자꾸 그 사람이 속삭였어요. 계속하라고. 이번에는 될 거라고, 이번에는 될 거라고.. 계속... 하....."
도박남이 땅이 꺼져라 한숨을 쉬더니 눈가를 훔쳤다.
"병원에서는 환청이라고 하더라구요. 조현병일 수도 있고 스트레스로 인한 일시적 현상일 수도 있다고..., 약을 처방해줘서 먹고 있어요. 다행히 그날 이후 그런 일은 없었어요."
상배는 도박남의 혼란스러운 생각들을 읽고 그가 진실만을 말하고 있음을 확인했다.
연우는 잘게 찢어진 ATM 기계들을 보다가 직접 찢어보기도 했다. 철판을 그렇게 잘게 찢는 것은 연우도 쉽지 않았다.
"이렇게 만든 사람은, 사람인지는 아직 모르겠지만 적어도 나만큼 힘이 셀 거야. 어쩌면 나보다 더 힘이 셀 수도 있고."
편의점과 ATM, 검사의 시체가 발견된 장소들을 모두 둘러본 여름은 확신할 수는 없지만 사건 현장에서 비슷한 냄새가 난다고 했다.

"사건 일어난 지가 꽤 돼서 남아있는 냄새가 거의 없긴 한데, 희미하게 남아있는 냄새들이 비슷해. 살짝 톡 쏘는 냄새에 싸구려 비누향이 섞인 냄새. 왜 있잖아, 공중 화장실에 있는 비누냄새."

"세 장소의 냄새들이 비슷하다는 건 세 사건의 범인이 동일인이라는 거야?"

상은이 묻자 여름은 잘 모르겠다는 듯 어깨를 으쓱했다.

"그럴 수도 있고 아닐 수도 있고. 비슷한 냄새가 나는 거 말고는 나도 모르겠어. 범인을 밝히는 건 경찰이 할 일이지."

"그래, 그건 내가 할 일이지."

상은은 고개를 끄덕이며 경찰서로 돌아왔다.

여름의 말을 따라, 일련의 사건들에 공통점이 있는지 살펴봤지만 어떤 공통점도 찾을 수 없었다. 이형사는 세 사건이 동일범의 소행일 수 있다는 상은의 말에 크게 코웃음을 쳤다. 수사의 기본도 모르는 헛소리라 일축했지만 상은은 포기하지 않았다. 시간 낭비하지 말라는 이형사의 지시를 무시하고 잠자는 시간을 쪼개가며 세 사건을 조사하고 또 조사했다. 편의점과 ATM 주변의 CCTV를 몽땅 가져와 보고 또 보고, 주변 탐문을 하고 할 수 있는 건 다 했다.

그럼에도 아무런 단서를 찾지 못해 답답해하던 때, 세다까의 영상이 또 올라왔다. 세다까를 구독하고 알림 설정까지 해놓은 상배는 세다까가 라이브 방송을 한다는 알림에 히어로즈를 집으로 소집해 같이 시청했다.

이번 영상은 지난번과는 달랐다. 지난번 영상들에서 세다까는 화면에는 등장하지 않고 목소리로만 영상을 해설했었다. 검정 복면을 쓴 남자가 무시무시한 초능력을 발휘하는 영상에 "자, 지금부터는 바위를 가루로 만들어보겠어." "과연 이 커다란 나무를 한 번의 타격으로 부러뜨릴 수 있을까?" 등 성우처럼 내레이션만 했었다. 하지만 이번에는 직접 카메라 앞에 모습을 드러냈다. 쾌걸 조로처럼 눈가를 가린 마스크를 써 얼굴 일부를 가리기는 했지만 세다까가 모습을 드러낸 것은 처음이었다.

"어이, 동지들. 내가 오늘은 진짜 재밌는 거 보여주려고. 다른 데서는 절대 볼 수 없는, 한 번도 못 본 것들일 거야. 자, 즐길 준비됐나? 준비됐음 호응 좀 해봐."

세다까의 멘트에 호응하는 댓글들이 올라왔다. 그새 구독자가 늘어나 댓글 올라오는 속도가 꽤 빨랐다. 흐뭇하게 미소 지으며 댓글을 읽던 세다까가 갑자기 짜증을 냈다.

"하 참, 허접한 CG로 떡칠한 영상 그만 올리라는 댓글들이 또 올라오네. 그동안 내가 올렸던 영상들 보고 CG라는 둥 AI라는 둥 말 같지도 않은 헛소리를 꾸준히도 지껄여 대던데, 난 그딴 거 할 줄도 모르고 할 마음도 없거든? 일일이 반박하기도 귀찮고 해서 이거나 보여주려고. 이것도 CG 같은지 동지들이 보고 판단해 봐."

세다까가 영상 하나를 띄웠다. 빠른 비트의 음악에 2000년대 뮤직비디오 스타일로 화려하게 편집한 영상이 플레이됐다. 영상에는 바람처럼 편의점을 털고 ATM 기계를 종잇장처럼 찢더니 호텔 방에서 차동원을 납치하고 한지훈의 집 정원에서 한지훈의 경추를 꺾어 데리고 가는 중년 남자가 찍혀있었다. 최근 벌어진 사건들이다. 어마어마한 괴력과 빠른 스피드로 범죄를 저지르는 중년 남자는 지난번 영상에 등장했던 복면 남자와 움직임이 같았다.

경악한 상배가 상은에게 연락하는 사이, 구독자들이 역시 CG라며, 어디서 구린 CG 영상을 퍼와서 클릭 장사를 하냐는 댓글들을 달았다. 댓글을 읽던 세다까가 킬킬거리며 웃었다.

"아니, 이렇게까지 다 보여줬는데도 그런 소리를 하면 내가 뭘 더 어떡해야 하나? 아, 모르겠다, 믿든지 말든지."

킬킬거리며 댓글들을 읽던 세다까는 비겁하다고 비난하는 댓글에 발끈했다.

"내가 비겁하다고? CG 아니고 진짜면 얼굴 까고 실명 인증하고 우기라고? 씨발, 웃기네. 비겁한 게 누군데? 내가 다 참아도 비겁하단 소리는 못 참겠다."

욕을 퍼붓던 세다까가 문득 욕을 멈췄다. 한동안 정면을 응시하더니, "그래, 못할 것도 없지. 오케이, 잘 봐라, 새끼들아."

세다까가 쓰고 있던 마스크를 벗어 얼굴 전체를 노출했다. 영상 속 중년 남자. 괴력과 스피드를 지닌 남자, 세다까가 불타는 눈으로 정면을 보며 말했다.

"검사 새끼 죽인 거, 나야. 뼈째 씹어도 시원찮을 차동원 씨발놈 납치한 것도 나. 지금 경찰들 골머리 앓게 하는 사건들, 불가사의한 사건들 다 나야. 내가 왜 그런 짓들을 벌였냐고? 그거야 씨발, 이 나라가 엿같으니까. 돈 많은 새끼 권력 쥔 새끼들끼리 짬짜미 먹고 온갖 구린 짓은 다 해쳐대도 되는 게 이 나라야. 힘없고 가진 것 없는 자들 짓밟는 개같은 것들.

그런 것들 내가 다 싸그리 잡아 죽일 거야. 씨발 것들, 다 좆까라 그래!"
세다까는 소리를 지르며 주먹을 휘둘렀다. 세다까의 주먹에 생수병, 재떨이 등의 물건들이 공중으로 떠올랐다 동시에 폭탄처럼 터졌다. 실시간 라이브로 세다까의 초능력을 목격하자 댓글창이 폭발했다. 인간의 능력을 월등히 뛰어넘는 초능력으로 사회에 엿을 날리는 세다까는 단숨에 가진 것 없는 자들의 아이돌이 됐다. CG라고 비웃던 댓글들이 밀려나고 순식간에 그 자리에서 세다까의 팬클럽이 결성돼 열렬히 그를 추앙하기 시작했다.

세다까의 라이브 방송이 끝난 후, 히어로즈는 모두 할 말을 잃었다. 한동안 침묵이 흘렀다. 바늘 떨어지는 소리도 들릴 것 같은 침묵 속에서 연우가 갑자기 아! 작게 감탄사를 내뱉었다. 히어로즈의 시선이 모두 연우에게 쏠렸다.
"저 남자, 누군지 알겠어."
연우의 말에 무호가 답했다.
"세다까잖아."
"아니, 우리 저 남자 만난 적 있어."
연우가 답답한 듯 히어로즈를 둘러봤다.
"기억 안 나? 그날 밤, 별들이 뭉쳐서 빛을 쏟아내기 전에 편의점에서 술 마실 때, 대영이가 노숙인에게 맥주 줬었잖아. 그 노숙인이 세다까야."
"설마... 진짜?"
여름이 못 믿겠다는 얼굴을 하자 연우가 다시 설명했다.

"니들 나 눈썰미 좋은 거 알지? 나 서비스업에 종사하면서 생긴 직업병이 한번 본 사람은 웬만해선 절대 안 까먹는 거야. 대영이가 건네는 맥주를 받을 때, 그 남자 손을 봤거든. 손목에 특이한 문신이 있어서 눈길이 갔었는데, 세다까 손목에도 같은 문신이 있어."

"문신이야 같을 수도 있지."

대영의 말에 연우가 녹화된 세다까의 영상을 돌려 세다까의 손목 문신을 모두 확인하게 했다. 어린아이가 낙서한 것 같은 삐뚤삐뚤한 꽃 모양의 문신은 확실히 특이했다.

"이런 문신은 절대 흔하지 않아. 그리고 저 남자 눈썹, 눈매, 입가의 주름 모양, 확실해. 그 노숙인과 세다까는 동일인이야."

"그날 밤, 우리에게만 초능력이 생긴 게 아니었구나."

상배가 낮게 탄식했다.

나는 너를 파괴할 권리가 있다

그날 밤, 노숙인 이동구는 대영에게서 얻은 맥주 두 캔을 마신 후 죽기로 결심했다. 충동적인 결심이 아니었다. 오래전부터 생각했던 것이었고 이제는 더 이상 비루한 인생을 버텨낼 힘이 없었다. 모든 것을 놓고 죽기로 결심하자 만두가 걸렸다. 태어난 지 얼마 안돼 버려진 새끼강아지를 주워서 같이 산지 벌써 3년이 됐다. 3년 동안 둘은 한시도 떨어진 적이 없었다. 매일 24시간을 함께 한 만두는 이동구의 유일한 가족이자 친구였다. 이동구는 자신이 죽으면 만두는 어떻게 될지 걱정이 됐다. 자기만 바라보는, 자신에게 온 삶을 맡긴 하나뿐인 가족. 이동구는 만두를 품에 꼭 안았다. 똑똑한 아이이니 굶어 죽지는 않을 거라고 생각했다. 운이 좋으면 좋은 가정에 입양이 될 수도 있을 것이다. 그렇게 생각을 정리한 이동구는 죽기 위해 공원으로 갔다.

좀 전에 맥주를 나눠줬던 젊은이들이 공원에도 있었다. 이동구는 시시껄렁한 얘기를 하며 낄낄거리는 젊음을 잠시 지켜보다 최대한 그들에게서 멀리 떨어져 공원 한구석 나무 그늘 속으로 숨어 들어갔다. 걱정 없이 행복해 보이는 젊은이들에게 자신의 불행을 전염시키고 싶지 않았다. 마지막으로 자신에게 선의를 베풀어준 그들에게 그 정도의 배려는 해야 할 것 같았다.

조용히 나무에 줄을 걸고 밤하늘을 바라봤다. 죽음을 앞둬서인지 지난 인생이 주마등처럼 지나갔다. 아내와 딸과 함께 행복했던 시절, 성실히 일하고 노력했던 날들을 지나 그날의 사건이 떠올랐다. 단 하루도 잊은 적 없는 그날의 사건. 이동구는 이렇게 삶을 끝내야 하는 게 너무도 억울하고 분통이 터졌다. 이 정의롭지 못한 세상을 망하게만 할 수 있다면 뭐든 할 수 있을 것 같았다. 악마에게 영혼을 팔아야 한다면 열두 번도 더 기꺼이 팔 수 있었다. 하지만 이동구에게는 힘이 없었고, 자신의 의지로 할 수 있는 것은 죽음 하나뿐이었다.

비통한 좌절 속에 나무에 건 줄에 고개를 집어넣으려 하는데, 밤하늘의 별들에게 눈이 갔다. 별들이 수상하게 움직이고 있었다. 이동구는 별들의 움직임에 정신이 뺏겨 죽음도 잠시 미뤘다. 이동구가 넋 놓고 바라보는 동안 별들은 더욱더 수상하게 움직이더니 하나로 뭉쳤고 곧 하얗게 빛이 터지며 부서져 이동구를 덮쳤다.

하얀 빛 속에 기절했던 이동구는 다음 날 새벽에 깨어났다. 다섯 명의 젊은이들이 죽은 듯 잠들어 있는 것을 보며 조용히 공원을 빠져나왔다.

"오늘 밤에 다시 해봐야겠어."

'안 돼요. 제발 나 혼자 두고 가지 말아요.'

이동구가 혼잣말을 하는데, 어디선가 대답이 들렸다. 어디서 들리는 소리인지 찾던 이동구는 만두를 내려다봤다. 만두가 눈물이 고인 슬픈 눈으로 이동구를 바라보고 있었다.

"네가 대답한 거야?"

만두를 보며 중얼거리던 이동구가 '내가 미쳤나보다' 하는데 만두가 컹컹 짖었다. 이동구는 만두가 짖어대는 컹컹 소리가 다 이해가 됐다.

"나 두고 아빠 혼자 가면 나도 따라 죽을 거에요. 살아도 같이 죽어도 같이. 그러기로 약속했잖아요."

이동구는 자신을 바라보는 만두의 애틋한 눈을 보다가 만두를 껴안고 오열했다.

"미안하다. 미안해. 내가 잘못했어."

만두 때문에 다시 살기로 결심한 이동구는 처음에는 만두와의 깊은 유대감으로 만두의 말을 이해하게 된 줄 알았다. 그런데 만두의 말만 알아듣게 된 게 아니었다. 시끄럽게 재잘대는 새들의 지저귐이 무슨 말인지 알아들었다. 길고양이가 하는 말도, 이 나무에서 저 나무로 옮겨 다니는 다람쥐의 말도, 하다못해 벌레들이 보내는 신호까지도 다 이해가 됐다. 사람들의 눈을 보자 그들의 생각도 읽혔다.

이것만으로도 놀랄 일인데, 몸까지 이상했다. 지긋지긋하게 따라다니던 통증들이 다 사라지고 삐걱대며 소리를 질러대던 관절들이 기름칠이라도 한 것처럼 유연해졌다. 앉았다 일어설 때마다 자동으로 따라붙던 아구구, 하는 신음소리도 사라졌다. 마치 10대 시절도 돌아간 듯 기운이 넘쳤다. 온몸 구석구석에서 힘이 불끈불끈 휘몰아치는 것처럼 근질근질하더니 힘이 세졌고 빨라졌다. 멀리서 떨어지는 바늘 소리가 들렸고 만두보다도 먼저 음식 냄새를 맡았다.

이동구는 자신이 미친 줄 알았다. 마침내 현실 세계를 떠나 나만의 세계로 도피한 줄 알았다. 그러다 한 남자와 시비가 붙었는데 살짝 밀기만 했는데도 남자가 멀리 날아가 나뒹굴었다. 그걸 본 이동구는 자신의 변화가 자신만의 세계에서 벌어진 일이 아님을 깨달았다.

자신에게 왜 이런 일이 생겼는지 궁금해하던 이동구는 다섯 명의 젊은이들을 다시 공원에서 발견하고 그들이 하는 이야기를 몰래 엿들으며 그날 밤, 자신과 다섯 명의 젊은이들에게 초능력이 생겼음을 알았다.

이동구는 다섯 명의 젊은이들을 따라다니며 그들에 대해 알아보고 무호의 SNS를 팔로우해 그들의 능력이 어느 정도이지 가늠하는 한편, 자신의 능력에 대해서도 파악했다. 길고양이와 사냥감을 두고 경쟁해서 이길 만큼 빨랐고, 산다람쥐보다 더 빨리 산을 오르내릴 수도 있었다. 장정 다섯 명이 붙어도 꿈쩍 안 할 바위를 공깃돌처럼 가볍게 들어 올릴 수도 있었다. 생각만으로 물건을 움직일 수 있었고, 사람들의 머릿속 생각을 읽고 그들의 생각을 조정할 수도 있었다.

이동구는 자신의 능력이 다섯 명의 능력을 합친 것보다 훨씬 더 강력하다는 것을 알게 되자 세상 무서울 것이 없어졌다. 힘을 가지게 되자 생각나는 것은 단 하나. 복수였다. 나를 이렇게 만든 놈들에게 복수하자. 정의롭지 못한 세상에 복수를 하자.

세다까가 다시 라이브방송을 예고하자 히어로즈와 상은이 모였다. 상은은 히어로즈를 통해 일련의 사건들이 세다까라는 유튜버이자 노숙인이었던 이동구가 벌인 짓임을 알게 된 후 편의점에서 가져온 CCTV를 최대한 느리게 플레이해서 다시 봤다. 프레임 하나하나씩 보자 이동구의 형체가 희미하게 보였다. 상은은 왜 진작에 느리게 보지 않았는지 후회하며 최반장에게 보고했지만 반장은 세다까의 영상을 보면서도 믿지 않았다.

"요즘 세상이 어떤 세상인데. AI가 딥페이크로 별의별 걸 다 만들어내는 세상이야. 이런 말도 안되는 쓸데없는 거나 뒤지지 말고 일 좀 하자. 강양은 불었어? 아직도 아무 말 안 하고 버티고 있지? 강양은이나 제대로 취조하라고. 하, 답답하네."

상은의 보고에 최반장은 버럭댔고 이형사는 고개를 절레절레 흔들었다. 그럼에도 상은은 포기하지 않고 세다까의 라이브방송 예고가 뜨자 같이 보자고 했고, 자기 말을 무시하는 상은에게 열받은 최반장은 이형사에게 상은을 끌어내라고 했다. 그래서 상은은 경찰서가 아니라 집에서 히어로즈와 함께 세다까의 라이브방송을 볼 수밖에 없었다.

세다까, 그러니까 이동구의 라이브방송이 시작됐다. 어느 창고 한가운데 의자에 꾀죄죄한 차동원이 묶여있고, 그 옆에 이동구가 서 있다. 이동구가 재판관처럼 엄숙하게 말했다.

"20년 전 사건에 대해 고백해."

"뭐... 뭐...를 고백하라는 건지 모르겠는데...."

차동원이 모르겠다고 하자 이동구가 가볍게 차동원의 목을 쥐었다. 달걀을 쥐듯 가볍게 쥔 것 같은데 차동원이 죽을 듯 켁켁거리며 발버둥을 쳤다.

"마... 마...말할...게요."

차동원이 힘겹게 말하자 이동구가 쥐었던 목을 놔줬다.

"20년 전에... 그러니까... 20년 전에... 미안한데, 나 정말 생각이 안 나. 뭔지 모르겠지만 내가 미안합니다. 내가 다 잘못했습니다."

이동구는 차동원이 정말 20년 전 일을 기억하지 못하는 것을 알았다. 그러자 더 격렬한 분노가 치솟았다. 이동구의 삶을 송두리째 망가뜨린 그 일이 차동원에게는 기억에도 남지 않을 아무 일도 아니었다. 이동구가 들끓는 눈을 한 채 차동원의 머리통을 쥐고 꺾자 차동원은 단말마의 비명도 지르지 못하고 즉사했다.

이동구가 광기 어린 눈으로 카메라를 응시하며 말했다.

"이건 살인이 아니다. 이 자가 저지른 죄에 대한 처벌이다. 정의와 진실을 위하여 내가 이 자를 처단했다."

실시간으로 살인을 지켜본 사람들은 모두가 경악했지만 반응은 둘로 나뉘었다. 살인자 이동구를 비난하고 욕을 하는 사람들과 이건 살인이 아니라 대한민국 사법 시스템을 대신한 처벌이라고 옹호하는 사람들.

라이브방송을 본 사람들의 신고가 경찰서로 빗발쳤다. 이형사는 라이브 방송 댓글에 달린 주소로 달려가 죽어있는 차동원을 직접 확인하면서도 상은의 말을 믿을 수 없었다. 아니, 영화도 아니고 CG도 아니고, 인간에게 그런 초능력이 있다는 게 말이 되냔 말이다.

구치소에 갇힌 채 풀어달라 난동을 피워대던 강양은은 차동원이 라이브방송으로 공개 처형당했다는 소식을 듣고는 난동 부리던 것을 멈췄다. 그리고 잠시 후 모든 것을 자백하겠으니 기자들을 불러달라 요구했다.

"경찰 조사에나 응하시지."

이형사가 강양은의 요구를 무시하자 강양은은 이형사 앞에 무릎을 꿇고 빌며 머리를 조아렸다.

"제발, 부탁드립니다. 그러지 않으면 제 딸이 죽게 될 겁니다."

강양은은 바닥에 머리를 찧으며 간절함을 드러냈다.

그동안 강양은이 자신의 구역을 벗어나 여기저기 휘젓고 다녔던 것은 실종된 딸을 찾기 위해서였다. 하지만 딸의 행방은 묘연했고 어떤 단서도 얻을 수 없었다. 속이 타 미칠 지경에 이르렀을 때 딸의 핸드폰으로 문자가 왔다.

'20년 전의 죄를 자백하라.'

문자를 본 순간 강양은은 이동구가 자신의 딸을 납치했음을 알았다. 이동구에게 연락해 찾아가려고 할 때 한지훈의 시체가 발견됐고, 강양은이 용의자로 몰려 체포되며 딸을 찾아갈 수 없었다. 강양은은 그래도 이동구가 딸을 죽이지는 않을 거라는 실낱같은 희망을 품고 있었다. 그가 아는 이동구는 벌레 하나 죽이지 못하는 선하고 마음이 따뜻한 사람이었다. 옥살이를 했고 세월이 흘렀다 해도 선한 본성이 크게 달라지지는 않았을 거라 믿었다. 아니, 믿고 싶었다. 그런데 이동구가 라이브 방송으로 차동원을 공개 처형했다. 이동구가 자신의 딸마저 죽일 수 있겠다는 생각이 들자 강양은은 돌아버릴 것 같았다.

머리에서 피가 철철 흐르는데도 강양은은 머리 찧기를 그만두지 않았다. 강양은은 너무도 절실해 보였고, 그의 딸이 죽을 지도 모른다는 소리에 이형사는 최반장과 의논 후, 강양은의 요구대로 기자 몇 명을 부르고 라이브 방송도 허락했다.

기자들 앞에 선 강양은은 차분하게 입을 열었다.
"지금 벌어지는 일들은 모두 20년 전 사건에서 비롯된 것입니다."
20년 전, 강양은은 서울 모처의 고급 룸싸롱에서 웨이터로 일을 했고, 차동원은 룸싸롱 단골고객이었다. 당시 20대 초반의 차동원은 젊고 혈기왕성한 만큼 성격이 더 개차반이었는데 그런 개차반 성격은 여자를 대할 때 특히 두드러지게 나타났다. 자신의 말을 듣지 않으면 폭력을 휘둘렀고 강제로 변태적인 관계를 맺으려 했다. 룸싸롱의 여자들은 그런 차동원의 성질을 잘 알아 그가 아무리 돈을 많이 줘도 피했고, 그래서 차동원의 상대는 늘 아무 것도 모르는 새로 온 신입이었다.

그날도 차동원은 하던 대로 함부로 신입을 대했다. 놀란 신입이 반항하며 도망치려 하자 차동원은 더욱 심하게 구타했다. 골프채를 휘둘러 신입을 쓰러뜨리고 발길질을 해댔다. 그래도 신입이 어떡하든 벗어나려 발버둥을 치자 차동원은 다시 골프채를 크게 휘둘렀는데, 그게 불행히도 신입의 머리를 가격했다. 신입은 응급처치할 틈도 없이 즉사했다.

차동원이 있던 방에 서빙을 간 강양은이 그 현장을 목격했고 경찰에 신고하려 했다. 하지만 차동원이 막무가내로 막으며 아버지에게 SOS를 쳤다. 돈으로 모든 것을 해결해 온 아버지는 자신이 돈을 줘 공부시킨 검사 한지훈을 불러 사건을 해결하게 했다.

현장에 온 한지훈은 사고사로 조용히 처리할 수 없음을 깨닫자 때마침 주류 배달을 온 이동구를 가짜 범인으로 만들었다. 목격자인 강양은은 돈으로 매수했다. 어린 딸의 수술비가 필요했던 강양은은 거액의 돈을 주겠다는 회유에 넘어가 자신의 죽마고우를 범인이라 증언했다. 강양은의 증언이 결정적 증거가 돼 아무 죄 없는 이동구가 살인범으로 구속되었다. 다섯 살 어린 딸과 아내와 함께 행복하게 살고자 성실히 일하던 이동구는 하루아침에 살인자가 돼버렸다.

"모두 제 탓입니다. 제가 무고한 친구를 범인으로 만들었습니다. 이동구는 억울한 피해자입니다. 미안하다. 동구야. 내가 다 잘못했다. 날 죽여도 좋지만 제발 내 딸만은 살려주라. 내 딸은 아무 잘못이 없잖아. 날 죽이고 내 딸을 살려줘."

모든 고백을 마친 강양은은 어디선가 자신의 자백을 보고 있을 이동구에게 애원했다.

이동구는 납치한 강양은의 딸 은지와 같이 강양은의 라이브방송을 지켜봤다. 물론 은지는 갇혀있는 반지하방 천장에 매달린 작은 TV로 봤고 이동구는 다른 장소에서 CCTV로 라이브 방송을 보는 은지를 지켜봤다. 아버지의 고백을 본 은지는 충격을 받은 것 같았다. 이동구는 은지를 보며 자신의 딸을 생각했다. 20년 전 이동구의 딸과 은지는 꽤 자주 어울려 놀았었다. 둘이서 사이좋게 소꿉장난을 하던 모습이 눈에 선했다.

억울한 옥살이였지만 그래도 이동구는 다시 가족에게 돌아갈 날을 손꼽으며 성실하게 복역했다. 아내는 면회를 오지 않았지만 이동구는 이해했다. 넉넉한 형편이 아니고 의지할 데도 없으니 딸과 함께 먹고 살려면 면회 올 시간도 없을 것이다. 이동구는 하루라도 빨리 가족을 만나기 위해 노력했고 모범수로 인정받아 조금 빨리 퇴소할 수 있었다. 퇴소 후 이동구는 이곳저곳 수소문해 아내와 딸의 행방을 찾았는데, 이동구가 맞이한 현실은 처참했다.

이동구가 형을 사는 사이 아내는 살인자의 가족이라는 손가락질을 받다 충격과 스트레스를 이기지 못해 병을 얻어 죽었다. 아내가 죽은 후 홀로 남겨진 딸은 보육원으로 보내졌다. 이동구는 딸이 있다는 보육원을 찾았지만, 보육원에는 딸이 없었다. 이동구는 딸을 찾는 한편 다시 일자리를 찾으려 했지만 살인 전과자가 취직할 곳은 없었다. 딸을 찾을 수 없고 일도 할 수 없게 된 이동구는 조금씩 삶을 놨고 그러다 노숙인이 됐다. 노숙인으로 떠돌면서도 딸의 행방을 찾았지만 딸은 어디에도 없었다. 모든 것을 놓고 죽기를 각오했던 밤, 미치도록 아내와 딸이 보고 싶었다.

이동구는 세상이 원망스러웠다. 성실하게 산 죄밖에 없는데 왜 이런 고통을 겪어야하는지 분노가 일었다. 친구라고 믿었던 강양은만 아니었다면, 그가 거짓 증언만 하지 않았다면 이런 일이 생기지 않았을 것이다. '강양은이 자신의 딸 은지를 살리기 위해 내 딸과 아내를 죽였다.' 이동구는 은지를 죽여 자신이 겪은 고통을 강양은도 똑같이 느껴보기를 원했다. 이동구는 자신에게는 강양은을 파괴할 권리가 있다고 생각했다.

강양은의 사죄 방송을 본 이동구가 다시 라이브방송을 켰다.

"3일 안에 내 딸을 찾아. 못 찾으면 강은지가 죽게 될 거야."

유전무죄 무전유죄

이동구의 강력한 초능력에 더해 가슴 아픈 사연까지 알려지며 이동구는 K팝 아이돌 부럽지 않은 강력한 팬클럽을 가지게 됐다. 사람들은 이동구에 관한 아주 사소한 것들, 이를테면 노숙인 시절 가장 먹고 싶었던 음식이 만두라 반려견의 이름을 만두로 지었다던가 하는, 사실인지 아닌지 알 수 없는 사소한 정보들을 알아내 공유하며 열광했다. 이동구는 누군가에게 그와 같은 열광적인 애정을 받는 것이 처음이었다. 얼떨떨해하다 곧 팬들의 열광적인 호응에 올라타서는 딸을 찾을 때까지 하루 한 번 재미있는 이벤트를 벌이겠다고 예고했다. 첫 이벤트가 열릴 장소로 구민회관을 선택했다.

히어로즈와 상은은 최반장에게 강력한 대책 마련을 요구했다. 이동구가 안타깝고 그의 행동이 이해가 안 가는 것은 아니지만, 그래도 무고

한 사람들이 피해 입어서는 안 된다.

상은은 구민회관에 경찰 특수 부대를 투입해 대비해야 한다고 했지만 최반장은 상은의 말을 무시했다. 특수 부대는 아무 데나 투입하는 게 아니라며 호들갑 떨지 말고 차분히 대응하라 핀잔을 줬다. 상은이 이동구의 영상들을 모두 보여줬음에도 최반장은 여전히 이동구의 초능력을 믿지 않았다. 대신 이동구의 딸과 강양은의 딸을 찾는 데 집중했다. 이동구가 딸을 찾으면 강은지를 풀어준다고 했지만 범죄자의 말만 믿고 기다릴 수 없어 두 딸을 찾는 수사를 동시에 진행했다.

경찰이 외면한 탓에 구민회관을 지키는 것은 히어로즈의 몫이 됐다. 지구대 경찰이 몇 명 오기는 왔지만 경찰은 구민회관을 찾은 유튜버들을 막는 것만으로도 벅찼다. 이동구의 인기를 증명이라도 하듯 많은 유튜버들이 구민회관을 찾아와 요란을 떨었다. 상은은 폴리스라인을 설치하고 신분을 확인해서 구민들만 구민회관을 이용할 수 있게 했다. 상은은 당연히 구민들의 접근까지 완전히 막고 싶었지만 구민들의 반발이 커 그들의 이용까지는 막을 수 없었다. 상은이 이동구가 구민회관을 노린다고 이용을 자제해 달라고 하면 구민들은 "이동.. 뭐요?" 라거나 "그거 다 사기 아니에요?" 라고 시큰둥하게 반응하며 무시했다. 이동구를 모르거나 이동구에 아는 사람들 모두 이동구를 심각하게 생각하지 않았다. 온라인상에서만 본 이동구의 초능력은 영화나 드라마에 나오는 초능력자처럼 현실적이지가 않았다. 온라인에 무수히 떠돌고 있는 가짜들처럼 이동구의 초능력도 그럴 거라 생각했다. 이동구에 관심 있는 것은 클릭 장사하는 유튜버들이었고, 이동구를 두려워하는 것은 상은과 히어로즈뿐이었다.

히어로즈는 구민회관에서 종일 진을 치며 이동구가 어떤 일을 벌일지 긴장한 채 기다렸다.

"수상한 냄새는 나지 않아. 폭탄을 설치하거나 그런 것 같지는 않아."

여름이 구민회관을 둘러본 후 말했다.

"우리만으로 될까? 그 사람, 연우보다 훨씬 힘이 센 것 같던데."

대영이 걱정스레 연우를 보며 말했다.

"니네 화해한 거야?"

여름이 묻자 연우가 대영을 보며 말했다.

"아니. 아직. 내가 용서를 구하는 중이야."

"아직도 화 안 풀었어? 그러면서 연우 걱정은 되는 거야?"

"화가 나는 건 나는 거고, 걱정되는 건 걱정되는 거니까."

대영의 말에 여름이 또 한마디 하려고 하는데 무호가 끼어들었다.

"조용."

무호가 집중했다. 이동구의 목소리가 들렸다. 무호가 들리는 대로 친구들에게 말했다.

"많이 기다렸지? 곧 도착할 거야."

곧 도착할 거라는 얘기에 모두의 얼굴에 긴장감이 어렸다. 앞으로 무슨 일이 벌어질지 두려웠다.

"대체 무슨 이벤트를 어떻게 벌이겠다는 거야."

상은이 중얼거리는 것과 동시에 갑자기 거센 바람이 불더니 철봉이 하나씩 뽑혀 날아가고 흙먼지가 뿌옇게 일었다. 경악하는 히어로즈의 눈

앞에 흙먼지를 뚫고 이동구가 나타났다. 이동구는 순식간에 날아올라 구민회관 옥상에 서더니 히어로즈를 내려다보며 말했다.

"이렇게 다시 만나네. 반가워, 동지들."

상은이 상배에게 속삭였다.

"무슨 생각하는지 읽어봐."

"나도 그러려고 하는데 저 사람 머릿속이 새까매. 내가 생각을 읽지 못하게 막고 있어."

상은에게 말하던 상배가 고통스레 머리를 쥐었다.

'넌 내 상대가 못돼. 너도 이 세상에 불만이 많잖아. 나와 함께 하자. 내가 네 편이 되어줄게.'

이동구의 말이 콕콕 문신이 새겨지듯 상배의 머릿속에 박혔다. 상배가 고통스러워하자 상은이 걱정스레 물었다.

"왜 그래?"

"내 생각을 조정하려고 해."

상배가 머리를 쥐고 어찌할 바를 몰라하는 사이 대영이 이동구를 잡으려 옥상으로 달려갔지만 이동구는 대영보다 빠르게 옥상에서 땅으로 내려왔다. 이동구가 손짓하자 온갖 운동기구들이 공중으로 떠올라 춤을 추듯 움직이다가 사람들을 공격했다. 이게 무슨 일인지 황당 당황해하며 멍하니 지켜보던 사람들이 운동기구들의 공격에 혼비백산해 도망치기 시작하자 이동구가 재미있다는 듯 깔깔거리며 커다랗게 웃었다. 그러자 이동구의 옆을 지키고 있던 만두도 웃는 듯 컹컹 짖었다.

대영과 연우가 은밀히 시선을 교환한 후 대영이 움직였다. 대영이 이동구의 시선을 빼앗는 사이 연우가 이동구를 공격하려는 것이었는데, 연우가 이동구를 공격하려 하자 만두가 연우에게 달려들었다. 연우가 놀라서 달려든 만두를 잡아 던지자 만두는 여름에게 떨어졌고 여름이 놀라 비명을 지르자 상배가 여름을 감싸며 만두를 떼어냈다.
"만두야."
이동구가 만두를 부르자 만두가 쪼르르 이동구에게 달려갔다. 이동구가 상은과 히어로즈를 보며 어린애 달래듯 말했다.
"오늘은 아무도 다치지 않아. 첫 번째 이벤트는 가볍게 하겠다고 약속했잖아. 난 내가 한 말은 지키는 사람이거든. 하지만 내일도 내 딸을 찾지 못하면 두 번째 이벤트는 꽤 달라질 거야. 내 말 무슨 말인지 알지?"
할 말을 마친 이동구는 등장했을 때와 똑같이 바람처럼 사라졌다.

이동구가 사라지자 히어로즈는 바닥에 털썩 주저앉았다. 긴장이 풀리며 다리도 풀렸다. 직접 겨뤄보니 확실히 알 수 있었다. 자신들은 절대 이동구의 상대가 되지 못함을. 이동구의 능력은 예상보다 더 어마어마했다. 그와 상대하다가는 목숨이 위험하거나 크게 다칠지도 몰랐다. 다들 말을 하지는 않았지만 피할 수 있다면 피하고 싶었다. 이동구고 뭐고 도망치고 싶었다. 이동구가 제대로 힘을 썼으면 어떻게 됐을지 상상도 되지 않고, 이 정도로 끝내준 게 고마울 지경이었다. 히어로즈와 상은은 패잔병처럼 서로를 의지해 집으로 향했다.
이동구과 상대하던 중 다쳤는지 연우가 어깨를 주무르자 한 걸음 뒤에서 말없이 뒤따르던 대영이 조용히 다가와 어깨를 주물러주었다. 언제

다쳤는지 대영의 얼굴에도 상처가 있었다. 연우가 손수건을 꺼내 대영의 얼굴에 배어있는 피를 닦아주었다.
"미안해."
연우가 대영에게 89번째 사과를 했다.
"언제까지 사과할 거야?"
대영이 퉁하게 물었다.
"네 마음이 풀릴 때까지. 백번이고 천번이고 하려고."
"넌 사과도 네 맘대로네. 사과를 받으라 강요하는 것도 폭력이야."
"아, 미안. 그건 생각 못했다."
연우가 미안한 얼굴로 손톱을 깨물었다.
"어떻게 해야 할지 모르겠어. 가르쳐줘. 네가 하라는 대로 할게."
대영이 연우가 손톱을 깨물지 못하게 손을 잡았다.
"하나만 약속해. 앞으로 어떤 일이 있어도 네 멋대로 날 버리지 않겠다고."
"난 널 버린 적 없어."
연우가 억울해하며 반발했지만 대영은 거듭 약속을 요구했다.
"날 버리지 않겠다고 약속해."
"약속할게."
"다치는 것도 안 돼. 약속해."
연우를 보는 대영의 눈에는 걱정이 한가득이다. 대영은 이동구와 대결하는 내내 연우가 다칠까 봐 걱정으로 심장이 터지는 줄 알았다. 대영의 마음은 고스란히 연우에게 전해져 연우의 심장을 찌르르 울리게 했다. 연우가 벅차오르는 마음을 감추려 슬며시 농담을 건넸다.

"하나만 약속하라며?"

연우의 농담에 대영의 입꼬리가 삐쭉 올라갔다 내려왔다.

"다치지 마."

"너도 다치지 마."

연우와 대영이 화해를 하는 사이, 여름은 뭔가 혼란스러운 얼굴로 상배를 흘끔거렸다. 상배가 여름을 안아 만두의 공격을 막았을 때 여름은 그 와중에도 상배에게서 피톤치드향이 난다고 중얼거렸다. 그렇게 중얼거리고 나니 언젠가 비슷한 말을 했었던 것 같은 데자뷔가 느껴졌다. 상배는 여름의 머릿속에서 일어나고 있는 혼란과 의문들을 읽었지만 차마 나서서 '그때 네가 술 먹고 그 말을 한 후 나랑 키스했다'라고 알려줄 용기가 나지는 않았다. 그렇다고 여름의 생각을 계속 읽고 있을 정도로 철면피도 아니어서 슬며시 여름의 곁에서 멀어지려 하는데 여름이 상배의 팔을 잡았다.

"나 생각났어. 우리 그때 키스."

상배가 여름의 말을 들으며 긴장해 숨이 넘어가려 할 때 상은이 끼어들었다.

"얘들아, 고기 먹자. 돼지 말고 소. 이런 날은 비싼 소를 먹어야 해. 내가 쏠게."

"오, 소고기. 역시 누나밖에 없다."

무호가 상은의 말에 반색하며 정육점집 아들답게 자신이 진짜 죽이는 고깃집을 안다며 앞장섰다. 상은이 무호 뒤를 따라가며 손짓하자 연우와 대영이 따라갔다. 상배가 누나나 친구놈이나 진짜 도움이 안된다는 생각을 하며 따라가려 하는데 여름이 잡고 있던 상배 팔을 당겼다. 멀어져 가는 상은과 친구들을 보다가 상배가 여름에게 물었다.

"왜?"

"하던 얘기는 끝내야지."

여름의 말에 상배는 침을 꿀꺽 삼켰다.

"우리 그때 키스한 거 맞지?"

상배는 자신을 똑바로 보며 묻는 여름의 눈을 응시했다. 여름은 술에 취해 자기 멋대로 키스한 것에 대해 미안해하며 사과하고 싶어 했다. 그런데 상배는 여름의 사과를 받고 싶지가 않았다.

"사과하지 마. 미안해. 내 마음대로 네 생각을 읽어서. 근데 네 멋대로 한 거 아냐. 나는..."

상배는 잠시 말을 멈췄다. 그리고 여름의 눈을 보지 않기 위해 눈을 감았다. 여름이 무슨 생각을 하는지 알기 전에 용기를 내고 싶었다.

"나 너 좋아해. 네가 벽돌 들고 정하빈에게 맞짱 떴을 때부터 좋아했어. 그렇다고 너랑 뭘 하고 싶다는 건 아냐. 그냥 한번은 너한테 내 마음을 말하고 싶었어. 그게 다야. 부담가지지 않아도 돼."

"계속 눈은 감고 있을 거야?"

여름의 말에 상배가 실눈을 뜨고 여름을 봤다. 여름이 웃고 있었다.

여름은 상배의 떡진 머리가 귀여웠다. 통장 일을 하느라 매일 동네 순찰하며 햇빛에 그을린 얼굴도 보기 좋았다. 오늘도 변함없이 입고 있는 추레한 등산복도 나름 잘 어울리는 게 나쁘지 않았다. 무엇보다 선한 마음이 만들어내는 상배의 청량한 체취가 마음에 들었다.
"연애에는 전혀 관심 없는 줄 알았는데, 모태솔로 조상배의 마음을 사로잡은 여자가 나라니 기분 나쁘지 않네. 좋아, 찬성."
"뭐를?"
상배가 얼뜨기 같은 얼굴로 물었다.
"우리 연애 하는 거."
"우리 연애 해?"
상배가 여전히 얼뜨기 같은 얼굴로 묻자 여름이 듬직한 얼굴로 말했다.
"그럼 안 해? 나 책임감 있는 여자야. 내가 너 첫 키스도 뺏었고 네 마음도 훔쳤으니까, 책임질게."
상배는 자신도 모르게 고개를 끄덕이며 헤벌레 웃었다. 여름이 고기 먹으러 가자며 상배의 손을 잡고 이끌자 이끄는 대로 따라갔다. 전쟁 중에도 사랑은 꽃피고 아이는 태어난다더니 이동구와 맞서느라 위기감 고조되는 상황에서도 사랑은 무럭무럭 자라는데...

경찰은 난리가 났다. CG인 줄 알았던 이동구의 초능력을 눈앞에서 직접 목격한 경찰들이 호들갑을 떨며 증언했고, 현장에 왔던 유튜버들이 다각도로 찍은 수십 개의 영상들이 이동구의 초능력이 조작이나 CG가 아님을 증명했다. 초능력이 진짜이고 초능력으로 어떤 일도 벌일 수 있다는 것을 알게 된 최반장은 앞으로 닥칠 일에 등골이 오싹해졌다.
그러는 중에 이동구의 딸에 대한 보고가 들어왔다. 이동구의 딸은 엄마가 죽고 보육원에 맡겨진 후 여러 곳의 보육원과 위탁가정을 전전하다 열두 살 때 사망했다. 학대 의심 정황이 있었던 것으로 보아 그 짧은 생조차 무척이나 고통스럽게 보냈던 것 같았다. 아이와 일면식이 없는 최반장도 보고만 듣고도 가슴이 이리 아픈데 아버지인 이동구가 이 사실을 알면 얼마나 괴로워할지 짐작조차 가지 않았다. 딸에 대한 소식을 이동구에게 전하고 싶지 않았지만 이동구는 라이브방송을 통해 계속해서 경찰을 압박하고 있었다. 딸을 찾지 못하면 두 번째 이벤트로 강은지를 죽이겠다 협박했다. 시간을 지체하면 또 다른 피해자가 생기게 될 상황이라, 미룰 수가 없었다.

　이동구와 연락할 길이 없던 최반장은 세다까 채널에 연락을 달라는 댓글을 남겼다. 그러자 이동구의 극성 팬들이 모두가 알 수 있게 공개적으로 말하라 요구했고, 이동구도 팬들의 요구에 호응해 댓글로 공개적으로 말하기를 요구했다. 최반장은 어쩔 수 없이 강력반 전체와 머리를 맞대고 최대한 이동구가 덜 충격을 받도록 문구를 다듬고 다듬어 딸의 소식을 알리는 댓글을 달았다.

　아무리 문구를 다듬는다 한들 그 안에 담긴 진실이 바뀌지는 않는다. 이동구는 딸이 고통스러운 짧은 생을 살고 13년 전 이미 사망했다는 것에 폭발했다. 돈으로 없던 죄도 만드는 세상, 유전무죄 무전유죄, 엿 같은 세상은 망해야 한다. 이동구는 분노를 터뜨리며 폭주했다. 댓글들이 이동구의 분노를 더 부추겼고, 다같이 부당한 세상을 향해 행동하자고 선동했다.

이동구 vs. 히어로즈

하루아침에 세상은 무법천지가 됐다. 이동구는 가게건 은행이건 눈에 보이는 대로 부쉈다. 현금수송 트럭 천장이 뜯겨 현금이 꽃잎처럼 사방 천지에 휘날리고 대형마트의 물건들이 거리로 쏟아졌다. 이동구가 휘젓고 지나간 자리에는 하이에나처럼 추종자들이 나타나 약탈하고 망가뜨렸다. 동시다발적으로 울리는 신고 전화에 남주 지구대와 경찰서 모두 정신을 차리지 못했다.

이동구를 망가뜨린 최초의 원흉인 강양은은 이동구에 대한 죄책감과 딸에 대한 걱정으로 부하들을 몽땅 동원해 경찰을 도와 이동구가 저지른 사고 뒤처리를 했지만 질서를 잡기에는 인력이 턱없이 부족했다.

히어로즈도 이 혼란스러운 상황을 정리하기 위해 적극 참여했다. 연우와 대영은 이동구가 일으킨 사건들을 해결하기 위한 현장에 투입되었다. 부지런한 이동구는 아침부터 대형 사고를 일으켰다. 신고를 받고 달려간 곳에는 대형버스가 이동구가 부숴버린 다리 위에 위태롭게 걸려 있었다. 이동구가 출근 시간을 노린 탓에 버스 안에는 사람들로 가득했다. 버스가 다리 아래로 떨어지면 수십 명의 사상자가 발생하게 될 상황, 현장으로 달려간 연우는 다리 난간에 걸려있는 버스를 들어서 안전한 곳으로 옮기려 했지만 연우가 힘을 써 버스를 당기면 부서진 난간이 더 부서져 버렸다. 할 수 없이 연우가 버스를 붙잡고 있는 사이, 대영이 버스 안으로 들어가 사람들을 구해야 했다. 대영이 최대한으로 속도를 올려 사람들을 구해낸 덕에 다행히도 버스가 다리 아래로 추락하기 전에 사람들을 빠짐없이 구해낼 수 있었다. 그러나 안도할 틈은 없었다. 이런 식의 사고가 계속해서 발생했다.

일전의 대결로 이동구의 고유 체취를 확실히 알게 된 여름이 이동구의 흔적을 추적해 따라붙으며 이동구가 사고를 치는 현장에 빠르게 도착할 수 있게 됐고, 덕분에 추종자들에게 약탈 당하기 전에 막아낼 수 있었다. 무호 역시 이동구의 소리를 추적하며 일초라도 빨리 경찰이 사고 현장에 도착할 수 있게 했다. 이동구가 움직이는 대로 동시에 따라붙어 사고를 미리 막을 수 있으면 좋겠지만 불행히도 이동구의 능력이 히어로즈보다 월등해 사고 자체를 막는 것은 불가능했다.

새벽부터 밤까지 여기저기서 동시다발적으로 정신없이 터지던 사건들이 동틀 무렵이 되자 갑자기 잠잠해졌다. 히어로즈와 경찰, 조폭들 모두 녹초가 돼 그 자리에 주저앉아 널브러졌다. 왜 갑자기 잠잠해졌는지

의아해할 힘도 없이 그저 앉아서 숨을 돌릴 수 있는 것에 안도했다. 겨우 숨을 돌리며 물 한 모금 마시려 하는데, 여기저기서 동시에 알림 알람이 울려댔다. 세다까 채널에 새로운 영상이 올라왔다는 알림이다.

다들 핸드폰을 꺼내 세다까 채널로 들어가니, 이동구가 아침 인사를 했다.

"굿모닝~! 어제는 하루 종일 흥미진진했지? 짜릿했을 거야. 그런데 그 정도로는 만족이 안 되지 않나? 우리가 누구야, 흥의 민족이잖아. 불붙었을 때 끝장나게 놀아보자. 불붙인다는 말이 나와서 하는 말인데, 세상을 다 불태워버릴까? 어때? 찬성하는 사람, 손!"

이동구가 조증 환자처럼 떠들어대더니 갑자기 진지한 얼굴로 손뼉을 쳤다.

"좋아, 집중! 지금부터 아주 중대한 발표를 할게. 어제는 맛보기였고 오늘이 진짜야. 내가 심혈을 기울여서 하이라이트를 장식할 이벤트를 준비했는데, 뭔지 궁금하지? 하, 이걸 말해줄까 말까."

놀리듯 뜸을 들이던 이동구가 기괴하게 웃으며 다시 조증 환자처럼 떠들었다.

"내가 이번만 특별히 미리 알려주지. 기대하시라, 두구두구~! 준비 되셨습니까? 두구두구두구~! 마지막 하이라이트는 바로, 바로, 별빛 불빛 축제! 당첨입니다."

이동구는 정상이 아닌 것 같았다. 광기에 번들거리는 눈빛과 격앙된 목소리에 요란한 제스처까지 곁들여 쉴 새 없이 떠들어댔다.

상은을 도와 밤새 현장 정리를 한 상배가 이동구의 영상을 보며 중얼거렸다.

"이 남자, 숨길 생각이 없어."

"무슨 소리야?"

상은이 묻자 상배가 이동구에게서 눈을 떼지 못하며 말했다.

"저번에는 내가 자기 생각을 읽지 못하도록 방해했었거든. 근데 이제는 내가 자기 생각을 읽어도 상관없다는 듯 굴어. 아니, 읽었으면 하는 것 같아."

"뭐라고 하는데?"

"세상을 끝장내 버리겠대."

상배가 두려운 얼굴로 말했다.

상은은 당장 별빛 불빛 축제를 취소해야 한다고 주장했다. 별빛 불빛 축제는 남주구 옆 동네인 대주구청 주관으로 대주경찰서 소관이었지만 상은은 지금은 관할 구역을 가릴 때가 아니라며 최반장에게 당장 구청에 축제 취소를 요청하라고 닦달했다. 상은의 닦달이 아니어도 밤새 시달린 최반장, 실시간 유튜브로 이동구의 만행을 지켜본 남주구청장, 대주구청장 등도 축제 취소를 생각하고 있었다. 거액의 예산과 노력을 들여 완성한 수백 개의 꽃 전등, 웅장한 조명 설치물들, 예쁘게 조성해 놓은 포토 스팟 등이 아까웠지만 아무리 아깝다 해도 시민의 생명에 비할 바는 아니었다.

재난 문자로 취소 공지를 알리고 구청 홈페이지에도 취소 공고를 띄웠다. 그러고도 혹시 몰라 별빛 불빛 축제가 열릴 장소에 경찰 부대를 투입해 사람들의 출입을 통제했다.

일사불란하게 축제 취소가 진행되는 사이, 상은과 히어로즈는 이동구를 막을 대책을 논의했는데, 불행히도 방법이 없었다. 이동구의 능력은 히어로즈와 비교할 수 없을 정도로 뛰어나도 너무 뛰어났다.

"아무리 능력이 뛰어나도 인간이잖아. 총으로 쏴버리면 안 돼?"

여름이 말하자 상은이 심각한 얼굴로 답했다.

"그러지 않아도 어젯밤 경찰들에게 총기 소지를 허용했었어. 여차하면 사용하라고. 근데 총을 사용하려고 해도 목표물이 보여야 사용을 하지. 이동구는 너무 빨라서 총으로 맞힐 수가 없어."

"내가 이동구를 움직이지 못하게 붙잡고 있으면?"

연우의 의견에 대영이 펄쩍 뛰며 반대했다.

"이동구는 너보다 훨씬 세. 네가 다칠 거야. 안돼."

"이동구한테 우리 초능력은 아무 소용이 없어."

상배의 말에 다들 더 이상 말이 없었다. 아무리 머리를 쥐어짜 봐도 방법이 없었다. 상배는 모두의 머릿속에 자리잡고 있는 두려움을 읽었다. 심지어 상은도 두려워하고 있었다. 당연했다. 상배도 두려웠다. 이동구와의 대결에서 어쩌면 목숨을 잃을지도 모른다. 오늘이 생의 마지막 날이 될 수도 있다. 점점 더 어두워지는 친구들의 얼굴을 보다가 무호가 침묵을 깼다.

"난 평생을 루저로 살았어. 불의를 보면 피하고 못 본 척하고, 불똥이 나한테 튈까봐 모른 척 외면하고 그렇게 살았어. 그게 영리하고 잘 사는 거라고 생각했는데, 히어로즈로 살아보니 알겠더라. 난 그냥 비겁한 겁쟁이였어. 아무 노력도, 아무 시도도 해보지 않고 지레 겁먹고 피하기만 했었어. 난 다시 루오방으로 돌아가기는 싫다. 날 괴롭히는 것들 앞에서 비겁하게 숨지 않을래. 비겁하게 사는 건 그만할래."

"살다 보니 무호 말에 동의할 때가 다 있네. 내가 얼마나 루오방을 지긋지긋해했는지 알지?"

여름이 무호의 말에 동의하며 친구들을 둘러봤다.

"해보자. 우리 루오방 관두고 히어로즈로 살기로 했잖아. 어쩌면 우리가 이동구를 막을 수도 있어. 아니면..."

잠시 망설이던 여름이 귀찮다는 듯 말했다.

"아, 몰라. 그냥 하자."

여름의 말에 상배가 고개를 끄덕이고 대영과 연우가 동의의 눈빛을 보냈다. 굳은 얼굴로 있던 상은이 천천히 입을 열었다.

"자, 그러면 용기를 내는 의미에서 구호 한번 외치자. 간다, 간다, 히어로즈!"

히어로즈는 상은의 구호를 촌스럽다 타박하며 외면했다. 그래도 다들 긴장을 덜어내고 표정이 풀린 걸 보면 상은의 구호가 아주 효과가 없는 것은 아닌 것 같다.

상은과 히어로즈는 별빛 불빛 축제가 예정돼 있던 대주 공원으로 갔다. 이동구의 위협만 아니었다면 아주 흥겨운 축제가 열렸을 대주 공원은 비장한 분위기에도 불구하고 아름다웠다. 꽃조명등이 꽃 대신 공원 전체를 수놓고 있고, 크고 낮은 기다란 막대기 모양의 철제 조형물들이

군데군데 설치돼 꽃조명등과 어울리는 은은한 빛을 반짝거렸다. '별빛 불빛 축제'라는 타이틀처럼 하늘의 별들을 공원으로 불러들인 것 같았다.

이 아름다운 공원 안을 사람들이 가득 메우고 있었다. 축제 취소를 알리고 경찰이 통제하고 있음에도 사람들이 잔뜩 모여들었다. 취소됐는지 모르고 온 사람들, 이동구와 같이 깽판을 치러온 추종자들, 구경꾼이건 추종자건 사람이 몰리는 곳에는 어김없이 나타나는 뜨내기 장사꾼들, 취재를 나온 언론사 기자들, 화젯거리가 있는 곳은 어디든 가는 사이버 렉카 유튜버 등이 한데 뒤엉켜 난리도 아니었다. 이동구의 추종자들이 사람들에게 시비를 걸고 폭력을 휘두르며 공원을 휘저었다. 경찰부대가 통제하려고 했지만 이동구의 광기에 물든 추총자들은 경찰을 무서워하지 않고 행패를 부렸다.

"아포칼립스가 따로 없네."

현장을 목격한 상배가 탄식했다. 이동구가 등장하지 않았는데도 이 정도인데 이동구까지 나타나면 어떤 일이 벌어질지, 라고 생각하는 순간 이동구가 만두와 함께 나타났다.

이동구는 축제의 하이라이트에 불을 밝히려 했던 제일 높다란 막대 조형물 위에 우뚝 서서 오케스트라를 지휘하는 지휘자처럼 손을 휘저었다. 그러자 넓은 공원을 장식하고 있던 수백 개의 꽃조명등이 요란한 소리를 내며 동시에 터졌다. 사람들은 폭죽처럼 터져서 공중에 멈춰있는 꽃조명등을 넋을 놓고 구경했다. 밤하늘을 수놓고 있는 꽃조명등 파편들이 별처럼 아름답다고 생각하는 순간 깨진 조각들이 공중에서 흔들흔들 춤을 추듯 움직이다가 사람들을 향해 날아갔고, 입 벌리고 구경하던 사람들은 깨진 조각들의 공격에 혼비백산이 돼 도망쳤다. 서로 먼저 도망치려고 밀고 밀쳐지고 넘어졌다. 넘어진 사람을 그대로 짓밟고 도망쳤다. 사람들의 비명 소리가 사방에서 울렸다.

연우가 뭐라도 해야겠다며 이동구가 서 있는 조형물로 가서 조형물을 부러뜨리려 애를 썼다. 조형물이 흔들리자 이동구의 자세가 흐트러졌고 손짓에 따라 춤추던 파편들도 바닥에 떨어졌다. 연우의 힘에 조형물이 부러지는 찰나 이동구와 만두는 다른 조형물로 날듯이 옮겨갔다.

"너희들은 내 상대가 못돼."

이동구는 히어로즈에게 비웃음을 날린 후 추종자들에게 명령을 내렸다.

"동지들, 죽음의 파티를 시작하라. 내가 너희들의 신이 되어줄 것이다."

이동구에게 생각을 지배당한 추종자들이 본격적으로 폭동을 일으키기 시작했다. 추종자들이 시설들을 때려 부수고 사람들을 때리고 약탈했다. 대기하고 있던 경찰들이 추종자들을 막으려 했지만 이동구의 지배를 받아 이성을 잃은 추종자들을 완전히 막기란 불가능했다. 경찰들이 추종자들을 막기 위해 이리저리 뛰어다니는 사이, 여름이 소리쳤다.

"휘발유. 휘발유 냄새가 나. 그것도 엄청 많이."

여름의 갑작스러운 외침에 무호가 귀를 열었다.

"엄청나게 큰 유조차가 이리로 달려오고 있어."

무호의 말에 상은이 경찰에 연락하자 경찰차들이 출동했다.

"경찰차들이 유조차를 못 막고 있어. 곧 여기로 돌진해 올 거야."

무호가 유조차를 막으러 간 경찰들이 다급하게 나누는 대화를 듣고 실시간으로 히어로즈에게 전달했다.

"대영아. 나랑 가자."

연우가 말하자 대영이 연우를 안고 쏜살같이 달렸다. 눈 깜짝할 새 유조차 앞으로 달려간 대영이 연우를 내려놓자 연우가 유조차를 붙잡았다. 연우의 힘에 유조차의 달리는 속도가 떨어지자 대영이 운전석으로 뛰어 들어가 운전수에게 주먹을 날렸다. 운전수가 저항했지만 제압하지 못하면 어떤 일이 벌어질지 알고 있는 대영은 죽을 힘을 다해 맞섰다. 빨리 해결해야 했다. 아무리 연우의 힘이 세더라도 거대한 유조차를 계속 잡아두는 건 무리다. 힘에 벅찬지 연우의 얼굴이 일그러지고 있었다. 대영은 거세게 공격해 오는 운전수에게 체중을 실은 카운터펀치를 날렸다.

연우와 대영이 유조차를 막기를 초조하게 기다리던 무호가 절망적인 얼굴로 말했다.

"유조차만 준비한 게 아닌가 봐. 이동구가 만두한테 하는 소리가 들려. 불바다 물바다로 만들어서 온 세상이 무너지는 것을 보여주겠대."

"이동구를 잡지 않는 이상, 끝나지 않을 거야."

상은이 절망적인 얼굴로 말했다.

"내려와서 정정당당하게 한판 붙죠? 치사하게 거기 서서 뭐하는 거에요? 우리가 무서워서 쫄았어요?"

여름이 조형물 위에 서 있는 이동구를 도발했다. 사람을 도발하는 데는 여름만한 능력자가 없다. 여름이 이동구의 시선을 끌고 도발하는 사이 상은과 상배, 무호가 이동구의 뒤로 은밀히 접근해 덮치기로 했다. 우뚝우뚝 서 있는 조형물들의 그림자 사이로 숨어서 이동해 이동구가 서 있는 조형물의 바로 옆 조형물로 올라갔다. 조형물 간 간격이 1m 정도라 건너가기에 무리는 없어 보였다.

이동구는 여름을 가소로워하면서도 상대는 해줬다.

"난 여기서 손가락 하나로도 널 저 멀리 날려버릴 수 있어."

거만하면서도 어딘지 위태로워 보이는 이동구를 보다가 여름이 문득 말했다.

"아저씨가 이러는 걸 보미가 알면 슬퍼할 거에요."

보미는 이동구의 딸 이름이다. 여름은 이동구의 딸 이야기를 꺼낼 생각은 전혀 없었다. 하지만 막상 이동구를 정면에서 대면하니 그의 아득한 절망이 보였고, 진심으로 안타까웠다. 아버지의 정이라는 걸 모르고 자란 여름은 화목한 가정에 대한 동경이 있었고 그걸 지키기 위해 노력하는 부모에 대한 존경심이 있었다. 여름은 그토록 가정을 소중히 여기는 이동구가 존경스러웠고 그런 아버지가 있었던 보미가 부러웠다. 보미를 언급하는 것에 울컥했던 이동구는 여름의 진심을 읽으며 일순 경계심이 느슨해졌다. 보미와 여름은 비슷한 나이였다. 보미가 살아있었다면 저렇게 컸을까 싶었다.

이동구가 허점을 보이는 사이, 상은이 이동구에게 다가가는 데 성공했다.

"손 들어."

상은이 이동구에게 총을 겨누자 만두가 번개처럼 달려들었다. 지난번 구민회관 때처럼 만두는 이동구를 도와 공격하려고 했는데, 히어로즈도 한번 당하지 두 번 당하지는 않는다. 무호가 만두의 움직임을 미리 예측하고 상은에게 달려들기 전에 붙잡아 껴안았다. 만두가 잡힌 것을 안 이동구가 공격을 시도하는 데 상배가 나섰다.
"지금 우릴 공격하면 만두가 다칠 거에요."
상배는 만두를 방패막이로 삼았다. 치사하지만 어쩔 수 없었다. 이렇게라도 해서 이동구의 폭주를 막아야 했다. 만두로 되겠냐고 생각하는 무호에게 상배가 말했다.
"만두는 이동구의 유일한 가족이야. 이동구에게는 가족이 전부고."
상배가 이동구를 설득하기 시작했다.
"이제 그만하고 우리랑 같이 내려가요. 아저씨가 억울하게 당하고 고통받은 세월, 감히 우리가 이해한다 말할 수는 없지만 그래도 무고한 사람을 다치게 하는 건 아니잖아요. 아저씨도 정말 그런 걸 바라는 건 아니잖아요."
이동구는 갈등하는 것 같더니 아래를 향해 손짓했다. 어느새 조형물 가까이 다가와 있던 특공대가 이동구의 손짓에 멀리 날아갔다.
"그만하세요. 경고합니다."
상은이 총을 겨누며 경고하자 이동구가 상은에게로 손가락을 겨눴고, 그러자 상은이 든 총이 이동구가 아니라 상은을 겨냥했다. 이동구의 염력으로 상은의 손가락이 자신을 향해 방아쇠를 당기려 했다. 당황한 상은이 어떡하든 멈춰보려 했지만 상은의 힘으로는 막을 수가 없었다. 천천히 당겨지던 방아쇠가 발사되려는 일촉즉발의 순간 상배가 뛰어들어 상은을 껴안았다. 발사된 총알은 상배의 가슴을 뚫는 대신 바로 앞에서 멈췄다 떨어졌다. 놀란 상배가 이동구를 쳐다봤다. 이동구도 상배만큼이나 놀란 얼굴로 상배가 괜찮은지 걱정을 하고 있다.

이동구가 멈칫한 사이 특공대원이 이동구에게 총을 쐈다. 팔에 총을 맞은 이동구가 반격하려 하는 사이, 무호의 품에서 벗어난 만두가 이동구에게 달려가다 총에 맞아 쓰러졌다. 만두가 쓰러지자 놀란 이동구는 무방비한 상태로 만두에게 달려갔고, 특공대는 그 틈을 놓치지 않고 이동구에게 여러 발의 총격을 가했다.

이동구와 만두는 병원으로 이송돼 수술을 받았다. 이동구가 만두를 감싸 안고 보호한 덕에 만두의 총상은 가벼웠지만 이동구의 상태는 심각했다. 의사는 이동구가 지금 숨을 쉬고 있는 것 자체가 기적이라고 했다. 상배는 호흡기를 끼고 숨을 헐떡이는 이동구의 눈을 읽었다. 이동구는 생명이 꺼져가는 와중에도 만두를 걱정하고 있었다.

"만두는 괜찮아요. 총알이 빗겨 가서 생명에는 지장이 없대요. 그런데요, 아저씨."

상배는 내내 궁금하던 것을 물었다.

"왜 제 앞에서 총알을 멈추셨어요?"

상배는 다시 이동구의 눈을 읽었다. 이동구의 눈에 따스한 기운이 어렸다.

'더럽고 냄새나는 노숙인에게 친절을 베풀어준 사람은 아무도 없었어. 너희들만이 나를 인간으로 존중해주고 친절을 베풀어주었지. 그런 너희들을 내가 어떻게 해치겠어?'

이동구는 희미하게 웃는 것 같더니 가만히 눈을 들어 허공을 응시했다. 상배는 그가 곧 아내와 딸을 만나게 될 것을 기대하며 기뻐하고 있다는 것을 알았다. 미소를 머금은 채 한동안 허공을 응시하던 이동구가 만두를 불러 달라는 눈빛을 보냈다.

누워있는 이동구를 본 만두는 눈물을 흘렸다. 이동구는 만두를 가까이 불러 귀에 대고 뭔가를 속삭였다. 그러자 만두가 고개를 끄덕였고, 이동구는 아주 힘겹게 힘을 끌어모아 만두의 머리를 쓰다듬으며 미소 지었다.

만두는 의젓하게 상은과 히어로즈를 이끌고 강은지가 감금돼 있는 곳으로 안내했다. 강은지는 감금돼 있기는 했지만 털끝 하나 다친 곳 없이 무사하게 잘 지내고 있었다. 이동구는 강양은이 미워 그의 딸을 납치 감금하기는 했지만 강은지를 볼 때마다 죽은 딸이 생각나 강은지가 불편함 없이 지낼 수 있도록 살폈었다.

강은지는 돌아온 딸을 부둥켜안고 오열하는 아버지에게 원망을 쏟아냈다. 친구를 팔고 무고한 가족을 희생한 대가로 자신을 살린 아버지가 밉고 원망스러우면서도 미안했다. 강양은과 강은지는 중환자실에 누워 있는 이동구를 찾아 용서를 빌려 했지만 이동구는 만두가 강은지를 데리고 오고 있다는 소식을 듣자 안도하며 이미 세상을 떠난 후였다.

세상을 발칵 뒤집은 초능력자 빌런, 이동구의 장례식은 아주 조용히 비공식적으로 치러졌다. 강양은과 강은지가 상주가 됐고 상은과 히어로즈, 남주 경찰서 강력반의 몇명이 쓸쓸한 빈소를 지켰다. 장례식이 진행되는 동안 식음을 전폐하고 흐느껴 울기만 하던 만두는 발인하는 날 새벽 갑자기 숨을 거뒀다. 만두를 살펴본 수의사는 사인이 심장마비라고 했다. 만두는 건강했고 총상을 입긴 했지만 생명에는 전혀 지장이 없었는데, 너무 갑작스런 죽음이었다. 만두의 작은 심장이 감당하기에는 슬픔이 너무 컸었던 것 같다. 아니면 살아도 같이 죽어도 같이 하기로 했던 이동구와의 약속을 지키려 한 것일 수도 있다. 히어로즈는 이동구의 관과 같이 만두의 관도 발인했다.

얼마 안 되는 이동구의 유품을 정리하던 히어로즈는 낡은 손수건에 고이 접혀 보관된 오래된 그림을 발견했다. 어린아이가 그린 듯 삐뚤삐뚤하게 그린 그림은 이동구의 손목에 그려져 있던 문신과 같았다. 사는 내내 딸을 그리워한 이동구가 딸의 그림을 문신으로 새겨 넣은 것 같았다. 여름은 그림을 다시 소중히 접어 이동구의 품 안에 넣어주고 그의 명복을 빌었다.

이동구와 만두는 화장을 해서 수목장에 같이 안치했다. 딸과 함께 찾아온 강양은은 이동구의 나무 앞에서 평생 속죄하는 마음으로 살겠다고 약속했다.

이동구가 죽은 후에도 세상은 초능력자 이야기로 한동안 떠들썩했다.

길고 긴 에필로그

이동구를 막는 과정에서 히어로즈의 활약이 실시간으로 방송된 탓에 히어로즈는 유명세에 시달려야 했다. 어디를 가나 유튜버들이 카메라를 들고 따라다녀 외출도 할 수가 없었다. 파파라치처럼 일거수일투족을 다 찍어서 올렸다. 점심으로 짜장면을 먹더라, 잠옷 바람으로 분리수거를 하더라, 한 시간에 하품을 다섯 번 하더라 별별게 다 유튜브의 컨텐츠가 됐다.

지긋지긋해진 히어로즈가 화를 내며 피하자 유튜버들은 악의적인 내용을 쏟아냈다. 온갖 카더라하는 루머에 말도 안되는 내용들이 다양하게 다루어졌지만 주요 골자는 초능력이 있는 히어로즈도 이동구처럼 위험해질 수 있다는 것이었다.

처음에는 히어로즈를 영웅으로 치켜세우던 여론은 유튜버들이 끝없이 쏟아내는 자극적인 영상에 반으로 나뉘었다. 히어로즈에 반감을 가지는 여론들이 생겨났고, 히어로즈를 따로 격리해 수용해야 한다는 주장까지 나왔다. 게다가 유튜버만 히어로즈를 괴롭힌 게 아니었다. 히어로즈의 초능력을 테스트해보려 일부러 공격하는 사람들도 수두룩했다. 하루가 멀다하고 시비를 걸고 괴롭혀대는 바람에 히어로즈는 개뿔, 다시금 고등학교 때의 루오방 시절로 돌아간 기분마저 들었다.

그나마 고등학교 때와 다른 것은 정하빈이 히어로즈의 편을 들었다는 것이다. 정하빈은 자신의 잘못을 사죄할 기회라고 생각했는지, 온갖 커뮤니티를 돌아다니며 히어로즈를 적극 옹호하는 댓글들을 달고, 동창들로 구성된 댓글 부대까지 만들어 히어로즈에 우호적인 여론을 조성하려 했다. 그럼에도 이동구의 폭주를 실시간으로 지켜봤던 사람들은 정하빈의 댓글보다는 자극적인 유튜브 영상들을 더 믿고 신뢰하며 히어로즈를 괴롭혔다.

"이게 뭐냐고. 왜 우리가 이런 대접을 받아야 하냐고,"

무호는 경찰공무원 시험 준비를 하는 틈틈이 틈만 나면 투덜댔다. 무호는 공무원 시험에서 경찰공무원 시험으로 목표를 바꿨다. 워낙 쉽게 사랑에 빠지고 쉽게 다른 여자에게 눈을 돌리는 무호인지라 상은에 대한 감정도 쉽게 끝날 줄 알았는데 이번에는 진짜인지 여전히 상은만 바라보며 상은에게 잘 보이기 위해, 그리고 부모님의 믿음에 응답하기 위해 평생 안 하던 공부를 하고 있었다.

처음에는 무호가 공부한다는 것을 믿지 않던 친구들도 이제는 무호가 달라졌음을 인정하고 누나와의 교제를 결사반대하고 있는 상배를 설득하고 있다. 그런데 상배도 참 쓸데없는 걱정을 하는 게, 상은이 무호의 열렬한 애정 공세에 흔들렸나 하면 절대 아니다. 상은은 여전히 나쁜 놈들 때려잡고 억울한 피해자 돕는 일 외에는 관심이 없었다. 지금은 하도 히어로즈가 여론의 관심을 받고 있어 그냥 놔두고 있지만, 여론이 잠잠해지면 히어로즈를 데려다 특별 훈련을 시켜 동네를 벗어나 대한민국의 히어로즈로 키울 원대한 계획을 짜고 있었다. 하루라도 빨리 여론이 잠잠해지기를 바라며 히어로즈의 초능력 사용을 금지해 놓고 있었는데, 어느 날 히어로즈는 자신들의 초능력이 사라졌음을 깨달았다.

그날은 오프인 상은과 히어로즈가 모처럼 다같이 외출한 날이었다. 사람들 눈을 피해 집에만 있다가는 답답해 죽을지도 모른다는 무호의 엄살에 다들 동조해서 놀이동산에 가자며 의기투합했고, 사람들이 알아볼 수 없게 변장을 한 상태로 만났다.

신이 나서 걸어가는데, 저 멀리 대영의 할머니가 친구들과 걸어가고 있었다. 대영이 반가워 아는 척을 하려 하는데 오토바이가 달려오더니 할머니 핸드백을 낚아채 달아났다. 대영이 저 놈 잡으라고 소리치는 할머니를 뒤로하고 오토바이 날치기를 잡으려고 반사적으로 달렸는데, 이상하게 속도가 나지 않았다. 평범한 남자 속도에도 미치지 못하는, 예전 대영의 달리기 속도가 났다. 무호가 옆에 와서 채근했다.

"뭐해, 지금 사람들 시선 생각할 때야? 빨리 가서 잡아."

"나도 그러고 싶은데 속도가 안나."

당황한 대영이 우왕좌왕하며 어쩔 줄 몰라하고 있는데 갑자기 어디선가 오토바이 배달맨들이 나타나 날치기를 따라 달리기 시작했다. 네 명의 배달맨이 빠르게 달려가더니 날치기를 포위하고 위협해 핸드백을 되찾아왔다. 상은은 날치기를 현행범으로 잡아 지나가던 지구대 순경들에게 넘겼다.

대영과 할머니가 배달맨들에게 감사인사를 하자 배달맨들이 손사래를 쳤다.

"우리가 저번 대형마트 화재 때 죽다 살아났거든요. 그때 어떤 사람들이 위험을 무릅쓰고 사람들을 대피시킨 덕분에 살았어요. 그때 결심했어요. 우리도 앞으로는 다른 사람을 도우며 살자고. 그러니까 정 감사 인사를 하고 싶으면 우리를 구해줬던 분들에게 하세요."

배달맨들은 배달이 밀렸다며 오토바이를 타고 떠났다.

"대형마트 화재, 그거 우리였는데.."

여름이 멀어지는 배달맨들을 보며 말했다.

"정말 언니 말대로 나비효과가 있나 봐. 내가 구해준 사람들이 또 다른 사람을 도와줬어. 이러다 보면 더 많은 사람들이 더 많은 사람들을 도와주게 되겠지?"

연우가 감탄하는 얼굴로 말했다.

"거봐, 내가 뭐랬어? 언니 말이 맞다니까."

뿌듯해하던 상은이 대영을 돌아봤다.

"근데 대영아, 다리에 무슨 문제라도 생긴 거야?"

"아니. 다리는 멀쩡해. 아픈 데도 없고. 근데 속도만 안 나."

대영이 다리를 폈다 접었다 하며 상은의 질문에 답했다.

"잠깐만..."

상배가 당황한 얼굴로 말했다.
"나, 너희들 생각을 읽을 수가 없어."
"그러고 보니 나도 냄새가 덜 나."
"어? 나도 소리가 덜 들려."
친구들의 얘기를 듣고 있던 연우가 도로에 주차돼 있는 트럭에 다가가 들려 했는데, 트럭은 꿈쩍도 하지 않았다. 하룻밤 새 초능력을 얻은 것처럼 어느새 초능력이 사라졌다.

히어로즈의 초능력을 테스트하려고 시비를 걸던 사람들과 유튜버들은 처음에는 히어로즈가 사람들을 속이기 위해 초능력 사용을 자제하는 것이라 여겼지만, 아무리 지켜보고 도발해도 여느 평범한 사람들과 같은 반응을 보이자 차츰 흥미를 잃고 더 이상 따라다니지 않게 됐다.

상은은 히어로즈의 초능력이 사라진 것을 몹시도 아쉬워했지만 상배는 후련했다. 그러면서도 왜 갑자기 초능력이 생겼다 사라졌는지 궁금했다. 이유를 고민하던 상배는 이동구가 한 말을 떠올렸다.

"하늘만이 내 분노를 저버리지 않았다."

상배는 초능력이 생겼던 그날 밤의 주인공은 자신들이 아니라 이동구가 아니었을까 추론했다. 이동구의 쌓인 한과 분노가 응축돼 우주를 움직였고, 우연히 이동구와 같은 시공간에 있던 히어로즈가 꼽사리로 초능력을 얻게 된 것이 아닐까. 그래서 이동구가 한과 분노를 폭발하고 사망하자 우주가 다시 제자리로 돌아오며 히어로즈의 초능력도 사라지게 된 것이 아닐까. 생각하면 생각할수록 그럴싸하게 여겨졌다.

상배가 초능력의 생성과 상실에 대한 가설을 상은과 히어로즈에게 설명했지만, 여름 외에는 아무도 관심이 없었다. 여름만이 상배의 가설에 적극 호응하며 상배는 아무래도 천재인 것 같다고 한껏 치켜세웠는데, 여름도 상배의 가설에 호응한 것이라기보다는 남자친구인 상배가 하는 모든 일을 우쭈쭈하며 좋아해주는 연장선에서 관심을 보인 것일 뿐, 초능력은 아무래도 좋았다. 현생을 살기도 벅찬데 이미 지나간 초능력이 무슨 소용이랴.

태어나서 처음으로 코피를 쏟아가며 공부를 한 무호는 경찰공무원 시험에 추가 합격했다. 무호가 추가 합격 연락을 받던 날, 무호의 부모님은 정육점 앞에 대형 축하 플래카드를 붙이고 동네 사람들 모두 불러 모아 고기 잔치를 벌였다. 부모님은 아들을 새사람으로 갱생시켜 준 상은을 은인이자 미래의 며느리라 여기며 고마워했지만 상은은 여전히 무호를 동생 친구로만 여겼다. 그래도 무호의 합격은 열렬히 축하해주었고, 무호는 그걸로 만족했다. 상은의 후배이자 동료로 그녀와 함께 할 일들이 무궁무진하니까 그걸로도 좋았다.

연우는 프랜차이즈 커피숍 정규직 직원 채용에 응모했다. 이력서에 학력과 수상 경력 등을 적는 대신 그동안 아르바이트를 하며 느꼈던 점들과 개선 아이디어들을 빼곡히 적어냈는데, 면접관이 아주 마음에 들어했다. 정규직이 돼 다시 돌아온 연우를 매니저는 기쁘게 반겼다.

대영은 회사에서 새로 내놓은 신제품이 대박을 치면서 과자를 먼저 보내달라는 청탁을 받느라 바빴다. 맨날 대형마트에서 갑질만 당하다 처음으로 갑의 위치에 서게 되니 얼떨떨하기는 했지만 좋았다. 갑이 돼서 좋은 것도 있지만 꾸준히 좋은 제품을 만들어 온 회사가 마침내 사람들의 인정을 받은 게 정말 좋았다. 엄청난 인센티브를 받은 것보다 회사가 인정받은 게 더 좋았다. 진짜다. 인센티브가 별로라는 게 아니라 꾸준히 정도(正道)를 걸으면 언젠가는 노력을 인정받게 된다는 교훈이 실현된 것이 좋았다.

좋은 일은 그뿐만이 아니었다. 대영이 연우와 헤어지고 상심한 상태에서 10만 원어치 샀던 로또가 당첨됐다. 대영은 뒤늦게 로또 번호를 맞춰보고 당첨이 된 것을 알고는 놀라 당장 연우에게 달려갔고, 다른 사람들에게는 절대 비밀로 하라며 숨이 넘어갈 듯 호들갑을 떨었다. 대영이 하도 호들갑을 떨어서 연우는 1등 당첨금이 어마어마한 줄 알았다. 그런데 대영이 당첨된 것은 1등이 아니라 3등이었다. 당첨금은 세금 제하고 130만 원. 대영은 130만 원에 세상을 가진 듯 행복해했고, 연우는 그런 대영이라 좋았다. 아, 연우와 대영은 얼마 전 엄마와 할머니를 모시고 상견례를 마쳤고 곧 결혼식을 올릴 예정이다.

여름은 취준생이기를 포기했다. 여름의 지랄맞은 성격으로는 면접을 통과하기도 힘들고, 성질머리를 속이고 어찌어찌해서 취직한다 해도 직장생활을 잘 해낼 성격이 되지 못했다. 인턴이나마 직장생활을 해보니 사람이 할 짓이 아니더라며 여름은 학을 뗐다. 대신 뜻밖에도 옷 장사에서 소질을 찾았다.

농성을 이어가던 여름은 채사장이 없는 동안 가게에 오는 손님을 맞이하고는 했는데, 좋은 건 좋고 나쁜 건 나쁘다고 말해야 직성이 풀리는 성격은 손님들한테도 옷이 어울리면 어울린다, 안 어울리면 안 어울린다 직설적으로 말하게 했다. 그런데 희한하게도 이게 먹혔다. 욕쟁이 할머니 맛집처럼 '독설언니 옷가게'로 유명세를 타기 시작했다. 손님들은 옷을 팔려고 되도 않은 칭찬을 쏟아붓는 것보다는 정확하게 장단점을 짚어주는 여름을 신뢰했다. 여름의 직설은 아팠지만 안목은 믿음직스러웠다. 여름은 가게에서 파는 옷이 아니더라도 손님이 부탁하면 모든 브랜드를 총망라해 최적의 스타일을 뽑아줬고, 여름이 추천해주는 옷은 실패가 없었다. 멀리서 일부러 여름을 찾아오는 사람도 생겼다. 손님들이 여름을 찾자 채 사장은 여름을 정식으로 채용해서 용돈 대신 월급을 주었다. 여름은 채 사장의 가게를 온라인으로 확장시키고 온라인쇼핑몰까지 성공시키는 기적을 만들어냈다.

여름과 채사장의 관계도 아주 조금씩은 나아지고 있었다. 여전히 서로 못된 말을 주고 받으며 하루에도 몇 번씩 말싸움을 벌이지만 여름은 채사장이 나름의 방법으로 자신을 사랑하고 있음을 인정하고, 채사장에 대한 원망과 미움을 조금씩 지워가고 있다.

상배는 본인의 의지로 다시 통장 선거에 나가 동네 어르신들의 강력한 지지와 애정 속에 재선출됐다. 어차피 단독 출마라 재선출은 당연한 결과였지만 아무튼 압도적 지지가 있었다. 상배는 초코를 데리고 동네 여기저기를 살피고 여름이 가게문을 닫을 때쯤 찾아가 데이트하는 날들이 만족스럽고 행복했다.

게을렀던 생활도 청산하고 하루에 최소 두 시간은 글을 썼다. 통장으로 일하며 만나는 초능력자들에 대한 이야기를 웹소설로 연재하는 중인데 조회수가 조금씩 늘고 있는 중이다. 제일 반응이 좋았던 에피소드는 연애 감정의 상호 교류를 알아채는 채사장의 연애 감별 초능력이었다. 그다음으로 반응이 좋았던 것은 쌀집 할아버지의 훈수 초능력이었다. 할아버지는 직접 장기를 두는 실력은 그저 그런데 훈수 실력만은 정말 최고다. 장기를 두는 사람들의 심리까지 본능적으로 파악해 최적의 훈수를 두는데 그게 딱 승패를 좌우하는 한 수가 된다. 이런 게 초능력이 아니고 뭐겠는가. 여름은 다른 사람의 초능력을 알아보는 능력이 상배의 진짜 초능력인 것 같다는 말을 했는데, 그 말이 맞을지도 모르겠다.

히어로즈였던 5인방은 어느 날 우연히 생겼던 초능력은 사라졌지만 각자 잘하는 것을 찾아가고 있다. 조만간 그들만의 고유한 초능력으로 세상을 움직일 것이다. 초능력이 없다면, 그럴 가능성은 아주 희박하지만, 모두에게 있는 초능력이 없는 것도 초능력이니 그것도 특별하고 괜찮다. 나는, 당신은, 우리는 존재 자체만으로 특별하니까.

세상을 다양하고 풍요롭게 만드는 각양각색의 초능력을 지닌 수많은 히어로즈들과 함께, 동네는 오늘도 소란하고 또 평화롭다.

하영준　　서울에서 태어나고 자랐다. 대학에서 역사를 전공했으며 월간 잡지사에서 에디터와 프리랜서로 일했다. 영화 <해어화> 각본으로 작가의 일을 시작, 현재 전업작가로 시나리오, 소설 등 여러 장르의 글을 쓰고 있다.

우리 동네 히어로즈

초판발행	2025년 8월 30일
지은이	하영준
펴낸이	최경진
주간	김유민
교정	조경애
내지디자인	나누리
표지디자인	이채원
표지일러스트	최예진
펴낸곳	9월의햇살
출판등록	제2024-000115호

ⓒ 하영준 2025

ISBN　　979-11-992106-9-1

* 이 책의 전부 또는 일부 내용을 재사용하려면 사전에 저작권자와 9월의햇살의 동의를 받아야 합니다.
* 잘못 만들어진 책은 구입하신 곳에서 교환해 드립니다.